葉維廉著

解讀現代・後現代
生活空間與文化空間的思索

東大圖書公司

國家圖書館出版品預行編目資料

解讀現代・後現代：生活空間與文化
空間的思索／葉維廉著．--再版．--
台北市：東大出版：三民總經銷，
民88
面　；公分，--(滄海叢刊)
ISBN 957-19-1392-8 (精裝)
ISBN 957-19-1393-6 (平裝)

1.文學—論文，講詞等
810.7　　81000888

網際網路位址　http://www.sanmin.com.tw

—生活空間與文化空間的思索

著作人　葉維廉
發行人　劉仲文
著作財產權人　東大圖書股份有限公司
臺北市復興北路三八六號
發行所　東大圖書股份有限公司
地　址／臺北市復興北路三八六號
電　話／二五〇〇六六〇〇
郵　撥／〇一〇七一七五——〇號
印刷所　東大圖書股份有限公司
總經銷　三民書局股份有限公司
門市部　復北店／臺北市復興北路三八六號
重南店／臺北市重慶南路一段六十一號
初　版　中華民國八十一年三月
再　版　中華民國八十八年四月
編　號　E 81061
基本定價　柒元捌角
行政院新聞局登記證局版臺業字第〇一九七號

ISBN 957-19-1393-6 (平裝)

給

中國的文化工作者

四四方方的生活，曲曲折折的自然（代序）

我們都有過這樣一瞬間的欲望：

走出箱子一樣的房間
脫下箱子一樣的鞋子
拆下繩索一般的領帶
鬆開繩索一般的髮夾
把身體從一個無形的罐頭裏抽出來
把油注入生了銹的骨節，讓筋絡可以活動
之後，我們便有了隨著我們的脈搏起舞的欲望
這一瞬間眞美，眞詩意，你我都知道，無需我向你說明。

但是，我們走出了房間以後，身體仍然是一個箱子，我們甚至曾經隨師學舞，手足都有了舞的姿式，但身體仍然是一個箱子，脫了鞋子以後，脚仍然那樣笨重，領帶拿下來了，脖子仍然那樣僵硬……因爲我們的心靈也是一個方方正正的箱子！

我們多麼欣賞那一刻毫無疑慮自動自發著著無礙的手足的旋動！但我們不敢動，還是動不了？是那個無形的箱子和繩索太堅韌了嗎？

放眼門外

河流不方不正，隨物賦形，曲得美，彎得絕，曲曲折折，直是一種舞蹈。

或於驚濤裂岸，「捲」起千堆雪！

樹枝長長短短，或倒吊成鈎，或繞石成抱，樹樹相異，季季爭奇，其爲物也多姿！

風，翻轉騰躍，遇水水則波興，遇柳柳則蕩迎，遇草草則微動，遇松松則長嘯。

雲飛天動星移月轉，或象或兔或鳥或羊或耳目或手足或高舉如泉或翻滾如浪或四散如花如棋。

則山，則笨重的山啊也是「凝固了的波浪。」

著著都是舞躍，無數的曲線，緩急動靜起伏高低，莫不自然。

想想啊，想想啊，直線的舞多蹩脚，四四方方的舞多滑稽，我們的生活呢，竟是如此的直，四四方方的，所謂四平八穩，「正」人「均」子是也。想想啊，你們要四四方方的生活呢，還是曲曲折折的自然呢？

（一九七七年六月廿八日）

目次

四四方方的生活，曲曲折折的自然（代序） 2
從跨文化網路看現代主義 16
現代到後現代：傳釋的架構——後現代現象和後現代主義的說明 52
如生活的藝術活動對生活的批評——後現代對藝術與生活的另一些思索 108
被判刑的人類——布魯特斯基和烏特金紙上建築中的空間對話與辯證 146
殖民主義·文化工業與消費欲望 166
婚姻：另一種神話的索解——柏格曼的「婚姻生活斷面」——兼論影像的傳送 180
雲山與抽象的隨想 196
散文詩——爲「單面人」而設的詩的引橋 210
閒話散文的藝術

從跨文化網路看現代主義

大家都知道,文學藝術上的現代主義,作爲一種運動,作爲一種風格,最初是在歐美興起的。它的興起有其獨特的歷史文化因素。我們對於在東方國家後來出現的現代主義應該怎樣去處理呢?最流行的策略之一是:用討論西方現代主義得來的一些指標(markers)作準,來衡量、訂定在東方文化出現的現代主義作品。但這樣做,馬上會引起很多問題。

首先,我們要問:我們應不應該遵從西方現代主義的指標呢?用西方現代主義的指標作準,起碼有兩種涵義。一個涵義是:所有東方的現代主義,譬如在中國、日本、印度、韓國所興起的現代主義,都是西方現代主義的翻版,它的目的、風格、策略都襲用了西方的成品。另一個涵義是:好比這些指標是某種風格最佳最終的印證,只要在某一個文學或藝術作品裡找到類似的指標,我們便可以直認該作品爲現代主義的作品。但,果眞如此嗎?這是我們必須要答覆的問題之一。

在這些問題中,更急迫要解決的是:在決定所謂現代主義的指標,並不如我們想像那麼直截了當。西方現代主義的興起,有許多不同的歷史敍述的情節,每一種說法自然會認定不同的指標;兩種不同的歷史敍事可能會引起兩種完全相對的指標。在這些衆多有關現代主義的說法和理論中,我們應該選擇那一個做準呢?法國的說法,英美的說法,盧卡茨的理論,布萊希特的立場,艾當諾的取向,班傑明的觀點,德希達以後的重估,布爾格(Peter Burger)的重新分期等,可以說是公說公道理、婆說婆是非,我們要遵從那一種歷史哲學所揭發出來的指標呢?要注意到，要遵從一種歷史說法，必然要壓制其他的說法，或把其他說法的偏重質素改變來適合一種歷史說法，因此，其有效性便甚可疑。在這些衆多的歷史說法中，有沒有一種統領一切的敍述方式——即所謂 meta-narrative——呢？由此可見，上面提出的問題，都不是黑白分明、一言可以肯定的。我今天也無意就每一個問題提出周全的答案。但這些問題的提出，或者可以幫助我們避開作繭自縛。我想大家都會同意，這些問題不是用「是」與「不是」的答覆可以解決的。

顯然地，首要做的當然是：要明辨套用西方指標的陷阱。關於這一點，我以前有不少文章談及，在此我便不再複述。(注1) 但我仍需指出，即在明顯受西方影響的作品裡，我們仍然不能假定原模和移植成品之間的美學構成與意義完全一樣。在移植的過程中，總是會有本土因素的牽制。我們應該還要問：中國現代的作家（我們且以中國現代的詩人爲例），在怎樣的一種文化氣候、政治社會狀態下發現類似西方現代主義的觀物態度和表現策略呢？或者，換個方式問：他們在西方現代主義中吸取了什麼適合於表現他們特有的文化和心理情態呢？要答覆這些問題，我們先要明辨中國與西方文化各自獨特不同的境遇，才可以迹出兩條理路相交相離的實際情況和產生它們不同的歷史危機。這種「文化境遇」的展示，也可以幫我們辨認出一些別的重要的問題來。我們現在應該問：是什麼歷史需要逼使中國作家抗拒傳統的典範而接受某種外來的意識型態呢？在接受過程中，他們在本源文化中找出怎樣的美學根據來支持他們的做法？在兩種不同意識型態必然產生的爭戰與對峙中，他們又做了怎樣的調整來使到外來的美學意念本土化？他們口頭上雖然向傳統宣戰，但下意識裡，本源文化裡又有何種思想美學的迷戀與記憶——這裡包括歷史哲學和思想習慣——在左右著、調劑著他們對西方理論和策略的揚棄呢？

現在讓我們回到指標的問題來。討論現代主義最常用的指標（我們在此只能突出一些重要的）包括這些：在內容方面有：「異化」；「物化」；「片斷化」；「非人化」；「唯我論的主觀性」等等；在形式方面有：「邏輯的飛躍」（如羅列語法、語法切斷）；多線發展；並時性結構和空間並列；意義疑決性；語言革命，這裡包括文字的獨尊，如「風格絕對論」、「文字即世界」、「語言自賞」，包括唯美是圖，如「美即宗教」說，包括意象至上主義（物象重於意念；具體重於抽象；反說明性演繹性文字）；還有「多義性」、「晦澀」和「夢的邏輯」等等。而大多有關西方現代主義的討論，都會設法把形式的指標和內容的指標聯繫。事實上，一般的討論都頗有說服力，說明這些指標的出現都源起於特定的文化情境。譬如，論者認爲，這些指標的呈現可以看作是壟斷資本主義中極端工業化和城市化所帶來整體生命減縮變形的一種反映和反應。在極端急遽工業化的社會裡，我們看到不斷分化支離、物化、固化的過程，看到知識，在貨物交換價值運作的控制下，被崩裂爲許多獨立、互不相涉、各自爲政的單元。在這種情況下，詩人面臨著雙重的危機，亦即是作爲自然體的「我」的存在性和語言的存眞性都受到重大的威脅。因此，對他來說，寫作是一種知識追索的行程，通過猶存的「感覺」，企圖重新獲取「可感」的存在，這樣，也許可以把工業神權和商業至上主義砸碎的文化復活；對他來說，寫作，通過語言的自覺自主自賞，彷彿可以剔除文化工業（即壟斷資本主義下物化、商品化、目的規劃化的文化取向）以來加諸它身上的工具性而重獲語言的眞質。

但假如，如上所說，這些指標是源於這麼特有的文化情境的話，那麼，在歷史性與西方完全不同的現代中國可以出現相同的指標嗎？如果，在擴大的討論中，在沒有壟斷資本主義的文化下，譬如中國古典詩和藝術裡，發現了類似西方現代文學藝術中的指標，那麼，所謂指標所指向的文化獨特性還能夠站得住嗎？這，都是要人細心思索的問題。

我在〈中國古典詩與英美現代詩語言與美學的匯通〉一文裡，（注2）曾列舉兩種詩中九種顯著共有的風格特色，包括㈠用非分析性和非演繹性的表達方式求取得事物直接具體的演出；㈡空間的時間化和時間的空間化導致視覺事件的同時呈現，結果是空間的張力，繪畫性和雕塑性的突出；㈢靈活的語法和意義不決定性帶來多重暗示性；㈣不求直線追尋，不依因果律而偏向多線發展、多重透視和並時式行進；㈤用連結媒介的減少到切斷來提昇事象的獨立性、具體性和強烈的視覺性；㈥兩種詩雖有程度和詭奇度的差別，都設法使說話人的位置讓及讀者，讓讀者（也是觀衆）參與美感經驗的完成；㈦以物觀物；㈧蒙太奇的應用來構成疊象美（這個觀念本來就是從中國六書中的會意字發明出來）；㈨（在西方較少但也有嘗試的）自我的隱散，任未經界分整體萬變萬化的生命世界呈露。

耐人尋味的是，在現代的初期，約略在一九一〇年左右，西方與中國在美學策略與偏重上幾乎完全互換位置！中國的詩人，在五四時期，不但沒有繼續發展這些共通的指標，反而疏離它們，而追求西方現代主義詩人企圖消散甚至消滅的嚴謹制限性的語法，鼓勵演繹性說明性，採納了西方文法中僵化的架構，包括標點符號，作爲語意的規範和引導。

因爲這些矛盾和曖昧是謎樣複雜，我們迫得要重新去追踪兩個運動如何從兩種相當不同美學文化基礎的傳釋系統演化出來的理路。在追踪兩種病因時，我們必須同時要了解到這兩種傳釋系統如何不知不覺地各自演化成一種暴行，各自以不同的方式，壓制著意識與表達，和兩方的作家和知識分子又如何有意無意地設法克服它，並找出、建立，和復現其他可以與之抗衡的示意述意方式，包括本土以外其他文化的提示，作爲新的「存在的理由」。在這個關鍵上，我想指出，也就是因著這裡面的矛盾和曖昧的辯證關係，四〇年代的詩人（在大陸）和六〇年代的詩人（在臺灣）才有了對傳統的反思，企圖以中國古典傳統的美學來調整西方現代主義的策略，想達成一種新的融合作爲現代主義更廣義的網路。

至此，我們可以明白，把西方現代主義的指標拈出來應用和討論這個更廣義的文化網路顯然是不足的。至此，我們也應該明白，庸俗馬克思主義有關下層結構和上層結構用法之不當；譬如說資本主義社會必然產生頽廢的現代藝術這個結論，便是往往不著邊際。但甚至那些詭辯性甚高的新馬克思學派的詮釋工具，包括詹明信（Fredric Jameson）非常縝密完整的批評架構，我們覺得仍需作新的調整，雖然對詹氏那說服性甚高、兼容性甚廣的批評架構用諸西方政經與文藝的有效性，我們幾乎可以完全贊同；但當我們把其中的一部分析解架構，譬如說寫實主義、現代主義和後現代主義分別因著市場資本主義、高度資本主義和多國貿易而先後形成這個公式，移用到中國或其他東方國家的情境時，便會發生困難。現代主義在中國的興起（有一些線索要早到二〇年代）絕對不是從同樣的經濟結構演化出來；事實上，它們甚至是在缺乏這種經濟結構的情況下產生。我們必須設法修改和擴大這些論述析解的架構，使之兼容其他文化的情狀。這裡阿圖塞（Althusser）和佛洛新諾夫（V.N. Voloshinov）的一些意見和詹明信去年在臺北發表的一些話可以供我們參考。

阿圖塞認爲，同一個時期中的政經文化，由於種種其他的因素，可以產生完全不同的風格。（注3）有時，當一種風格被用濫的時候，或當它在發展過程中有了另一種可能的提示時，一種新的風格便產生，其出現很多時候不是隨著社會經濟的變動而變動的。

社會、經濟與美學互動的關係，還可以這樣看。佛洛新諾夫說，語言、意符最初的發明是爲了兩個或三個以上的人要互相傳達，所以一開始便具有社會性和含有某種意識型態，這是事實。但語言、意符不是受限於一定的階級的；所謂某一個階級的語言（用字、風格等）經常被其他階級的語言侵入滲透，因爲在眞實世界事件的領域裡，多種語言策略的疊變互變匯流是完全不可避免的事，亦即是說，階級與風格，下層結構與上層結構，不是一對一那種絕對的關係。（注4）

我們看跨文化的運動，必須要對文化與文化之間互動、衍變、生根的場合加以審視，觀察其間的對峙、調協、匯流與分歧和最後的調整的實際情況。這個文化生變的境遇，不能只從一種文化的透視作霸權式的解決，而需要學習作無條件的開放，同時從兩個文化角度去看。詹明信在一九八七年在討論蓋德瑪的一篇文章裡，對於詮釋的眞實情況有如下啓悟性的說明：

> 在詮釋者與作品之間，在文化的詮釋者與另一個文化（本身也是一種作品）之間，每一次傳意釋意的對質，總是要帶動雙方一連串偏見和意識型態的部署：一方面，「作品」要求被了解；另一方面，詮釋者努力去吸取這一個外來的東西。（文學理論中）所謂「懷疑的中

止」這個建議……基本上是阻礙了解的，必須要剔除、消滅才可以達到足夠的「歷史」的了解和詮釋……不但要消除一方或兩方的偏見這個理想無法實現，而且，事實上，不應該做這種壓制；因爲我們要的正是作品中意識型態和詮釋者的意識型態的相遇。所謂「境界的融匯」，不應該解作把其間的歧異消滅來構成「一種境界」……而是保存其間的張力，是根本歧異中的並存，是通過根本歧異形成的一種關係。（注5）

我們看現代的中國，這是一段詭奇複雜的階段。中國與西方文化模子之間的爭戰與調協是前所未有的激烈，深深地擾亂了本土的價值、秩序和感性。爲了保持他們生存的理由，中國的知識分子，作爲一個被壓迫者，掙扎著，或要在外來文化中找出相同於本土文化的元素，或要大聲疾呼欲肯定本源文化視野的主導性。在過去和現在，本土和外來文化種種層面相交相逆的整個過程中，現代中國文學流露出文化互動的研究中所有的問題與策略，是研究文化間互爲胎化最好的對象。

下面，我們將就一系列的題旨探討其間的詭奇性。這些題旨包括：偶像的質疑與破壞，傳統政治美學架構的砸破，語言概括經驗存眞性的重新反思，語言的重新發明，語言的自主自尊自賞，科學對意識的影響、對表達策略的影響，藝術家在社會上的角色，自我之謎等等。但在一一涉辨這些題旨之前，我們先要面對更大的後設的問題，亦即是我開頭提到的：要以那一種歷史說法爲準？或如何決定那一些說法是把中國的境遇突出明辨最好的依據？

有關現代主義興起的說法，其情節的部署，何止一、二百種，我們自然無法完全兼顧。就我們研究的對象來講，讓我們集中在三種相關互動的說法。

大部分討論現代主義的文字都把它的興起定在十九世紀末期，由工業激進與知識專門化引起的意識危機。但另一個看法，這裡包括佛蘭福特學派和哈伯瑪斯的衍繹，認爲在十九世紀末出現的美學上的現代主義，如果不放在形成「現代性」的大網路中，是無法了解的。持這個看法的批評家認爲，現代意識的危機與問題是與人文主義的文化構成同時發生的。這種情形在十八世紀已見端倪，或甚至可以說在文藝復興時代便出現。當時壟斷中世紀和文藝復興時代那一度凝融全歐洲世界觀和意識狀態的析解架構受到了挑戰和質疑而引導出所謂「新的哲學」，但「新的哲學」在文化舞臺上所扮演的角色是極其複雜和曖昧的。我們說它的角色模稜曖昧，因爲，一方面，這段歷史可以說是人文主義的誕生，因爲對析解宇宙架構的質疑同時也是對當時教權與皇權的質疑；在西方意識遞變的歷史中，這次的質疑是極其突出而重要的，它代表了西方人首次開始從「武斷組織而成」而在本質上是鎮壓性的「信仰」解放出來——亦即是「眞理神話」破解的開始。但是，另一方面，這段歷史的書寫並不是沒有偏差斷缺的。由於理性的獨尊，強調自然科學中那種凡事必須實證，這一來，整體生命世界中一大堆被列爲不合邏輯的、所謂非理性的意識狀態便被放逐；但這些不同的意識狀態，從另一些文化角度來看，其實只不過是意識的另一種方式，不但不是邪惡的，有時甚至是有啓悟性的。事實上，在當時，任何離開「理性」的思想活動都必須想辦法辨白。關於這一點，我們在康德的身上可以看見。如他固執不斷地問：可靠的、可以說明的知識是如何組構的？他提出的答案，無形中爲後來所有的社會科學鋪了路。他的答案是：在心智的活動中，有一種近似自然科學那樣精確、法官似的超越的理性主宰著。他企圖以此消解西方析解架構的危機。從這個角度看，我們也可以了解十八世紀以來詩人和藝術家對科學所持的模稜的態度，即欲拒還迎，一面強烈地批判，一面卻設法迹似科學的活動，起碼，常常要和科學的準確性較量。

這個意識危機以非常令人不安的方式出現。對於哥白尼和伽俐略之打破神權政治的宇宙架構，西方人固然應該感謝，因爲這導致了啓蒙主義的興起；但啓蒙了的西方人，卻相反地，被流落在一種新的荒野裡。這話怎樣說呢？在這之前，有一個組織嚴密的析解的指標網，現在看來儘管是反自然反人性的一種組構，但在破裂之前，所謂宏觀世界（天·神）、地球（地·自然）和微觀世界（人）三者是完全貫通凝融爲一的。這個析解的網架和指標所指，是全歐洲都可以了解的。但在這個破裂以後，新的普遍能接受的凝融一切的架構至今還未出現。也正是因爲這樣，現代理論家和詩人們才有一種文化的懷鄉，懷念所謂「統一的感性」。這種文化的懷鄉，我們先後在休爾默（T. E. Hulme)、龐德和艾略特的論文中看見。其實，嚴格的說，由康德開始，浪漫主義所欲肯定的具有無上組合力的「想像」，浪漫主義所神化的「自然」，象徵主義所宣說的「美即宗教」(所謂「符號如一所廟堂」)，現代主義所鼓吹的「語言可以自成世界」，可以把片斷重組爲有機的結構，現象哲學所要發現的「眞在物中」和意象派所主張的「物象自身具足」等等，都可以看作前述破裂後另尋出路的種種嘗試，欲建立另外一種析解的架構，或作內在的反思，或借用外來文化（如東方、非洲及其他的口頭文化）中並存而不同的析解架構（裡面自然也包括表達方式）來代替那永將失去的世界。

西方前述的破裂也迫使康德和後起的思想家發明新的框架來爲分崩後互不相涉的思想活動形態來辯護辨白，用韋伯的話來說，起碼有三種各不相涉獨立自主的領域，亦即是「認知工具性」、「道德實用性」和「美學表達性」。「眞」和「美」的分家，也是這個過程引發出來的後果，既使波特萊爾以來的一代迷亂，同時也支持了他們如下的宣言：「文字即世界」、「風格即絕對終極」、「美即宗教」和「詩是自身具足的存在」。(Macheish: A Poem does not mean／But be——詩不指義／只存在。)

事實上，西方凝融架構的破裂在近代繼續擴展、繼續分化爲無數的「鬼神」。專門化、片斷化、分科分化和物化，在科學推動的工業化中激速地把知識崩離爲難以計算的自身指涉、各自爲政的小世界，使到許多學者(如李歐塔Jean-Francois Lyotard)把這些現象視爲後現代的指標。(注6）關於這一點，我會在另一篇文章裡討論。

知識的分科分化的另一個後果是：詩人（作家）在社會中沒有扮演的角色。社會再不需要他說明宇宙和自然現象（現在是科學家的事），也不需要他作上帝的代言人（上帝只是一小撮人的玩意，已經不是新世界的依據。）這個現象還歸根到文藝贊助人與作者關係的改變、切斷以至消失。在十八世紀以前，文藝工作者往往依附在教會與宮廷結構之內。他們的藝術雖然不能說全是宗教與宮廷權力架構的鋪陳，但總還是與它們脫離不了關係，譬如教堂與皇宮的建築和附在教堂上的雕刻和壁畫。其間有一種權力架構的牽制和創作者迎拒之間的微妙關係，亦即是，一面不得不在那種權力結構下生存，但一面會試圖在那權力架構大前提之下，另闢途徑，尋求其他的發明。這種關係我們今天不能細論。要指出的是，贊助人與創作者的關係到十八世紀之後便逐漸消失。創作者既不被宮廷、公侯贊助，也不寄生在宗教結構之下，代之而起的是那不知名的贊助者——以貨物交換價值和贏得最高利潤爲指標的市場。突然間，創作者失去了他說話的講臺。他和這個不知名的贊助者的關係是模稜的。一面他要從布爾喬亞的社會與群衆中隱退出來，孤立自己，不要與之同流合汙，企圖保存他藝術中的純粹和猶未汙貶的價值；但一面，不管他願意不願意，他又必須屈服於這種新的壟斷權力之下。

明白了這個文化生變的病因，很多論者把現代主義看爲針對壟斷資本主義和文化工業（即物化、商品化、目的規劃化的文化取向）的一種抗衡活動（如艾當諾和霍克海默的觀點）或一種前衛的政治運動正面地對布爾喬亞體制的攻擊（如班傑明和布萊希特的宣說），把其間幾乎是孤芳自賞式的純粹性、曖昧的多重示義性和破壞偶像等種種姿態，看作要重現被壓制下去、被遺忘了的人性和文化層面及指向社會深層意識的不可或缺的表達策略。

現代主義中語言所扮演的曖昧的角色，現在可以得到較明確的說明。一方面，爲了抗拒實證主義工具性影響下語言的單面化，詩人呼籲另一種準確性，所謂含蓄式的準確性（多線發展、意義不決定性），用打破語法、打破時序來求取一組放射意義的符號。另一方面，爲反對十九世紀作假不眞的修辭，他們又呼籲回到自然語，甚至回到散文，作爲詩的媒介。在現代主義發展最高峰時，這兩個方向始終沒有由和解而導致綜合。這裡，我特別要指出，中國古典詩中這兩個方向的融匯——即既含蓄多義又透明易識——曾經在西方現代主義中扮演過重要的角色，譬如詩中意象的並置和電影中的蒙太奇都是取源於中國的文字古詩。（注7）

我們如果現在轉到現代中國的場合，將會發現許多明顯相似的活動，但起自完全不同文化和美學的原因，也帶有完全不同的涵義。中國當時的意識危機並不因科學的發展而產生，雖然，說來有些令人難以置信，也不是與科學無關。中國的危機，概括地說是：西方列強的船堅砲利（西方科學工業的成品），以一種史無前例的物質與意識型態的侵略，把中國趕到希望的絕境，使中國知識分子突然同時對傳統的意識結構對西方的意識結構陷入一種「既愛猶恨說恨還愛」的情結。這，我們認爲，造成了中國本土特有的一種認同危機，早在現代主義作爲一種文學運動登陸中國之前，即已形成我在別的文章裡所談到的「漢姆萊特情境」，亦即是在文化生死的夾縫中的彷徨。（注8）

在列強毀滅性的侵略下，一種亡國在即的恐懼和無法形容的辱國，作家們，戰戰兢兢地、缺乏信心地、甚至帶著恥辱地踏上歷史的戰場，彷彿神聖不可侵犯的光榮的中國如今已縮減爲衆人嘲弄的侏儒！彷彿所有精純的文學藝術的作品只不過是野蠻的表達（如錢玄同和傅斯年在五四初期所說的，他們當時怎會料到，在同一年，龐德等人在西方宣布中國文字是最詩的文字，不得不成爲詩的文字！）

假如我們把西方的現代主義看作一種求解放的企圖，要把人從減縮性歪曲性的文化工業的控制下解放出來；五四運動，作爲現代中國的主導運動，對中國過去全面的質疑和推翻而同時又不分皂白地擁抱西方種種思潮的運動，原是要把中國人同時從割地讓權的西方列強的控制和本土專制這兩重暴行中解放出來。

我們在前面說過，在這個時期，中國文人和西方文人幾乎走著相反的方向，是一種有趣而耐人尋味的換位現象。在開始時，兩者形式的指標幾乎完全沒有相似的地方。事實上，如我上面指出的，當西方現代詩人對中國古典詩中的美學策略大力推崇並採用的同時，中國的詩人卻將之丟棄，並轉而強調西方力圖掙脫的語法、敍述性和演繹性。像這樣換位的例子還有很多，我們在這裡再記一些。

除了要把語法切斷或把語法含糊化之外，西方的藝術家也放棄透視而設法走向透視的消散，但中國的藝術家此時卻強調透視之重要，同時批評甚至放棄傳統中國畫中早有的多重透視和散點透視。

科學對意識的影響在兩個文化間也是非常不同的，在二十世紀初，西方的文人對於科學巨大的創傷性已經很敏感；他們雖然不得不擁抱它，但已開始發出強烈的批判。但五四前後的文人大都熱烈的擁抱賽先生而對賽先生在西方已經產生的後果則一無所知；這當然是因爲，此時的中國還沒有工業革命的經驗，自然也就不明白它對作爲自然體的人的物化異化。

「自我」在中國和西方也有完全不同的涵義。在五四時期，因爲要推翻專制王權猶存的那些歪曲和壓制人性的暴行，他們開始鼓勵西方所謂民主自由下的「自我」。我們可以從郁達夫自剖式、懺悔式的小說和文人日記的流行看出來。我們也可以從郭沫若對自我膨脹的頌贊看出來。但這個「自我的膨脹」在三〇年代左右便被質疑，這是透過道家的「齊物」、儒家的「大同」和新興的社會主義思想推動的反思而產生的。而在西方，「自我」一直佔著主導的地位，雖然艾略特有所謂「個性泯滅」之說。只有少數的現代主義者，如威廉斯、史迺德、杜布菲比較接近中國式的無我論。

有了這一連串文化歧異和美學策略的換位，我們還應把中國的文學藝術活動納入現代主義來討論嗎？有趣的是，歧異中，我們還注意到極其突出的匯通：凝融統一世界觀的破裂導致對過去的質疑與新的代替架構的追尋。在中國，舊秩序破裂的開始時，不是像西方哥白尼和伽俐略那樣引發出權力架構（由析解活動鞏固的權力架構）的內在爆破，而先是列強的船堅砲利使到中國殘廢無力，知識分子才開始看清本土專制制度的暴行，才看見科學所具有的解放和控制的力量——至於科學在西方所引起的人性的物化異化這一面是當時的中國知識分子所不了解的。但像西方一樣，物質的原因雖異，中國也被逐入具有同樣巨大創傷性的迷亂中。我們下面可以看見，中西方追求的境界和心理狀態有不少相同的迹線。

在我們繼續探討之前，我們還需指出另一種類似的活動。中西兩方的詩人在這個時期都提倡回到自然語作爲表達的媒介，但二者的目的不盡相同。在西方，它的提出，是針對十九世紀末以來貴族意識猶存的作假的修辭。在中國，一面是受了西方意象派間接的影響，一面是由於本土的內在需要的催發，當時的中國詩人也認爲文言，作爲少數士人的專利，也是作假不眞的，所以建議代之以白話。但在中國，它還帶有另一個重任：爲了應付外來的威嚇，白話這新的媒介是要把新的思想傳播到平民大衆，也因爲這樣，早期運動的取向是說明性演繹性的。

至此，我們必須處理一個中心的問題：是什麼獨特的文化境遇使到西方式的現代主義在中國發生呢？我們可以提供兩個答案：⑴中國至今還面對著我所說的析解架構的危機；⑵由於文化互動之間所呈現的矛盾和曖昧的策略，四〇年代的詩人（在大陸）和六〇年代的詩人（在臺灣）都曾設法試透過古典詩中的表達策略來補充西方的缺憾。第二個答案必須留到另文處理，我們現在試談第一點。

中西兩方被不同的壟斷壓迫行爲趕向一種放逐的狀態：西方的危機來自前述的文化工業，中國的危機來自外來霸權（包括它所帶動的工具分化的理性至上主義）和本土專制政體的雙重控制和壓迫。我說中國知識分子被迫陷入一種「既愛猶恨說恨還愛」的情結，指的是，他們一面對傳統持著一種驕傲但又同時唾棄的態度——唾棄其敗壞而無法自省的體制，一面對西方既恨，恨其霸權式的征服意識，使中國瀕臨絕境，但又不得不愛其輸入的德先生與賽先生，彷彿說，這兩位先生可以幫忙重振中國似的。但，中國眞正的凝融力在哪裡？西方眞正的凝融力(如果有！)在哪裡？是至今未能解決的問題，雖然其間有不少的求索（要注意：求索——追尋與質問——不用我說，正是現代主義重要題旨之一，亦即是爲求知識的出航，英文稱之爲 Odyssey)。

事實上，從五四反帝反封開始，中國作家便被放逐入一個文化的空虛裡，各自在「行程」中尋索、猶疑、彷徨、追望、等待一個指向出路的符號而永遠等不到，繼續求索質疑而時時陷入絕境。魯迅說：「然而我不願彷徨於明暗之間，我不如在黑暗裡沉沒。然而我終於彷徨於明暗之間……。」（〈影的告別〉）他是第一個流露這種境況的人。他希望在墓碣上找到一些指示，但只見殘蹟：「有一遊魂，化爲長蛇，口有毒牙，不以嚙人，自嚙其身，終以殞顚」；「抉心自食，欲知本味，創痛酷烈，未味何能知？……痛定之後，徐徐食之，然其心已陳舊，本味又何由知？」（〈墓碣文〉）「彷徨尋索而未得，內嚙又不知本味」就是現代中國人民民族文化原質根性放逐後的傷痛。爲了同樣的原因，聞一多的詩充滿著「死的慾望」，欲求死而得再生：「索性讓爛的越加爛了……爛穿了我的核甲，爛破了我監牢，

我幽閉的靈魂，便穿著豆綠的背心，笑咪咪地要跳出來了。」（《爛果》）

中國文化放逐的虛位，直接影響到自我的虛位，請看穆旦的〈我〉：

從子宮割裂，失去了溫暖，
是殘缺的部分渴望著救援，
永遠是自己，鎖在荒野裡。

從靜止的夢離開了群體，
痛感到時流，沒有什麼抓住，
不斷的回憶帶不回自己，

遇見部分時在一起哭喊，
是初戀的狂喜，想衝出樊籬
伸出雙手來抱住自己

幻化的形象，是更深的絕望，
永遠是自己，鎖在荒野裡，
仇恨著母親給分出了夢境。

一九四〇年十一月

（《探險隊》，昆明：文聚社一九四五年版五五—五六頁）

中國的詩人就是面對著這種由文化的虛位所構成的放逐狀態，面對著雙重暴行對作爲自然體的人的鎮壓，無可奈何地，走上自我攬痛的尋索的行程，想找回那個似乎永遠無法再現的凝融的中心；他們希望，也許有一天這個中心可以復立，則一切斷肢都可以復合，像哪吒那樣，吹一口氣，便可以復甦。這就是中國現代主義特有的劇痛，這也許是其他東方國家在現代所經驗的劇痛。

注釋

①見拙著《比較詩學》（臺北：東大，一九八三）一書中的〈比較文

學叢書總序〉、〈東西比較文學中模子的應用〉（一九七四）一文及另著《歷史、傳釋與美學》（臺北：東大，一九八八）一書中的〈批評理論架構的再思〉一文。

②《比較詩學》pp.27-85.

③阿圖塞這方面的討論相當細緻複雜，可參看"Contradiction and Overdetermination", *For Marx*, tr., Ben Brewster (New York, 1970)pp. 89-128.

④V. N. Voloshinov, *Marxism and the Philosophy of Language* (Seminar Press 1973, Harvard University Press, 1986)，請參看第一、二章，按次"The Study of Ideologies and Philosophy of Language", "Concerning the Relationship of the Basis and Superstructures".

⑤見其"Transcoding Gadamar"，發表於一九八七年七月清華大學所辦「文化、文學、美學研討會」。

⑥*The Postmodern Condition*, tr. Geoff Bennington & Brian Massumi (Minneapolis, 1984).

⑦見 Sergei Eisenstein, *Film Form* and *Film Sense*, trans., Jay Leyda (New York, 1942)p. 29，事實上，比他更早提出的是影響現代詩最深的梵諾羅莎(Fenollosa)〈作爲詩的傳達媒體的中國字〉一文。見我的 *Ezra Pound's Cathay* (Princeton, 1969).

⑧見拙作〈語言的策略與歷史的關聯〉，《中外文學》，十卷二期（1981）pp.4-43.

現代到後現代：傳釋的架構
後現代現象和後現代主義的說明

一則虛構，一段新聞

有一天我打開電視機，螢幕展開，兩個西部牛仔正和一個壞人格鬥，牛仔甲很快便把壞人一槍解決，壞人從樓上撞破玻璃窗跌落到街上，一身的血，滿口角都是血。下一個鏡頭，牛仔甲乙二人在大峽谷野餐，突然一條響尾蛇出現，忙亂中牛仔甲被蛇咬了一口。這時，牛仔甲說：「他媽的，這怎麼可能？我不應該被牠咬到的。」（我當時的反應是：這什麼話？什麼叫做應該不應該？）此時鏡頭一轉，在一個巨大的電腦中心裡，一個程式設計師說：「這條蛇的位元出了毛病，快去收回修理。」

原來這電影中栩栩如生的事件，是發生在人造的遊樂中心。該中心設有一些生活環境（如西部片的場合，如古羅馬的皇宮……等），遊客付若干入場費，便可以進入這些環境中過一過牛仔英雄的癮，或做一個荒淫無度的羅馬皇帝。因爲這些是機器人（雖然一切活動與常人無異），而且又在電腦程式的控制下，所以保證沒有危險，如前面牛仔甲一槍便把那壞人解決了就是。這當然要假定機器不出問題。

鏡頭一轉，前面那個被槍斃的壞人復活（即網路修好了），一步步走向大峽谷，尋甲乙兩牛仔而來。甲乙牛仔不慌不忙和他槍戰起來，不料他們不能把他打倒。他的電眼犀利無比，一槍便把牛仔乙打死。牛仔甲突覺事態嚴重，原有的安全承諾已經被打破，他只好落荒而逃。經過千辛萬苦，跑到電腦中心，他一看門窗緊閉，所有的程式設計師都被困死在內，想是因電路失控或切斷的關係。而此時壞人已越走越近。看來這次遊樂必以死終了。但在最後關頭，他注意到壞人的電眼受到場內的火光挑引，才順勢利用火把的火將他擾亂破壞，散得一地焦黑的電線和位元。

這是科幻電影，是虛構。講人造出來的工具反過來控制了人，不能說不驚心。

不久以前（一九八八年十一月），康乃爾大學的研究生莫理士，弄了一個電腦遊戲的程式，成爲一種「病毒」，使到全國最高學府和政府軍事機構研究部六千座電腦爲之癱瘓，而被稱爲電腦殺手，資訊社會的公敵（按：可比較易卜生所說的大衆公敵）。一組數字，一個程式，而造成能傷害人體的「病毒」，其令人驚心程度，不下於上面虛構的故事。美國政府正考慮要不要把莫理士判罪。目前只知道病毒使一切運作緩慢。如果這個程式的蔓延及傷害程度太大，他可能會判罪。但更令人驚心的是：迄今並沒有絕對有效的方式可以防止病毒侵入任何電腦系統！莫理士這個程式的失控，也就等於造出來的工具反過來控制了人。

現在讓我們看看李歐塔（Jean-Francois Lyotard）在《後現代狀況》(*The Postmodern Condition*, Xr. Geoff Bennington and Brian Massumi, Minneapolis, 1984) 的兩段話：

> 在生產力中不可或缺的資訊成品那種形式的知識已經是、將來將繼續是一個重要的賭注，也許是世界性權力比賽唯一的賭注。可以想像有一天，國與國之間，或盟國與盟國之間，爲了資訊的控制而爭戰，正如過去爲領土的控制而戰爭一樣，設法取得控制和利用剝削勞力與原料。(p.5)
>
> ……規律化的機能，由此進而複製的機能，將迅速地由管理人的手中交到機器的手中。於是，最中心的問題越來越是：誰能拿到機器中能保證作最正確決定的資訊？資訊的取得將繼續是專家的特權。決策者就是統治者。甚至現在，這一個統治者已經不是傳統的政治領袖，而是財團法人、高階層行政管理單位、專業組織、勞工、政治、宗教團體首領的一個混合體。(p. 14)

上面的一則科幻故事，一段新聞，和李歐塔的兩段話，當然無法視作後現代全部的面貌，只能看作一些還待解釋的徵象。這個也稱之爲資訊社會、消費社會、媒體社會、五光十色展覽物的社會、後期工業社會的後現代，作爲一種文化與藝術的分期，究竟是怎樣一回事，我們將設法透過一些說法、一些作品的審視，試試述寫一個大概。

其實，上面例子所顯示的徵象，早已不是科幻，而是大家熟知而未作細思或反思的現象。譬如透過電視傳眞作跨國越洋的會議，已經是家常便飯的事。又如電視合作全球性的佈置和現場轉播，帶給我們感知中過去所無的「異地同時性」，又如商業上在一端的終端機一按鈕，便立刻遍至那看不見但卻可以觸及的空間感和時間的縮短至消滅（例：航空公司的定位，再不需要等待電報——等待是時間的指標），又如袖珍多國語言翻譯機的發明（如果發展到某一個程度的精密，可以打破語言分家擾亂隔離的Tower of Babel「巴比塔」的神話），再如私人電腦資訊儲存量不斷的增加（如果發展到某一個程度的精密，歷史作爲一種威脅或許可以解除）等等，有些已經在普遍運作，有些在可見的將來會出現。

但這樣一個社會，對人類的意識有著怎樣的一種撞擊呢？這裡包括知識的轉型，儲存方式的變革，在我們這個時代扮演的角色和所帶動的價值的取向。這些新的轉變，又使到知識界設法弄出怎樣一套合法化的程序來淡化、消解以抗拒這種新權力？我們在適切的地方會拈出略加討論。但在本題的範圍內，更需要處理的是：這些現象與文化生成間的辯證關係，這包括要問：在藝術的表現策略上帶動了怎樣不同的面貌？而這些面貌，作爲整體文化生成的一部分，代表了什麼美學和政治的意義？這些面貌，作爲一種風格的指標，應該納入怎樣的析解架構裡，才可以突出所謂後現代主義的特質？

後現代主義歷史的書寫

「後現代主義」一詞所引起的爭論，或因政治理想的差異，或因文化背景的誤讀，或因接觸文類的範圍不同，眞是一團亂線，百籌莫解。這個現象，以亞勒克（Jonathan

Arac) 在其《後現代主義與政治》(*Postmodernism and Politics*, University of Minnesota Press, 1986) 一書的〈序〉中記述得最詳細 (pp;88.ix—x/iii)。本文無意提供一個解線的方法，只想就「後現代主義」歷史書寫的一些網路，透現出後現代時期文學藝術的指標與訊息。(注1)

「後現代主義」的提出,是衝著「現代主義」而來的，彷彿說，「現代主義」作爲一種風格一種運動已經到了盡頭，一個全新的時期來了;而這個時期所呈現的特色，無論在政治經濟的網路上或文化藝術的網路上，都與前期截然不同。哈伯瑪斯(Jürgen Habermas)、詹明信(Fredric Jameson)、浩塞 (Arnold Hauser)、柏爾曼 (Russell Berman)、李歐塔等都有這樣的論點。(注2) 對於這個做法，我自己不是不同意，但有些保留。

首先，文學上的分期，像詹明信自己也指出的，作爲學術討論的一種無可避免的手段，本身是一種專橫強暴的行爲，即專一排他性，突出那些顯性範疇爲得勢的網路，鎮壓甚至抹除異途而行的藝文活動。在中國，以朝代爲分期所造成的錯位錯覺太顯著了，在此已不必再費筆墨。這種情形西方也一樣，硬要以機械式時間的分期來定十六、十七、十八、十九世紀文學藝術，更易見出「得勢即眞理」的專橫。即以文學運動爲分期來說，表面看來比較合理，但現在回過頭來看，便發現不少的斷缺。舉歐美大學課程爲例，多少年來，每以古典主義、新古典主義、浪漫主義等爲綱。結果，生在浪漫主義之前的重要詩人布雷克便常被忽略，而在十八世紀末的湯姆遜 (James Thomson) 則幾乎沒有人提。事實上，要明辨浪漫主義裡的許多表現策略，如果沒有十八世紀表達策略危機的認知，和湯姆遜所面臨的問題及他當時提出的策略的認知，我們便無法掌握其中的眞實生變狀況。這是我們必須警惕的第一點。(注3)

第二，正如我在〈從跨文化網路看現代主義〉一文裡所提出的，每一種有關後現代的敍述都有其偏重，甚至有其政治立場 (如環繞著哈伯瑪斯一九八〇年那篇〈現代性對後現代性〉"Modernity versus Postmodernity"爭論中流露的各種政治立場)，我們要怎樣才知道那一種敍述較具代表性呢？就是有了上述兩種考慮，我曾就我熟知的另一些後現代時期的藝術活動，提供另一個角度來補充其他論者的說法。這便是發表在一九八七年《藝術家》雜誌一五五、一五六兩期的〈如生活的藝術活動對生活的批評——後現代對藝術與生活的另一些思索〉。該文講的是，「發生」(happening) 以還的一些「活動」(activity) 的美學與社會參與的意義和作用，如何異於一般的論定，後現代不一定是崩離無向的，也不一定與現代主義全然斷裂。本文則想再進一步，從另一條析解網路出發，去探討所謂「崩離無向」這個現象外的另一些暗示。

爲了討論上的方便，我想把詹明信等人對後現代的敘述作一個綜合的概論。我將以詹明信的敘述爲主，在適當的地方，再加入別的論證爲注解。用詹明信，一來是因爲他曾到臺北講過後現代，而他的另稿又在《當代》月刊連載，大家比較熟識，或者易於和我的敘述建立交談點。

根據詹明信的說法，(注4) 後現代藝術最突出的，首先是一種平面化，無深度性，是不折不扣的表面的呈現，一些沒有生命的物象，以一種奪目的光滑性——廣告世界用的閃閃生光的色彩——來構成一組喚不起原物的幻影或擬像。這個現象無疑與工業後期激速的貨物化與拜物傾向有關。浩塞有一段話，可以作爲這一個觀點的注解：

> 普普藝術否定了（現代主義）個別作品的自主性和自足性……如李根斯坦 (Roy Lichenstein) 和沃霍爾 (Andy Warhol)〔按：詹明信也舉出相同的例子〕。畫中的事物，明確而不曖昧、線條清楚、公式化、單色、計劃式畫法、設計式構圖、沒有張力、畫面沒有一般作品所說的獨立性；事實上，這種藝術可以複製而毫無損害，因此與一般作品所要求的獨立個性和獨特性完全相違。普普藝術不但商業精神很重，而且也應用廣告藝術（商品藝術）的一切技巧，如廣告媒介、招牌、雜誌插畫、新聞廣告。他們不追求實物給他們的實際印象，而用商業媒介圖解式規劃式的技巧……代替直接的複製；它是從已經由物質現實人工製品化以後的存在中抽出一些形象而成。這種從原來物象中所作的雙重的退卻，好像是怕與原來的物象本樣接

觸。（注5）廣告性、商業性的擡頭，表示了嚴肅藝術與大衆文化界線的泯滅：用柏爾曼的話來說，也就是藝術崇高性的破滅，反過來，也就是生活（或日常事物事件）的美學化。（注6）

無深度，平面化也就是無內指性。現代主義所鼓吹「一個外在物象躍入一種內在的情境」（龐德語）（注7）那種內指性——所謂物含情物表意的主觀活動，在後現代藝術裡淡化消失。代之而起的，我們可以稱爲物象的享樂主義，亦即是布希亞(Jean Baudillard)所說的五光十色的展覽物（spectacle）；（注8）只有外而無內；只有表（表面物象）而無裡（內在本質）；只有秀（show）而無隱（尤其是沒有心理學上的隱情之隱）；只有意符而無意指。代之而起的是文本（texts）和論述的遊戲，或多種表面的互爲指引。至於現代主義裡常表現的焦躁、孤絕、迷亂那種有關主觀我（主體）的異化，現在則變爲主觀我的碎片化（或稱主體之死亡）。這個布爾喬亞的所謂自主自足的自我（即所謂秩序起結於自我意識），在後期資本主義的發展中，被高度組織嚴密的機關政治所淹沒、偏離而至死亡。這個凝融或容納物象的主觀我既已碎滅，自然也就沒有獨特風格的出現。以情爲中心的主觀活動既已消失，代之而起的是一種不以情爲綱的濃度與強度，一種自由浮動，非個人性的情緒，發散出一種舒泰與安樂。主觀我的組織意識中常見的串連性時間觀和時間感，也隨著主觀我的消失而消失，而把並時性的空間關係突出。

主觀我的消失，在社會和藝術的辯證裡，根據詹明信的說法，也導致共同語言的消失。以前布爾喬亞社會統治階級有一些統攝式的想法，現在則是沒有典範的異質異形的泛生殖。一些不見眉目的主人曲造出經濟的策略來牽制我們；而這些牽制，不像以前那樣需要（或者不能想像以前那樣應用）語言，因爲其間沒有任何共同的大計劃將之聯繫。

這裡我們在李歐塔的書中找到迴響。李氏認爲統攝經驗或把某些知識取向合理化的形上敍述（metanarratives）已不足取信。李氏舉出西方兩種常用敍述類型：其一，以解放人性爲號召作爲選組經驗的座標；其二，知識的目的在由推理思辨來求統一性，包括抽精去蕪的程序，如黑格爾對所謂整體性的思索。在後現代，人們不再相信政治或歷史的目的論，不再相信歷史中所謂偉大的演員，不相信國家或黨或一種階級意念是完整自足的體系。李氏說：「將來的社會，與其說是牛頓式的人類學（如結構主義、如系統論），不如說是語言分子的實踐運作，很多不同的語言的遊戲，元素的異質雜陳，引發出來的只是東一塊西一塊拼成的體制，其間只有局部的決定性。」（注9）這個現象，也就是我在〈從跨文化的網路看現代主義〉一文所說的：「專門化、片斷化、分科分化和物化，在科學推動的工業化中激速地把知識崩離爲難以計算的自身指涉、各自爲政的小世界，」詹明信所說的「一些不見眉目的主人曲造出經濟的策略來牽制我們」，也就是李歐塔所說的傳統政治領袖的消失和代之而起由許多行政管理組織綜合控制的資訊運作系統。

由於串連性時間的消失，在藝術方面，對於過去，不是過去現在將來直線那樣繼往開來的掌握。過去的風格（在造型藝術方面）、過去的聲音（在文字藝術方面）只能作分開式的呑食，是各種不同風格——抽離了歷史、孤立彷如新生事物的風格、或不同歷史片斷風格的仿造，作熱鬧的展覽。關於歷史抽空的展覽，佛斯特（Hal Foster）的批評最爲尖銳：

> 有三個理由可以證明這種「回歸歷史」是超離歷史的。一、歷史的脈絡被忽視了。二、歷史的連續性被背棄了。三、種種不同的藝術和生產模式之間的衝突用做造畫的方式作假的消融。不但過去的獨特性沒有被注重，現在的需要也被完全忽略。這種罔顧使得所謂「回歸歷史」好像成爲要從歷史解放出來。而現在很多藝術家覺得，歷史解放了，他們可以把歷史隨意去用。但，不用說明便可明白的，一種藝術形式必然是獨特的：其意義是該時代中不可分折的一部分，無法天眞的抽離轉用。把其他的「時代」看作是我們的鏡子，無異於把歷史變成自戀狂；把其他時代的風格看成和我們一樣開放無固是把歷史變成一種夢。但這是多元論者的夢：他彷彿在博物館中夢遊。（注10）

但詹明信對於後現代主義這個現象和這個社會的衍化間的微妙關係有另一種說明。他從哈伯瑪斯的結論出發：

> 對哈伯瑪斯而言，後現代主義是對現代主義顯著的推翻，如回到中產階級庸俗市民之拒絕現代主義形式與架構。這樣說，後現代主義可以看作一種新的保守主義。
>
> 他這個診斷可以在建築界常提出的尖銳問題上看到。現代主義全盛時期的建築師，所謂國際風格的建築師如柯比意（Le Corbusier）和萊特（Frank Lloyd Wright），正是有代表性的革命者：在形式的革新，如建築空間上求蛻變來促使社會生命的改革，以此來代替政治的革命……後現代主義無疑是回歸到所有老的反現代的偏見來，……但客觀地說，也是建築師對本身失敗的一種確認：前述二人的建築並沒有改變世界，甚至沒有把後期資本主義的廢物空間調整好……很顯然地，現代主義已出了死亡證明書，是一種過去了的現象，烏托邦的野心完全不能實踐，形式的變革亦已窮途。（注11）

但詹氏認爲哈伯瑪斯和李歐塔對現代主義仍存幻想，而未能對後現代主義的潛力作出有力的說明，他繼續說：

> 舉個例說，後現代的建築的出現，像新古典主義的很特別的類比，用典故與摘句（一種「歷史的」）遊戲。在棄絕了現代主義的嚴謹以後，突現再現了一大串西方美學的策略：如此，我們有了一種Mannerist（矯飾復古）的後現代主義（像Michael Graves），有了巴洛克的後現代主義（日本現代建築），有了洛可可的後現代主義（像Charles Moore），有了新古典主義的後現代主義（像Christian de Portzamparc），甚至可以有現代主義的後現代主義……。（注12）

一旦主觀我失去了穿越多重時間性的延展組織力，無法把過去和將來串連爲統一凝合的經驗，文化成品就無法避免不呈現爲「一堆斷片」或異質雜陳的面貌。這個面貌也就是意符環之折斷——倣似拉崗(Lacan)所描述的精神分裂病徵的狀況，一種語言的失效感，結果是一堆不相連的意符。

但另一方面，時間性的折斷，卻忽然使時間的現時性突出而成爲一種實踐的空間；由於物象不受時限的孤立，現在性因而把我們擁抱，以一種不可名狀的鮮明，以一種觀感的物質感，有力迫人。世界的現在性、物質感的意符以昇華的強度，以令人沈醉妄幻的強度，呈現一種正面快感。在一些成功的後現代作品中，作者卻著眼於「異以相連」，追求的不是統一或有機的組織，而是斷裂與異素。〔按：此即李歐塔從另一角度所提供的paralogy——背理成論（注13）〕使到我們在一種奇異的意識狀態下，獲得全新的思想方式和全新的突變，這種奇異的狀態可以看作一種新的雄渾經驗(sublime)——康德所謂可以感到而無法觸量的偉力。這偉力，不同於工業革命前所崇尚的自然(人以外的另一個存在)，因爲自然至此已經逐漸失滅，讓位給後期工業擴佔的空間。(注14)

關於前述的文化現象和經濟生產模式之間有沒有清楚的線索可尋，詹明信在曼德爾 (Ernest Mandel) 的《後期資本主義》一書裡，找到了物質的歷史基礎。曼氏認爲資本主義發展中的機器力量，可以分爲三個時期，即一八四八年以來蒸氣發動機器的生產，十九世紀末電氣和內燃機的生產，和二十世紀四〇年代以後電子和核子能動機器的生產。詹明信認爲這三個生產方式正好形成市場資本主義，壟斷資本主義和跨國資本主義；在文學藝術上，相應出現的是寫實主義、現代主義和後現代主義。(注15)(按：詹氏說法當指西方情況，跨文化研究上可能要另闢途徑，見我另文〈從跨文化的網路看現代主義〉)

從這條線去看，現代與後現代之間的一個明顯的分野，可見於二者對機器的反映和反應中。現代主義的作品裡，不管是未來主義或是現代主義的建築（如柯比意）都呈現了機器的形狀，或反映出機器力量的形狀，可見可觸；但後現代的機器，如電腦電視，在視覺上是平面而不突出，沒有雕塑性的形象，視覺上無甚可觀；但另一方面，其生產力、生殖力、再造和複製的潛力，卻追過了我們視覺甚至想像可以掌握的空間。後現代是一種超空間，是現代主義提出的空間架勢所無法處理的。換言之，後現代藝術還未趕上、或正在設法曲現科學所提供的新空間，後現代似乎在迫使我們長出新的感官和觸覺系統。（注16）

在現代與後現代之間，詹氏等人還提出另一個界定的標準。那便是：現代主義原是扮演著與社會不群的角色，前衛藝術作爲現代主義的一支，原是以驚世駭俗的姿態出現的，二者都是針對文化工業（即物化、商品化、目的規劃化的文化取向）而發。但後現代主義的作品已被「正典化」，前衛藝術已失去驚世駭俗的力量，二者都被商業世界吸溶化滅。浩塞甚至作了這樣的結論：後現代藝術㈠否定了傳統藝術的獨立個性；㈡和商品拜物主義妥協；㈢是政治、文化的棄權（投降意識）。（注17）

以上這一個敍述有相當的說服力，尤其在科技對思考方式和表現策略相應關係上。我們不妨舉一個例子說明。利用電腦，我們可以製造出過去完全無法做到的傳送方式，譬如一個舞姿在電視銀幕上出現，在舞姿繼續進行的同時，我們可以透過電腦程式的佈置，把前一已出現過的舞姿複製，但遲半秒發生，但同時傳送到同一個銀幕同一個位置上，而產生同姿異時所產生的異質性而把虛實的意義消解，構成一種奇異的似有似無的發生。類似的技巧，利用電腦程式操作的變幻，時交時離，直射反射，同時異姿，同姿異時，在音樂錄帶放影中，構成前所未有的可塑性極高的時空感。另外，前面提到的超空間，在終端機的運作中至爲明顯，即一按鈕便可以把「此地」和無數的「彼地」作網狀觸連、運作、和繼續擴展。

以上綜合敍述中所提出的指標，在不少後現代論者間得到迴響。但這裡所得的指標，包括由主體崩離引發出來表面物象的狂歡、並時性空間關係的突出、意符環的折斷和因之而得的超脫時限的現在性……等等，只是這個尖端科學時期的現象嗎？我們還找不找得到另外一些觸媒，另外一些互動的因素？下一節我們將看看另一些歷史敍述提供了什麼給我們再思和反思的線索。

現在，讓我們就前述網路，提出美國最新詩派L＝A＝N＝G＝U＝A＝G＝E詩派（譯爲語言詩派，但不足代表每個字母獨立的含義）的兩三個例子。這些例子，我們認爲最符合前述後現代的格局的作品。第一首是Tina Darragh在一九八一年出版的作品（這篇作品不能通過翻譯說明，但通過隨後的解讀可以透露此作品的個性）：

"oilfish" to "old chap" for "C"

Performing military service for king and bearing a child have a common medieval root. The progression to this point is first academic, then technical. Textbooks give way to textiles which lead to T—formations and T—groups. We pause to add "th" and proceed through Mediterranean anemia, deep seas, Greek muses, pesticides, young shoots and the instinctual desire for death. It is there that we find "thane" to be followed by all manner of "thanks", including the "thank—you—ma'am"—a ridge built across a road so rain will roll off.（注18）

讓我們現在看看貝洛夫(Marjorie Perloff)的解釋：

但這是詩嗎？Tina Darragh這段字倣似字典撕下來的一頁。談的不是Oilfish到Old Chap，（而且這兩個字也不在C的範圍下。）作者給我們一組以T這個字母爲首的字謎語似的排列組合：如"technical"，"textbooks"，"textiles"，"T—formations"，"T—groups"，如果我們加一兩個音素，如K或Kst的音，則又大大的不同。試把h加在t上，你便加入了一個希臘的元素：詩中的"Mediterranean anemia"（地中海的貧血），作者顯然是想著："thalamic hemorrhage"，"deep sea"（深海）便是"thalassa"（這是Thalassian這個字的來源）；"Greek muses"（希臘繆斯）如"Thalia"；"pesticides"（殺蟲劑）想起"Thalline"；"young shoots"（幼苗）與"thalluses"相連；都可以歸到th的音源上。然後"thane"，都可以歸到th的音源上。然後"thane"，"thanks"，"thank—you—ma'am"，根據《牛津字典》，意義有個奇怪的源頭，"a ridge built across a road so rain will roll off"（建在路上的路脊好讓雨滾落旁邊也），這個路脊或洞使到人騎車經過時不得不點頭好像一種致謝（thanks）的樣子……〔美國詩人朗弗羅的詩Kavanough（一八四九）就有這樣一句：We went like wind over the hollows in the snow／the driver called them "thank you ma'ams"／because they made everybody bow——我們如風飛馳過雪中路洞／駕駛稱它們「謝謝女士」／因爲它們使每個人都躬身點頭。〕那麼，題目中的C又是什麼意思呢？在第一句的謎語中可以看見，"Performing military service for the king"（爲王服兵役）是conscription（徵兵）；"bearing a child"（孕子）即是confinement（囚困）。（注19）

我們再聽聽語言詩派的人怎樣說。「語言即思想本身，詩不是經驗的框架，也不是觀念和情感的說明，而是語言從內的發聲；在其間，支柱屋架早已存在。」（Charles Bernstein）（注20）「一種意符，不要構成組織的原則，而是提供回響，和音，弦外之意……許多境界的混亂，事件的溢滿，和表面的互玩。」（Bruce Andrews）（注21）

這不正是詹明信所說的無內指性的意符的享樂主義、作表面的互爲指引和文本(texts)和論述的遊戲嗎？這不正是李歐塔所說的只有局部性的邏輯、屬於自身指涉的「語言遊戲」嗎？事實上，在相似前詩的另一些「語言」詩中，我們還可以這樣說，現代主義所強調的「語言即世界」，在這些詩中才眞正完成；因爲在現代主義的詩中，「世界」還是包孕在詩中，詩還含有世界中的事物，語言的操作只給它一個與眞實世界不同的新的組合而已；但在語言詩派中，語言含的也只是語言，主題很多是關於語言本身的內在邏輯，因此有不少詩是有關一個單字的，如James Sherry的"About"或"Nothing"，是關於"About"這個前置詞所含的各種文法關係所開出來的世界。有關"Nothing"的詩亦類同。另外Susan Howe的詩也由「句子」出發的。其次，又有依然利用音的迴響把字聯結在一起，如Bernstein的詩。Barrett Watten有一首題爲「X」

的詩，是一連串單獨互不相屬的事件，有些只有半句話，很多空漏的地方，彷彿要叫讀者把「某個主題」（所以題目是「X」）填入去。讀者填入不同的題旨，全詩其他的片斷便有完全不同的迴響。這也是遊戲性甚高的作品。（注22）詹明信也注意到這個詩派，並曾舉Bob Perelman的「中國」為例，並強調其間精神分裂症狀語言的斷裂。（注23）但是，如果看語言詩派的師承，我們便有不同的看法。

後現代果眞全然崩離無向嗎？和現代主義全然斷裂嗎？這裏牽涉到(一)選作品的問題和(二)詮釋的問題。首先，語言詩派，只是這幾年興起的詩潮，能不能成為一種顯性範疇，有待評定；而語言詩派的詩是如此專門化，恐不易像普普藝術、或建築那樣融入大衆文化。即就普普藝術和後現代建築，恐怕也應該視作現代繁多面貌之一環而已。我在〈如生活的藝術活動〉一文中，便曾提出了普普藝術同時的另一些藝術活動，並未放棄現代主義重建人性的意識，而在表達方式和面貌上並沒有與前述所拈出的指標背道而馳。

我一開始就覺得把現代和後現代截然二分只是一種權宜之舉，對表達策略的認定和詮釋上會時有障礙。譬如這個八〇年代語言詩派所鼓吹的「語言即思想本身」便是脫胎自史坦兒(Gertrude Stein)以來（包括喬艾斯、貝克特和黑山詩人群Black Mountain Poets等）所提供的「（語言的）構成（按：包括構圖式和作曲法）即是說明」（Composition as Explanation）。試看史坦兒一九一四年出版的《溫柔的鈕扣》（*Tender Buttons*）的幾個例子，跟語言詩一樣，例子是無法翻譯的，因為一翻出來便會把史坦兒所要求的「多重讀法」（multiple readings）破壞。我先把例子列出，然後通過討論來透露史坦女士的語言哲學：

from TENDER BUTTONS(1914)

A CARAFE, THAT IS A BLIND GLASS

A kind in glass and a cousin, a spectacle and nothing strange a single/hurt color and an arrangement in a system to pointing. All this and/not ordinary, not unordered in not resembling, The difference is/spreading.

(注)：Carafe，法國餐桌裝酒的玻璃瓶；blind，盲；glass，玻璃，杯子；cousin，表親；spectacle眼鏡；nothing strange，不出奇；single hurt color，單的傷的顏色；arrangement安排；system系統；pointing，指向；not ordinary不平凡；not unordered非無秩序；not resembling，不相像；difference歧異；spreading，展開。

在一九四六年的一次訪問中，史坦兒這樣的說明這些作品。她說她從塞尚的構圖式法得到啓示，希望能把文字像色塊那樣疊積成作品，這個想法又和她對人物的看法和描寫有關，她說「我希望每一個人都具有同樣的價值。」每一個人，每一物都具有同樣的價值。當然有一些人比另一些人重要，但這不是最重要的；因爲每一個人做爲一個人應該具有相同的重要性，正如每一個人都該有投票權一樣，婦女、小孩子都有他們的重大意義。「我越來越意識到……齊平的需要。這個時候，我把標點符號拋棄。我反對標點符號的原因正是因爲標點符號（重此輕彼的做法）把我們欲求的平衡拋棄了，把一人一票的齊平拋棄了……（由此）每個字在我的作品中……便變得比句子或段落重要。我開始覺得一種需要……把它打碎成爲小塊。我覺得我過去沒有接上以文字建造貝多芬式的段落的做法。」她隨後又說：「我對『字字齊價』的想法有些迷惑，那時畢加索正在爲我畫像，他正在畫他的立體畫，我們不斷的討論這個問題。…最後在《溫柔的鈕扣》中，找到了字的最好用法……我把每個單字想了又想，一直等到它的重量和體積都飽和，然後再放在另一個字的旁邊，而同時，我很快便發現到，兩個字放在一起而不產生意義，根本沒有那一回事。」（注24）

從這段自白裡，可以了解爲什麼安廸生(Sherwood Anderson)說：「史坦兒的作品是一種重建，用一城市的字，把生命作全面的重鑄。」（注25）所謂語言的革命也是意識的革命。我們現在回過頭來看A Carafe, That is a Blind Glass。一個字是一個符號，但這個符號不一定等於其所指；意符和意指之間有不少歧異，總是要我們在其間求索，想指向一種系統。Carafe這個字不但每一個人心中所得形象不一樣，有人想像高身的，有人想像胖圓的，有人想像裡面盛酒，有人想裡面盛水……等。即就同一個瓶，下午陽光下照著時和晚間月亮照著不一樣。我不同時刻和環境經驗到的這個瓶，自然和字典所握要說明的不一樣。總之，意符無法代表意指，語言符號無法掌握實物的存在。堅持名即實物是一種排他式的解讀方式。所有的所謂意指其實只是一種形相或一種代替品，與意符之間存在著待發現的歧異，只有不斷的變化，只有一次又一次進入字與字之間其他潛在的意義活動，才可以帶我們進入經驗的實質實況。組構創制本身即是說明。

為了使字能像色塊或音符那樣，以本身的質素出發，交響地奏出一篇作品，字所帶有的一般文法關係，必須打破，聲音和律動便取代了意義作為推進的動力。譬如這首「桔子」(Orange)，因為音律重於意義，而文法又錯位轉代進行，當然也是無法翻譯的。我在一些字後注明文法的錯位轉代和音律的戲謔：

ORANGE

Why is a feel（動詞作形容詞？）oyster an egg stir.
（沒有〝？〞號，是否表示是陳述句？是陳述的嗎？）
Why is it orange（名詞？形容詞？）center. A show
at tick（音應）and loosen loosen（音動）it so to
speak（音應）sat.（什麼坐？）It was an extra leaker
（音應）with a sea spoon（音戲），it was an extra
licker（音應）with a see spoon（音應——一個「海」匙和一個「看」匙都不是以意義完成的片語，而是由音的迴響音的遊戲產生的）

全篇幾乎可以看作是音樂的表演，不是意義的展示。

我們現在可以看出來，語言詩派中語言的運作，和史坦兒是一脈相承的，正如我在〈如生活的藝術活動〉一文中提到後現代時期中的生活劇場(living theater)、「發生」(happening)、「聚合」(assemblages)、「裝置」(installation)、「環境藝術」(enviromental art)和「活動」(activity)等源出於現代主義前衛藝術的Kurt

Schwitters、Max Ernest和Duchamp等人對藝術作爲一個體制的質疑一樣。語言詩派是透過了威廉斯和黑山詩人群對這個意念的運作與延伸蛻變出來。威廉斯論史坦兒時如此說：

> 我們感覺到的是字的本身，一種奇異的直接性，和字帶有的意義無涉，一如音樂不同的音符那樣錯落而成重複的和弦，一次一個，一個接一個，只爲自身而發生。（注26）

威廉斯本人的詩有許多師承，大約包括了㈠、從象徵主義詩人馬拉美那裡得到語言雙重的看法（即認爲語言無能的同時，又大大的發展語言表現的潛能——威廉斯始終是個表現主義者）；㈡、塞尙等給他的視覺的組織；㈢、休爾默（T. E. Hulme）反抽象思維的具體論和龐德反陳述反說教的寫象思想；㈣、威廉・詹姆斯（William James）和懷海德（A. N. Whitehead）對「並行同時性」和「經驗直奉」所提供的眞實世界的擁抱和㈤、史坦兒打破串連性限指性的語法。（注27）我曾就史坦兒部份在我的《比較詩學》中討論過他的一首詩，那首詩便是The Locust Tree in Flower〈刺槐樹開花〉，原詩有兩個不同的稿，我在《比較詩學》頁七二—七三另有討論，現只列出定稿和有關討論以見其相似的運作：

Among
of
green
stiff
old
bright
broken
branch
come
white
sweet
May

again

下面是我當時的討論：

威廉斯常用「語法的切斷」來增加空間性，威廉斯的詩很多是不依據英文文法的。這首詩完全無法用傳統的語法串連。其述義性，如果有，則完全要依賴文字超媒體的其他性能暗示。史坦兒爲了求得在一行詩裡產生多種讀法，而把字與字之間連接的詞性含糊化，甚至有意錯亂，該是名詞的位置放動詞，該是動詞的地方放名詞等等，使人不得不反覆「推敲」，如此，讀者在接近詩中欲呈現的經驗時，所見到的不是抽象的「意義」，而是「物體」被反覆的審視。這個做法顯然要把語法扭曲化、陌生化、疏離化。第一次接觸是無法感到自然的。威廉斯寫的〈刺槐樹開花〉，也用了史坦兒的做法，再加上空間的排列，幾乎把每一個不同詞性的字都化爲觸覺性的「物體」：Among（在什麼什麼之「中」，把讀者放在一些未知物的「中間」——空間的感覺，原是抽象的前置詞，現在變成有獨立個性的「位置」）。of（空間關係的注意）。green（綠）。stiff（硬）。old（老）。bright（亮）。broken（裂開）。branch（枝）。come（來；現）。white（白）。sweet（香）。May（五月）。again（再來；再現）。每一個開花的特質逐一具體地打在我們的感覺上，根本沒有述義的語法，除了again這個表示「循環」的字以外。像這樣一首詩，是無從翻譯的。（注28）

史坦兒所說的「(語言的）構成（構圖法；作曲法）即是說明」在此是極其明顯的。類似的作法，早些有喬艾斯、達達詩人等，後些有貝克特(Samuel Beckett)，和與黑山詩人們合作無間的蓋茨(John Cage)，到五、六〇年代以後，這些手法已經很普及。

黑山詩人之一的克爾里(Robert Creeley)更進一步強調寫作本身文字自本的活動：

我生性寫詩。我不能預知詩的場合，對於那首在我們

> 手中宣稱其存在的詩……的可能性，我全力以赴地追隨，但我無法預知預設這一個活動必然的結局，我也無法在寫作之時判定寫作本身的重要意義，我只承認那活動被允許進入繼續進行。（注29）

而這些意念，除了衍生自馬拉美的「文字即世界」之外，還有本土的根，亦即是略前我提到的威廉・詹姆斯和懷海德。現在用懷海德的一句話來說明：「物行即物意」（A thing is what it does），（注30）是一種近似「知行合一」的說法。所以，與克爾里共同推動抛射詩(Projective Verse)美學的奧遜(Charles Olson)解說：「自本存在即意義」（That which exists through itself is called meaning）。（注31）

顯而易見，詹明信等人所提供的傳釋架構自有其重要的文化觀察，包括內含的文化批評，但就表達策略的發展網路來看，就有待補充。而分期所暗含的排他性很容易導致一種或只一種主從關係的傳釋活動。

既然構成後現代傳意表達策略的源頭是多元的，我們在此便不得不提出另一種問題來。那便是，由現代主義以來所提出的語言革命，亦即是作爲再現的表達行爲的危機是衝著怎樣一種傳意釋意的歷史困境而來的？

後現代主義歷史的另一些書寫

答覆這問題之前，我們應該看看由別的網路出發所書寫的後現代主義。前述諸人，包括較早的後現代建築論者Paolo Portoghesi，約略在一九八〇年左右開始審視後現代文化現象，重點集中在易於呈現社會意識狀態的作品上，如建築和普普藝術，雖然也涉及文字與音樂作品。但在這之前，由一九六九到七四年間，美國詩的討論中，也有後現代主義的書寫，這裡包括Theodore Ziolkowski的"Toward a post-Modern Aesthetic" (1969)；Ihab Hassan的*The Dismemberment of Orpheus: Toward a Postmodern Literature*(1971)，David Antin的"Modernism and Postmodernism: Approaching the Present in American Poetry"，Charles

Altieri的 "From Symbolist Thought to Immánence: The Ground of postmodern American Poetics" (1973).，Maurice Beebe的 "What Modernism Was" 和後起但相關的文字如Michael Davidson的 "*Language of Postmodernism*" 及Majorie Perloff的*The dance of the intellect; studies in the poetry of the Poundian tradition*(相關文字約略在一九八二年完成，書在一九八五年出版)，這裡還應提到Donald Allen編的*The New American Poetry*(1960)，該書後來略加增刪改名爲*The Postmoderns*(1982)和配合前書的*The Poetics of The New American Poetry*(1973)。其次《*Boundary* II》這個雜誌則是專論後現代文學的。

這些文章所探索的網路與第二部份的著重有顯著的不同。我們在此不打算細論每一篇題旨。他們的意見大都集中在「開放的形式」(Open Form)這個意念上。我們並不是說他們用同一個名詞，但他們大體上都是衝著「關閉的形式」(Closed Form)而發。無論是哈山另書《沈默的文學》(*Literature of Silence*, 1967)裡面談到的語言之無足表意，因而有需要在語言的隙間求解、在行動中完成那種文學傾向，還是黑山詩人以語言氣之凝構和氣之放射爲形式生變之依據，並堅持「形式之展生即內容」的做法，(注32) 都是要從現代主義以結構系統爲主導框架裡解放出來。「開放的形式」可以從下列幾個層面說明。

第一，現代主義重秩序性的結構，如喬艾斯、龐德和艾略特利用神話，試圖找出現代和古代之間的平衡結構，作爲組合現代片斷化經驗的一種架構便是；如玄學派詩人常用的「曲喻」(Conceit)，現代詩人將之擴大來把異質元素溶鑄爲一；如傳統、典範的喚起，作爲一種籠罩性的大架構(例：龐德的〈詩章〉Cantos和艾略特的〈四重奏〉)；如休爾默(T. E. Hulme)提供的〈內凝的萬幅〉(Intensive Manifold)；如龐德的「詩是一種感召的數學」是「感情的方程式」到艾略特的「客觀的對應物」(Objective Correlative)；如蘭松(John Crowe Ransom)二分的結構與肌理等等都是。但這些，對五〇年代的詩人來說，是反現代精神的，違反了現代主義另一個主要力量所宣示的：經驗是流動的，價值是相對的，世界是變動不居的，不可以用一種綱領對全部不斷變化的現象作一次解決。（注33）換言之，現代主義出發時是針對關閉的形式而發，但不少重要的作品竟然陷入另一種關閉的形式中。早在五○年代初，這些詩人已作出反思，而帶動了形式和題材的變革（這一個變革也可以視作現代主義進一步的澄清與洗煉。）

在這個反思中，最顯著的變化是由嚴肅的語態和嚴謹的結構中放鬆開來，這裡包括形式的放鬆，而另求氣的運行作爲秩序的引導（不是定型的秩序，如黑山詩人們），也包括聲音（尤其是眞口語的聲音的回歸，如Frank O'hara和David Antin）。如果說現代主義的作品不斷引帶讀者升向某種類似形而上的秩序（這裡當然也有例外的，如威廉斯和康明斯），五○年代以後的詩很多是在我們熟識的地面上。這不但在拋射詩、物象詩中可見，則在美國式的超現實詩和懺悔體詩中都可以感覺出來。在題材上，隨著反過度形式化，詩變得直接、個人化、本土化（地方性、局部性、時事話題）。我們看得出來，這些都是衝著現代主義中的神話結構、傳統、歷史感和共性共相而來的。

這裡不妨來個正題以外的例子：具象詩（Concrete Poetry）。具象詩的產生極早，與現代主義同步。它的產生另有歷史與美學的緣由，我在這裡無法細論。但五○年代以後的詩人，對具象詩的出現，另有一種認同。

詩，在十九世紀末安諾德(Mathew Arnold)的鼓吹下，被視爲「高度嚴肅的東西」(high seriousness)，是文化的試金石：文化便是由荷馬以來許多試金石構成的結晶。這個傳統，現代主義代表人物如龐德和艾略特都奉爲金科玉律。具象詩，以小事小物的戲謔爲詩，可以說是對「嚴肅性」的調侃，在精神上與前衞藝術反藝術體制的種種挑逗是一貫的。試看這一首詩：（注34）

THESE
THREE
WORDS (字三這)

是詩嗎？你可以說不是。但作爲一個文字的組合，它說明了一個好像不須說的事實。我們會會心微笑。日常瑣事不能入詩嗎？為什麼不？誰規定的？誰是詩的權威？講眞，這三個字不眞嗎？「眞」是什麼意思？「眞」指的又是什麼？THESE THREE WORDS，就是三個字，一點也不假。你說，這太浮面了，太沒有深度。這，也是一種說法而已，其權威性是怎樣決定的？三個字，竟然也引出這一堆問題來。舉這個例子，並無意說五、六〇年代的詩都是這樣寫法，也不是說它們都那樣淺顯和專幽讀者的默，而是說明精神上的趨勢，要從嚴肅結構中解放出來。就這一點來說，普普藝術海報式的罐頭畫，其調侃精神也可作如是觀。

這個時期詩歌主要的發言人之一羅拔・鄧肯(Robert Duncan)說：「人所組構而加諸他周邊事物和語言上的秩序，放在自然的秩序旁邊，便顯得瑣碎無意義」；(注35)我們追求的「不是典範與模式的詩學，而是種種不同的個別變化。」(注36)

第二個層面是隱藏在這個轉變中的「文類的爭戰」。貝洛夫(Majorie Perloff)指出，在五、六〇年代之間，美國詩中突然出現了大幅度現代主義所摒棄的敘述的詩，以故事或事件為線。這，根據貝女士的考證，是對在勢或得勢文類抒情詩(Lyric)的霸權的挑戰。詩，由浪漫主義經過象徵主義（包括愛倫・坡Edger Allen Poe的理論）到現代主義，變得越來越純化。所謂詩，指的往往是一首純粹的Lyric。（注37）為了使讀者了解這裡說的「文類的爭戰」，讓我用很簡單的話概括一下Lyric的特質。

在Lyric裡，詩人把感情、或由景物激發的經驗提昇到某種高度與濃度，而把常見於敘事詩的序次性的時間、有關行為動機的縷述和故事發展的輪廓模糊起來，只留下一些提示性的枝節，沒有前後事件因果的說明。一首短的Lyric，往往把包孕著豐富內容的一瞬抓住——這瞬間含孕著、暗示著在這一瞬之前的許多發展和這一瞬間可能發展出來的許多事件。這是一「瞬」或一「點」時間，而不是一「段」時間；如果有時間的遞變，那數「段」或數「點」的時間，往往被壓縮在一個倣似同時發生的「瞬間」。而其中的經驗，又是發自一個背向讀者孤獨的自語的聲音。Lyric在表達程式上是反散文語態的，反演繹序次性和反情節邏輯的串連。

突然間，在五、六〇年代的美國詩中，大量的敘述性重現。不但敘述性和故事性，而且一度失勢而甚至被逐出詩國的政治詩、倫理詩、歷史和哲理詩又重新擡頭。其實，對Lyric霸權的反思，在現代詩人早已見端倪，如龐德的〈詩章〉，就是「一首包括了歷史」的詩。

但在「文類的爭戰」中，現代和後現代之間存在著一種極詭奇的辯證關係。後現代的敘述和傳統的敘述有很大的不同。後現代的作品往往有敘述的語態而無敘述的實質。傳統的敘述中常有一個敘述者的聲音貫穿全作品，但現在卻是多重聲音（而且往往是片斷的聲音）交錯出現或混合出現。艾殊伯里(John Ashberry)論史坦兒小說中的敘述方式，最能表出後現代詩中敘述的特徵：

> 在史坦兒〈沉思的章節〉(Stanzas in Meditation)裡，有一種時間的流逝，事情發生的感覺，給人一種「情節感」，但究竟發生什麼事卻無法確知。有時候，故事具有夢的邏輯，有時候像很清楚；但只一瞬，好像突然一陣風向的變化，使我們聽到遠方發生的對話……但一般來說，史坦兒的興趣不在「事件」，而是在「發生的方式」。〈沉思的章節〉的故事是一個一般性、多種作用多種目的架式，每個讀者可以把自己獨特的情節填入。（注38）

這，其實是抒情化的敘述(Lyricized Narrative)。換言之，既是反現代而又是現代的延伸。龐德的〈詩章〉便可視爲抒情化有史詩感的長詩。其實，抒情化的敘述，在現代主義全盛時期便已出現，除了史坦兒，還有吳爾芙夫人，普魯斯特，喬艾斯的小說。而在後者，我們還發現常見於後現代詩中「音素的遊戲」；這些遊戲在貝克特和蓋茨的文字中得到了大幅度的發展。哈山的《沉默的文學》一書談的也是這個奇特的敘述的聲音。這個聲音出自一個似乎沒有說話的邊緣性的存在（或人），在印好的文本空隙間沉默地「說話」，而我們作爲讀者只能在我們「誦說成文」的過程中彷彿可以發現。

第三，「開放的形式」的意念活動，不只要把其他的文類翻新復活，而且還要把其他被排除的秩序重新納入。這，從另一個角度看，也是和繪畫中用的「拼貼」(Collage)、詩中的「意象並置」和電影中的「蒙太奇」有著因應生變的關係。羅拔·鄧肯有一段極其重要的話，他說，我們應該——

> 組合一個「全體的研討會」，那樣一個整體，將過去被排除的秩序重新納入，女性的、平民的、外國的；動物世界的、植物世界的；潛意識的、無法理知的……時間界限的消融……任埃及和希羅文化侵入現代的景裡，重組我們的存在認同，伸展我們的意識界限……「越過那危險點，越過任何邏輯或意義，則一切有新意」，H·D這樣說，「開始重疊並置，我們會有一種異常的綜合，一個國家民族疊合在另一個國家民族之上。」（注39）

現代詩人龐德和現代畫家畢加索等人打開的局面是：引入其他被忽略的文化（人文另一些被排斥的層面）而造成西方理知中心主義的爆裂，把思想的框條、藝術的規位突破。

把思想框條和藝術規位突破，起碼有三種意義：

㈠即打破單一文化的壟斷，從許多非西方文化裡尋求破除西方理知中心的依據與策略。我們從龐德到黑山詩派（包括以蓋茨爲中心的一些畫家、舞者、表演和活動藝術家），到「疲憊求解脫的一代」(Beat Generation)以來的詩、音樂、舞蹈、繪畫都可以找到佐證。主要的來源是東方文化、非洲文化和口頭文學（原始詩歌原始藝術）〔可參看我另篇〈飲之太和〉（注40）〕事實上，西方文化藝術與東方文化及口頭文化之間的互動，其間的歷史問題，互動後相互打開的反思（刻意的無意的都有）正是後現代批評應該專注討論的。

㈡藝術規位的突破，即是我在〈出位之思：媒體及超媒體的美學〉一文中所談到的。（注41）在那篇文章裡，我說，現代詩、現代畫、現代音樂和舞蹈（在我的討論裡已含所謂後現代作品），在表現上，都乞援於其他媒體的表現方式，以突破其本身美學的限制。譬如龐德的〈詩章〉，艾略特的〈荒原〉，就不只是利用文字的述義性，而且還利用視覺性很強的大幅經驗的並置，作了空間性的組織和玩味，而達到了畫或電影的效果。它們又借助音樂裡交響樂式的組織，利用「母題——反母題——變易母題——重複母題……」等音樂形式，作了反因果律的表現。在畫方面，打破了空間定時空位的透視而進入文字與電影所擅長的時間活動感（如畢加索的「亞維儂的怖女」，如杜象(Duchamp)的「下樓梯的裸女」。）音樂方面，如利用文字、畫面、光的折射，文字誇張的變音、迴響、重疊、對位、作一場戲那樣演出，或加上電影、舞蹈來構成一個所謂「整體」「全面」的經驗。這些超媒體的試驗，到了六〇年代，出現了「生活劇場」，和突破幾種藝術規位而凝合爲一的「發生」、「聚合」、「裝置」、「活動」等。後者甚至利用生活本身爲「文本」，幾乎把藝術傳統的規位全部打破。又如前述的具象詩或圖象詩，很多時候是一張可以展出的畫或雕刻，有時甚至是一件可以演出或應該演出的音樂作品。規位的突破、媒體的綜合，除了要打破西方柏拉圖、亞里士多德單一、串連的理知中心，便是企圖回到（或喚起）我們早已失去的原始文化中音樂、詩、舞蹈、祭儀凝合不分的生活藝術。（由黑山詩人到莫爾文(W. S. Merwin)到羅登堡(Jerome Rothenberg)都曾向口頭文學吸取養分，也可以視作這個動向的一例。）

㈢突破規位進一步的意義是對「規位」、「框架」本身的反思，了解到「規位」、「框架」本身的專橫霸道性，它的尊一、獨突、隔離的作用，這裡包括了語言作爲再現策略的質疑。在西方，在這一個層次上，前衛藝術中的達達主義是極其重要的。其他的現代主義運動還沒有對文學藝術作爲一種體制懷疑，儘管對語言的限制有不斷的批評、改革和突破，但沒有放棄文學藝術之爲文學藝術這個體制。達達主義者所做的，我們可以稱之爲反藝術；但更重要的，是他們對這個體制本身的質疑到否定。Max Ernest 的「木頭與斧頭」，是一塊木頭，借雕刻這一個框架出現，旁邊用鏈子連著一把斧頭，邀人把美的對象破壞。又如阿爾陶(Artaud)的「殘忍劇場」，本身不是一種再現的手法，劇場本身即是生活的一部分。厄氏以後許多藝術活動，都設法走出它本身的體制而溶入或化爲生活的一部分，包括近年以政治遊行爲綱的「藝術」活動。計畫者甚至不把它看成藝術對象，自己也不稱自己爲藝術家。這都是對文學藝術體制本身的質疑。

「開放的形式」的第四層次，可以稱爲托寓行爲的死亡。托寓的基本結構是隱喩，亦即是利用喩依（意符）投射出喩旨（意指）。這個結構是西方傳統文學的主軸。由柏拉圖到基督教義都指向這種從屬活動。柏氏認爲現象事物幻變無實在性，所以光是呈現現象事物不會得到眞理，必須要越過物理世界指向所謂本體存在；在基督教義裡，這個本體存在便由神代替——亦即是微觀世界（人）是地球事物的擬相，而地球事物又是宏觀世界（上帝、天、四元素）的擬相。物理世界中的事物不能獨立具有意義，它們必須載有形而上或超越的法則（理體、神、超越的存在……）這個思維的依據，一直持續在西方幾乎全部的作品裡。現代主義時期的思想家和詩人已經開始否定這種依據，甚至開始鼓吹「即物即眞」，譬如意象主義中便曾呼籲「是一隻鳥就叫牠一隻鳥」（正如蘋果就是蘋果，和所謂原罪實在沒有什麼關係）。又譬如威廉斯說「此時此地……一個永遠『眞實』的世界」「不依存象徵」（關於這方面，詳見我的〈語言與眞實世界〉一文）。（注42）事實上，現代主義者對隱喩行爲的質疑，是二十世紀中一個重要的哲學爭論。在文學上，我們不妨提出新小說主將荷布・格里葉(Robbe-Grillet)的理論與實踐。他文章中特別認爲擬人化和隱喩化都是不合乎現實本身，所以他在〈海灘〉等短篇中，便完全是實在情況的迹寫，完全沒有隱喩的作用。（注43）

在五、六○年代，「現有即實有」，「物自生自本」（一種近似道家的「目擊道存」）的說法受到高度的肯定。這個自覺的遠因，是自十七世紀質疑中世紀以來的析解架構（即以宏觀世界貫徹地球與人及爲教權、皇權定位那一套）所帶動，對「眞理神話」的破解以及逐漸引發到「物本眞」的認識。近因則是威廉・詹姆斯和懷海德所提供對眞實世界的辨識。過去講的秩序和世界，都是用語言和概念圈劃出來的意念世界，通過因果律和串連性把世界分成一種井然的單元，但這都不是本來的面貌，而是把實際經驗裡的不整齊、不調和的個性，通過語言的影響和科學思維的塑模，完全隱藏起來，同時，利用串連性的邏輯，把多面同時發生的世界減縮爲單線的世界。詹氏和懷氏分別建議我

們應該回到「並行的同時性」和「經驗直奉」。(注44)

五、六〇年代的詩人認爲人已經疏離了他最熟識的環境，忽略了他自己正常自然對世界不假思索的經驗。羅拔・鄧肯說：「我要界定的詩學的一個中心信念是：人所組構而加諸周邊事物和語言上的秩序，放在自然的秩序旁邊，便顯得瑣碎無意義……舊的詩的直覺仍然是眞的，所謂上帝以祂自己的形象造人：現在要使人感覺到仍然可信的話，我們必需通過科學作一種新的認定，神性的原型存現在我們的『現時』，在我們的直接接觸裡——我們的『此時此地』，指的是我們每個個人直接意識的場地。」(注45)奧遜在論梅爾菲(Melville)時，特別強調他小說中所提供的眞實性（非本體論的眞實性）和實物感：「他使到事物同時透明而又和諧地突顯出來。所謂可見的眞理，我們指的是現時事物絕對狀態的感知。」（注46）曾經受過道家思想和禪宗啓悟的史迺德(Gary Snyder)說得更明確：「詩人面對兩個方向。其一：對人群、語言、社會的世界和他傳達的媒體工具。其二：對超乎人類的無語界，就是以自然爲自然的世界，在語言、風俗習慣和文化發生之前，在這個境中沒有文字。」(注47)他又說：「『什麼東西都是活生生的——樹木、花草、惠風與我同舞、與我交談，我能了解鳥語』，這是邃古的經驗，並不如後來人所說的屬於宗教的情操，而是對於美的一種純然的感覺。現象世界在某一個突出的情況下經驗是完全活生生的，完全令人興奮的，完全妙不可言的，使我們心中充滿著顫抖的敬畏，使人感激，使人謙卑」。(注48)

「即物即眞」、「所見即眞」一方面否定了托寓行爲所提供的形而上本體論（「深度」、「意指」），一方面把平常心平常物聖儀化——亦即是物自身的莊嚴性和內涵的「神」性。「即物即眞」必然要抗拒語言和串連時間的專橫，而肯定物的多變性和多樣性。艾蒙斯(A.R. Ammons)有一首詩，寫他站在風不斷吹動的沙丘上，一個一個新的沙丘的形狀不斷變化出現；我們如果只握著一個形狀而視之爲最重要的形狀，便失去了現實的本身。每一個形狀，每一個形狀所代表的現時性都是完整完全，我們無法厚此薄彼。（注49）（近似値道家所說的「齊物」、「物各自然」和「物萬變萬化」。）

後現代藝術家對經濟王權的迎拒

如果我們把兩組網路攤開來看，顯然地，把現代和後現代截然二分來探討是有困難的。我們認爲用工業後期社會知識的物化來說明主觀我的碎裂及其引發出來一連串風格的突變，自有其一定的可行性。但正如詹明信在序李歐塔時所說的，這個知識的物化實在是文化工業（物化、商品化、目的規劃化的文化取向）再進一步的延伸，亦即是說，由人的物化推展到想像、知識領域的物化。既是如此，則這個過程中（包括現代主義前後時期）多線張力的衍生變化，我們都必須兼顧。事實上，只有透過多重網路去看這個衍生變化，才可以了解同一個風格指標所含有的多重來源和多重意向。

我們現在回到第二部分末所提出的問題來：由現代到後現代所鼓吹和實踐的語言的革命——亦即是所謂表現、再現的危機，是銜著怎樣的一種傳意、釋意歷史困境而來的。關於這個歷史困境，我曾在好幾篇文章裡談到過，現在讓我用簡單的話來勾劃這個輪廓。這裡講的西方的歷史困境，指的是代表科學的哥白尼和伽俐略對於析解宇宙架構的質疑所帶動正反兩面的影響。正面是它破解了武斷組構而成、屬於鎮壓性的眞理神話——鞏固教權、皇權的析解架構，而由此一步一步對各種既成系統與文本質疑而至現代後現代對語言本身的反思；反面是，中世紀的析解架構破裂後，藝術家和知識份子卻被逐上求索之路，要找出新的凝融架構來統攝眼前事物。我在〈從跨文化網路看現代主義〉一文裡說：

對於哥白尼和伽俐略之打破神權政治的宇宙架構，西方人固然應該感謝，因爲這導致了啓蒙主義的興起；但啓蒙了的西方人，卻相反地，被流落在一種新的荒野裡。這話怎樣說呢？在這之前，有一個組織嚴密的析解的指標網，現在看來儘管是反自然反人性的一種專橫的組構；但在破裂之前，所謂宏觀世界、地球、微觀世界三者是完全貫通凝融爲一的。這個析解的網架和指標所指的，是全歐洲都可以了解的。但在這個破裂之後，新的普遍能接受的、凝融一切的架構至今還未出現。也正是因爲這樣，現代理論家和詩人們才有一種文化的懷鄉，懷念「統一的感性」。這種文化的懷鄉，我們先後在休爾默，龐德，艾略特的論文中看見。其實，嚴格的說，自康德以來，浪漫主義所欲肯定的具有無上組合力的「想像」，浪漫主義所神化的「自然」，象徵主義所宣說的「美即宗教」（所謂「符號是一所廟堂」），現代主義所鼓吹的「語言可以自成世界」，可以把片斷重組爲有機的結構，現象哲學所發現的「眞在物中」和意象派所主張的「物象自身具足」等等，都可以看作前述破裂後另尋出路的種種嘗試，欲建立另一種析解架構，或在內在的反思，或借用外來的文化（如東方，非洲及其他的口頭文化）中並存而不同的傳意、釋意架構來代替那永將失去的世界。

後現代的再現、表達的危機，是承著這一線許多嘗試而來的。在浪漫主義時期，主題雖是自然，但用語、析解的策略、再現的方式與原有的傳意、釋意的意向性相似，譬如把自然看成一種「絕對」。但到了十九世紀，神性已經越來越稀薄，乃有安諾德之聲稱：詩可以代替信仰，乃有語言自成世界之說，來代替神化的自然無法支撐的凝融意念。十九世紀末與現代主義興盛的同時，科學精神一面促使人分化物化到知識分化物化，一面卻使相對論擡頭，亦即是在格物質疑的過程中，發現所謂「絕對」，所謂「用一種綱領對全部不斷變化的現象作一次的解決」這種想法根本是一種專橫，如此，「語言自成世界」，「風格絕對論」，便也站不住，再沒有宏觀世界，沒有自然，沒有語言結構的連繫，我們面對一堆物象和現象，如何才可以使之凝融呢？這樣想才轉到「現有即實有」，「物自生自本」，「即物即眞」，「所見即眞」和道家的「物各自然」和「物萬變萬化」。

我們可以這樣說，語言的策略是對意識危機（包括傳意釋意整個架構的活動）的反映與反應，是二者之間不斷辯證的過程。

但問題還要複雜些：當我們細看由現代到後現代所呈現的觀物形態和表現策略時，很容易發現其間所強調的相對性，他們對語言作爲體制的質疑，對體制之爲體制的輕信，而由此開出來的破語法或超語法，時間的空間化，多重透視和並時性，物象獨立性和強烈視覺性，現時性等等，竟然出現在未經工業洗禮的東方思想（如道家、佛教，見我的〈言無言：道家知識論〉）（注50）和口頭文化中。如果表現策略和文化是不可分的，這應該作怎樣的解釋呢？

首先，我們應該有兩種觀察。第一，文學藝術的研究，不可以一種文化生變的網路作爲一切文學藝術最後的準則；跨文化的研究，指出一個更能令人反思的起點，亦即是：甲文化認爲是邊緣性的東西，很可能是乙文化裏很中心的東西。「中心」與「邊緣」也者，實在視各文化發展的際遇而定。二者不是對立的，而是相輔相成的；在一個突然的機會裏，由於各個歷史不同的需要，甚至會相互換位。

第二，討論現代和後現代，不應該有大沙文主義的態度。要承認，文化與文化之間的相遇是有著一定觸媒作用的。此可見於畢加索、龐德及大部份現代與後現代的詩人。當論者提到「拼貼」、「蒙太奇」、「並時性」等，就應該把這些意念在西方文化以外活躍的根本意義和它們幫助西方解決了什麼傳意釋意的困難。現代意識的危機和帝國主義之間的關係是很複雜的。傅柯(Foucault)曾經說，我們很容易看到權力的負面性而不易看到權力的正面性。（注51）我們或可以用西方侵略者對第三世界所施的殖民文化工業爲例。這種工業固然是一種鎮壓、痲木、洗腦的行爲；但在對另一個本土文化破壞的同時，與被壓迫者文化的相遇，會帶來自身某種調整，用前述鄧肯的話來說：「任埃及……文化侵入現代的景象裏……開始重疊並合，我們會有一些異常的綜合，一個國家民族疊合在另一個國家民族之上。」我們這樣說，並非要縱容或容忍帝國主義，而是說文化與文化之間的爭戰與互動，是不可忽略的事實。討論現代和後現代的批評家，竟然跳躍過去而不顧，實在是大沙文主義的文化觀作祟。

文化與權力之間的互持、互拒、互動，不但在國際間有顯著的運作跡線，在一國或一個區域的文化活動中亦如是。後現代主義文學藝術其中一面固可以如浩塞那樣視爲與商品拜物主義妥協，是政治、文化的棄權（所謂投降意識。）詹明信和李歐塔也都提到「一些不見眉目的主人曲造出經濟的策略來牽制我們」——爲了推廣跨國經濟侵略而造出一套自由的說詞，將之合理化並打入教育機構裏運作。佛斯特有一段令人沮喪的話：

> 很明顯地，啓蒙的計劃（按：指重建人性的深層意識）今天之衰敗，不是因爲藝術的犯規……也不是因爲解構批評（反正這種活動只限於學院裏），而是（哈伯瑪斯所說的）「生命世界」之被經濟、集權政治、工業技術和科學的領域所「征服」（或殖民地化）。前兩個領域完全是工具主義爲綱，後兩個領域與其說是不沾價值論還不如說是對價值問題淡薄。在這個機關制度裏，藝術與批評變得是完全邊緣性的東西。……結果，布爾喬亞階級背棄他們的前衛藝術家和文化專家（往往因爲後者無法配合他們的政治綱領而被棄逐）。雖然聯邦政府也有象徵式的支持，藝術只是大商社贊助人的玩物，他們和藝術的關係，與其說是高貴的義務還不如說是公開的操縱——把藝術視爲一種權力、聲勢、宣傳的符號。正如布希亞所說的，對這一個階級的龐大團體來說，顯然積聚產物的控制還不夠，他們還要掌握傳意的行爲。（注52）

後現代文化藝術寄生在這種龐大的經濟王權運作系統（擴大的文化工業）的夾縫和這種運作系統所傳訊出來的合理化的「敍述」中（即用「人文」事業的推廣爲幌子來擴展經濟的侵略行爲）。文學藝術與這種權力的辯證下，確有被吸溶化滅而與商品拜物主義妥協的現象。

但另一方面，後現代另一些藝術家對這個經濟王權取的是抗衡的態度，正如我在〈如生活的藝術活動對生活的批評〉裡面說，後現代駁雜崩離的現象以外，還有一些藝術家，不斷在努力收回人性的失地。我說：

> 有些藝術家，尤其是以「演出」（按：由「發生」到「活動」）爲主的藝術家，他們要重建人性的意識是極其強烈的……如果我們以美國後現代時期的詩來說，羅拔·鄧肯所呼籲的「全體的研討會」，要把西方理性主義至上排斥出去的其他文化秩序重新納入我們的意識中，亦是取向於重新整合的，我們不否認後現代有令

> 人沮喪的駁雜崩離的現象，但沃霍爾「以反爲正」「以非藝術爲藝術」「以邊緣人(marginal roles)爲英雄」或「反英雄角色」，在開始時，仍是前衛精神的延續，仍是一種驚而悟的策略……後現代雖說已失去了發揮驚世駭俗的餘地，說是因爲現代主義和前衛藝術的異端精神成功地打進了一般中產階級，而被接受爲「常」；但不用「驚世駭俗」的策略，並不表示他們離棄了現代主義重建社會意識的努力。譬如卡普羅(Allan Kaprow)近期的作品便被評爲「靜靜呼喚的人性」；羅登堡的作品承繼了鄧肯從現代主義開出來的「全體的研討會」；而哈里遜夫婦(Newton and Helen Harrison)的城市重建計劃與自然不斷的對話。這些都是從現代主義與工具化目的化的社會抗衡中不斷修改和調整的結果。(p.114)

熟識這些藝術活動的讀者、觀衆與批評家會注意到，在形式上和一般的所謂後現代主義有呼應之處，如生活美學化，如高純文化與大衆文化界線的泯滅，但在精神向度上則完全不同，不是斷裂擴散，而是指向凝融與多樣包容性；不是投降意識，而是社會參與和政治、生活的批評。

現在回過頭來看由「關閉的形式」走向「開放的形式」的幾個層次，也都是對「生命世界」的再思，而都是與失去了凝融架構的對話與辯證。回到熟識的地面和日常事物，不是一種庸俗化，而是一種提昇；衝破文類和設法把被排除的其他文化和秩序重新納入，也正是要把被鎮壓的文化記憶復甦，並企圖使所謂「邊緣」所謂「中心」互動互補，本身即是一種反思與批判；至於「語言革命」的延伸，在一定的意義上，也是史坦兒精神的延續：「用一城市的字，把生命作全面的重鑄。」而「即物即眞」的肯定，更是要從「形而上的焦慮和枷鎖」解放出來，一面消解「過於膨脹的自我」，一面還給自然本身的形相。配合著這個取向，有些詩人和藝術家，突破「主觀我」的主位，走入以群性群聲爲綱的初民口頭表演表現的活動，作爲壟斷太久的書寫藝術的調整。這些都出現在後現代時期的創作活動，它們與經濟主權的抗衡和對「生命世界」的呼喚，也是極其肯定的。至於這些後現代時期的詩人藝術家，應不應該套上較狹義的後現代主義的名號，倒不是我們最需要關心的。

說完了這些，我們倒不可以安心無慮。李歐塔說的爲爭取資訊化知識的權力比賽所將帶動的跨國經濟集權的威脅，及這個威脅必然帶動的「生命世界的征服」（包括藝術的淡化、邊緣化到消融滅滅），其來勢是凶猛快速的。浩塞所謂「與商品拜物主義妥協」和「藝術的投降意識」也實實在在的與日俱增。則在還未全面進入後期工業社會的臺灣，這已經發生，如詩人常常得到編輯的提醒：不要投給他詩，要投，投淺白軟性的；又如，重頭的論評文章不要等等，便是與商品拜物主義妥協最好的徵象，雖然，嚴格來說，臺灣在實質上應該還沒有後現代主義的陣痛。

注釋

①關於「後現代主義」論爭，除了亞勒克的〈序〉，還可參看*Habermas and Modernity* ed. by Richard J. Bernstein, Cambridge, Mass: MIT Press, 1985, *The Anti-Aesthetic: Essays on Postmodern Culture*, ed. Hal Foster. Port Townsend, Washington: Bay Press, 1983, *New German Critique*, *Telos*等雜誌在八〇年代初期另有爭論文字，在此不一一列出。

②哈伯瑪斯一九八〇年在佛蘭福特接受艾當諾(Theodor W. Adorno)獎時發表的“Modernity-versus Postmodernity”（後以“Modernity-An Incomplete Project”收入*The Anti-Aesthetic*書中）即是一例。詹明信見其“Postmodernism, or The Cultural Logic of Late Capitalism”, *New Left Review*, No. 146(1984): pp.53-92；浩塞見其*The Sociology of Art* (Chicago, 1982)；柏爾曼見“Modern Art and Desublimation”, *Telos* 62 (1984-85) pp. 31-57，李歐塔見其《後現代狀況》。

③該文與本篇曾在清華大學辦的「從現代到後現代情境」的研討會中發表，一九八八年十二月二十三日——二十五日。

④以詹氏的“Postmodernism, or The Cultural Logic of Late Capitalism”中有關風格演變爲主線，我以摘要方式突出要點，並加以說明和注解。詹氏部分見該文pp.58-80.

⑤Hauser, p.651.

⑥Berman, p.41.

⑦Pound, *Gaudier-Brzeska: A Memoir* (New York, 1916), p.103.

⑧見Jean Baudrillard, *Simulacres et Simulation* (Paris: Editions Galileie, 1981).

⑨Lyotard, "Introduction". xxiv..

⑩Hal Foster, *Recodings: Art, Spectacle, Cultural Politics* (Seattle: Bay Press, 1985), pp. 16-17.

⑪見其序李歐塔的《後現代狀況》，xvii.

⑫見前書，xviii.

⑬李歐塔，pp.40-67.

⑭以上見詹明信 "Postmodernism……", pp.71-77.

⑮詹明信，pp.77-78。詹氏先後會在幾篇文章裏重申這個公式。其中有相關的見其 "Rimbaud and the Spatial Text", in *Rewriting Literary History*, ed. Tak-Wai Wong and M.A. Abbas (Hong Kong University Press, 1984) p.68.

⑯詹明信，pp.82-83.

⑰Hauser, p.653.

⑱*on the corner to off the corner* (College Park, md: Sun & Moon Press, 1981)p.7.

⑲Marjorie Perloft, *The dance of the intellect* (London; New York: Cambridge University Press, 1985), p.216.

⑳Charles Bernstein, "Language Sampler"序，*Paris Review*, No.86(Winter, 1982),75.

㉑Bruce Andrews, "Text and Context," Bruce Andrews and Charles Berstein, eds. *The L=A=N=G=U=A=G=E Book* (Carbondale: Southern Illinois University Press, 1984), p.31.

㉒這些詩可以參看Douglas Messerli編的 *LANGUAGE POETRIES: An Anthology* (New Direction. 1987)，按次pp.98-99, 29-40; 131-135。

㉓詹明信pp.73-74.

㉔"A Transatlantic Interview 1946", *A Primer for the Gradual Understanding of Gertrude*

Stein, ed. Robert Bartlett Haas (Santa Barbara: Black Sparrow Press, 1976), pp.16-18.

㉕前書p.15.

㉖William Carlos Williams, "The Work of Gertrude Stein", *Selected Essays of William Carlos Williams* (New Direction, 1932, 1944,1954), p.114.

㉗請參看我的《比較詩學》(臺北：東大，一九八三)pp.96-97; 130-131.

㉘《比較詩學》，pp.230-31.

㉙"I'm Given to write Poems" (1967)見 *The Poetics of the New American Poetry*, ed. D. M Allen and W. Tallman (New York: Grove Press, 1973), p.263.

㉚更詳細的說明見懷海德 *Science and the Modern World* (New York: MacMillan, 1967)pp.93-94.

㉛Charles Olson, *Casual Mythology* (San Francisco: Four seasons Foundation, 1969), p.2.

㉜見Charles Olson & Robert Creeley, "Projective Verse", *Poetry: New York No.3* C1950;Charles Olson, *Selected Writings*(New York, 1966).

㉝現代主義這一條線的理論，見斐德(Walter Pater)，柏林森(Henri Bergson)和休爾默。詳見我的《比較詩學》p.57-59.

㉞我在七〇年代初一個展覽場所看見，作者名已忘記。

㉟Robert Duncan,見 "Towards an Open Universe", *The Poetics of the New American Poetry*, p.218.

㊱見其 *Notes on Grossinger's Solar Journal*. (Black Sparron Press, 1970), ii.

㊲*The dance of the intellect*, pp.172-197.

㊳"The impossible", *Poetry*, 90, No. 4(July 1957):251.

㊴"The Rites of Participation", *A Caterpillar Anthology*, ed. Clayton Eshleman (New York; Doubleday, 1971), p.24-25.

㊵見我的《飲之太和》(臺北：時報，一九八〇)，pp.195-233.

該文成於一九七六。

㊶《比較詩學》，pp.195-244.

㊷《比較詩學》，pp.87-133.

㊸Allain Robbe-Grillet, "Nature, Humanisme, Tragedie", *Pour un Nouveau Roman*(Paris, 1963).

㊹見《比較詩學》中〈語言與真實世界〉一文，pp.96-97.

㊺*The Poetics of the New American Poetry*, p. 218.

㊻*The Poetics of the New American Poetry*, p. 179.

㊼見David Kheridian, *A Biographical Sketch and Descriptive Checklist of Gary Snyder* (Beckeley, 1965),p.13.

㊽見其*Earth House Hold* (New Directions, 1969), p.123.

㊾"Corson's Inlet", *Corson's Inlet* (Ithaca:Cornell, 1965)

㊿收入我的《歷史傳釋與美學》一書（臺北，東大，一九八八）。

(51)Foucault, *Power Knowledge*, ed. Colin Gordon (New York: Pantheon, 1977), pp.118-121.

(52)Foster, *Recodings*, p.4.

如生活的藝術活動對生活的批評

後現代對藝術與生活的另一些思索

「文本」只是讓我們活動的空間

題解

「如生活的藝術活動」，既是「如生活」，又怎麼是「藝術活動」呢？這個自相矛盾的感覺源自歷來（尤其是西方）把藝術和生活視爲截然二分、各具異質的兩個範疇，彷彿「如生活」就不能成爲藝術。這個想法在西方現代主義全盛時期尤爲顯著。後現代時期的一些藝術家如卡普羅（Allan Kaprow）和克爾比（Michael Kirby）直稱他們的一些「作品」爲「活動」（Activity）。我這裡仍稱之爲「藝術活動」，因爲促使這種「活動」的發生，仍是含藏著藝術的意念與企圖，但要注意一點，引發這種「活動」發生的藝術家往往不希望參與者「當時」覺得是「藝術的」活動。關於這一點，我們在後面討論到卡普羅時再加發揮。

「後現代」在這裡只用作一種時間的指標，不是與近年討論得極其熱烈的後現代主義完全認同，尤其是詹明信（Fredric Jameson）等人所展示的風格衍異駁雜、帶著精神分裂徵象那樣缺乏中心與深度屬於斷裂擴散的文化現象。我認爲一方面詹氏所描述的現象（他提出十幾點特色，見其〈後現代主義與後期資本主義的邏輯〉一文），（注1）確乎存在，在北美洲甚至具有籠罩性；但在同一時期內，有些藝術家，從現代主義中某種前衛精神出發，通過一種暗流的發展，同時對現代主義後起現象（包括詹氏所描述的現象）作了一種內在的反省，提出了另一種思索。這些活動與思索所帶給藝術與生活的向度，在形式上和一般的

《圖一》

作者與學生在樹林中作吟唱試驗

(Photo Credit/Rudy Ignazio)

所謂後現代主義有呼應之處，但在精神上則完全不同。我這裡要介紹的，即是後現代時期對後期資本主義那種減縮人性的行爲作了挑戰的一些「活動」和「活動」所帶動的反思。

我將在往後的段落裡介紹幾位藝術家，如卡普羅、奧莉菲蘿絲(Pauline Oliveros)、黃忠良、羅登堡(Jerome Rothenberg，中文取名賀萬龍)、哈里遜夫婦(Newton and Helen Harrison)、黎絲(Suzanne Lacy)，和佛蘭雪爾(Jean-Charles Francois)等人，他們，不約而同地，在學校裡，在校外一些場地，引發和帶動一撮人即興地「做」了一些前述那類活動。

一個破常規的「引論」

這裡，我要破例，在討論他們的「作品」之前，先介紹我自己約略在同時，對當時美國文化的取向，對僵化的教育架勢，在課餘的時候，另闢途徑，所作的一些體驗性的「活動」。當時，一九六七年，我開始在加州大學教詩、創作坊和比較文學的時候，曾發起每週一次的「文學散步」。課外一些學生跟著我，走入林中，走到海邊，或坐臨山谷。在這個過程中，即興地引發了一些活動，其中幾項，曾收錄在我的詩集《野花的故事》（一九七五）裡。我利用了一些文字，一些簡單的道具，利用了一些旋律和自發的動作引發學生們對經驗本身作出內省和反思。這些活動我後來將之變成一門課。

本來，在講臺上、在文章裡，是不應該談自己的東西的，尤其是，我當時所作的活動，並沒有以藝術家的立場刻意去做；我多半的時候，是把它們看做經驗的試探，是不滿於過度體制化、有時近於商品化的教育氣氛所作出來的另一些經驗方式。換言之，我沒有把這些活動作爲藝術對象來處理。但近年來，奧莉菲蘿絲、卡普羅等人對我說，我所做的，包括我那門課的方式，正是他們所做的。換言之，他們（藝術家）把我做的活動劃入他們的藝術活動的範圍裡。由「未被認定爲藝術的狀態」（即參與者只將之視爲生活經驗的一部分）到後來「被覺出或被認定爲藝術」這一個過程，正好是所謂「如生活的藝術活動」的特色，即藝術家在「活動」的「當時」，不希望參與者覺得是「藝術的活動」。由於我做的活動和課具有同樣的特色，我便決定突破「常規」來現身說法，描述一下我這些「活動」，作爲討論卡氏等人作品的引子。

先談一兩個課外「文學散步」的例子。

有一次，我們走到林中的一塊空地。我們坐成一個圈子。然後我說，讓我們大家躺在地上，閉目十分鐘再坐起來。閉目當然便看不見手上的錶了。但有趣的是，大家在十分鐘前後相差不多的時間內，一一都坐起來。

這裡可以說明一件事，我們不必依賴錶那種機械式、數學式的時間知識而能直覺到時間的實體。顯見我們有很多時候，實在不必仰賴工具的扶助，就憑感覺也可以「知道」、或「做到」一些我們以爲只有仰賴工具才可以知道或做到的事。反過來說，由於我們生活中太憑藉工具的幫助，反而喪失了原來有的能力。這裡我不妨補上近年的一個實例，由於計算機的發達，很多人已經不會心算，這是在美國的超級市場最常見的現象。

又有一次，我從藥房買了一種隔音的耳塞，給散步中同學帶上。這種耳塞隔音效果極高。我們在樹林裡行進。我請了兩個音樂家同行，請他們彈琴和吹簫，一路風林簌簌。我們到了一個休息的地方，便請他們把耳塞除下。我問大家，剛剛聽到了什麼沒有。他們都說，音樂，葉子聲都聽到，但除了這些，還有內在器官如脈搏的跳動，脚步的迴響，甚至血的流動……。

通過這個經驗，他們明白到，當我們的聽覺受阻時，其他的感覺（視覺、觸覺……）會立刻敏銳起來，甚至代替了聽覺去觸應那聽覺無法收到的經驗。同理，當我們失去視覺時，我們的觸覺和聽覺馬上會敏銳起來（我另外曾要他們把眼睛蒙起來，摸索行進，然後請大家描述經驗，他們都有以上的體驗。）

因爲這個活動，他們同時體驗到，讀詩、聽音樂等，正是要使我們被冷落、廢置不用的感受網的某些層次活醒過來。我們自然體的感受網原是全面的，我們的敏銳性原是很強的。但是由於我們突出一種或專注於一種的發展（如知性的力量的壟斷）而廢鈍了其他的能力。以原始人爲例，他們在老虎還未有任何影跡的遠處便可以預知牠的來臨，這種所謂「千里眼」「順風耳」的能力，我們已經喪失了。

在那段日子裡，我安排了好一些類似的小活動。下面再講一件。到了一個臨海的崖原，風陽和暢，海天賽藍。我給同學們說，我將朗頌一首詩，Kenneth Patchen的"What is the beautiful?"（甚麼是美？）在我讀的過程中，希望他們用最慢、慢鏡頭的慢移動，用什麼動作都可以。那首詩每隔若干行便有Pause（停）And begin again（再開始）的詞令，他們聽到「停」那個字，無論當時在什麼步姿，什麼動作，提足、彎手都要凝止，即脚在空中也就停在空中，手旋身斜到那裡就停在那裡。等讀到「再開始」才恢復慢動作。如此止而復動動而復止到那首詩讀完爲止。忽然間，這些沒有舞蹈經驗的學生，忽然舞踏起來。

這裡不只是利用了詩中類似音樂的擊、止、收、放來帶動動姿與休姿而成舞，而且詩中的意象，在他們因慢動作而產生的凝注中，斷斷續續的在他們的心眼前景出景入、景隱景現地製造著一種和肉眼前不同的舞臺，而他們則在這個雙重、重疊的舞臺中歷驗。

這個活動除了引發出一種舞的狀態外，最主要的當然是把他們與生俱來、但久被壓抑不發的藝術的本能解放出來。在歷代體制規範的知識指標下，我們覺得我們不會舞踏，好像舞踏是不學無術的；事實上，我們醉而能舞，也正好說明我們從未失去舞的本能；我們只是在某種特定體制和規範下把那種本能壓抑下去而已。

由「文學散步」引發出來的這些活動，我決定把它們變成一門課，那是一九七〇年左右，課題是「抒情之源」，屬於一門詩的課。課程的描述是仿儀禮詩的句法，與一般課程介紹所用的說明文字頗有不同；上課方式也是突破常規的。首先，課要離開教室——教室的四壁正是一種規格，一種局限知識傳遞的囚牆——到附近的樹林裡去上；第二，這是一門有關於詩的課，但一反我其他教詩的方式（我在加大教中國古典詩、英美現代詩、中國現代詩），不作有計畫的分題演講，學生自己去看我指定的一些詩（多半是原始詩歌）。我們在樹林裡，坐一個圈，用交談式，即興地引發一些活動，基本上是用身體力行的方式去感知詩和反思生活。詩是給我們「經驗」的，那麼就讓我們去「經驗」它；詩是給我們生活那樣生活的，那麼就讓我們去「生活」它；詩不是叫做「知識」那種抽去血脈後分割爲各式不同個體的單元，而是一種生長的方式，一種必須重新融入我們生命裡的活動，那麼就讓它重新融入生命裡。詩，在太初時，禮儀、音樂、舞踏、吟哦、應頌……是合體不分的活動，那麼就讓我們依著它始生的律動與狀態去重演，或讓它緩緩地從單旨的形象中突圍出來。

在我們的生活與教育裡，經常被逼去獨尊我們全面感知經驗中的某一種（只一種）能力，某一種行爲，將之視爲正典，依循著某種體制的要求，而把別的層次壓抑下去。這種尊一排他的傾向，在我們的生活裡在我們的教育裡幾乎成爲一種常規。譬如以理性即合理作爲種種活動和行爲的綱領在現代生活所構成的霸權，尤其是西方啓蒙主義以來籠罩著全球的工具理性主義，在效率至上實用至上的藉口下，通過專爲某種利益而服役的邏輯活動，把我們感知生命中其他的能力與層面排除與壓抑，如列強之入侵中國，如美國對第三世界以「推廣民主」和「經濟援助」爲由所施與的文化壓力。而在我當時教詩的學校體制裡，雖然比東岸一般大學開放，但骨子裡仍離不開工具理性主義的支配：人文科學始終是陪襯的文化活動；而在人文科學裡，又以西方的大師爲正典，尤有進者，在西方的正典中，則以十九世紀實證論和實用論爲依據。譬如讀一首詩，那個體制影響下的教師們，只知道去「解」一首詩，而不知道去「感」一首詩，不知道去吟唱它，了解種種發聲的差別；不知道去演出它，用姿式和動作去「生活」它。而生活教育彷彿只是一組數字；生活、教育、知識、經驗都被簡縮爲某種數理思維可以剖解、可以控制、可以圈定的形式。詩變成了分析手術臺上的屍骨。我們在教室裡所得到的，往往只有詩的所謂「意義」，而不是詩的「身體」；我們在社會裡所得到的經驗，往往只是屈從於某種目的與利益而「揚棄過」、「剪裁過」、「簡縮化」、「公式化」的經驗。我在這門課裡要做的，是把被排斥的經驗重新喚醒重新納入，通過文字以外、規格以外的另一些感知方式去體驗那被壓抑不顯的記憶。要學生歷驗到「文本」給我們的，不是一種固定的「意義」，而是一種開放的空間。

離開教室的四壁這一個行爲，除了象徵脫離「規格」外，同時是由「封閉的空間」移到「開放的空間」。在教室外的樹林裡，沒有了「由此得彼」或「因此得彼」或「因此故彼」的指令，學生得以直接地在這個不設防（或應說甚少設防）的空間裡歷驗馳騁。

我必須說明一點，所謂「任其自由歷驗」，所謂「即興」參與活動，不是給與了他們開放的空間，他們便可以自動自發。歷驗是一種傳意釋意的行爲，必然會牽涉到參與者本身所處文化歷史所給與他們在感知上的限制，這個受限的感知能力只能夠在參與者與「活動」接觸時因著經驗所帶來的反思、因著被喚醒的記憶（那未嘗完全喪失的其他感知的方式）而緩慢改變。所以這門課是一種經驗的過程，採取的方式是「悟」，達到「悟」的媒介是「活動」。我雖然極其信賴「頓悟」，但對這些後現代時期的學生來說，仍需偶用「漸悟」裡一些解說做觸媒。在他們通過一些即興演出的活動（如「言」外之吟唱試驗，動作表達、靜默、凝神……等）去歷驗反思之前，我還得用一些文字引發初步的跳躍。

由教室移到樹林，第一次的接觸我用了五首詩。

第一首是個人對自然的應和。詩人「偶然地」離開他有限意識的圓圈而進入了伸向無盡時空更廣大的意識裡。但這是「一個人」與自然的接觸。

第二首是王維給裴迪的散文詩式的信。這裡我們聽見「兩個人」的合唱和「分享」自然。這封信的背後是一組以詩對話的輞川和詩。

第三例，我們可以推前到第三世紀中國暮春三月曲水流觴的「藝術活動」。在那裡，「一群」詩人、畫家、書法家「相」聚於蘭亭，「列」坐清流，仰觀宇宙之大，俯察品類之盛，游目騁懷而唱頌物之大情。

蘭亭詩人不僅以文字也以身體行動、以近似儀禮和宗教的情緒去頌讚自然、去體驗人與自然應和的意義。

但，雖然他們「共同」參與，卻還只是一組詩人墨客，不似東格林蘭的愛斯基摩族人；他們全族人用歌、吟唱、演出的方式與自然交談。我介紹這第四例的時候，因爲大家已經在林間的空地上坐成一個圈，我們便立刻可以用合唱的方式演出：

南面雄偉的崑拿山（獨唱句）

imakayah hayah, imakayah hah-hayah（合唱句，以下同）

我凝視

imakayah……（從略）

在這種模擬的演出中，原來的視萬物有生、神趣四溢，物（全體物象）我（全體人類）相和的聖儀式的參與感——已經早已被後期工業唯利是圖的發展所放逐的參與感——突然傳出了一些信息、一些迴響。

我接著推向非洲原始民族的「動物世界之歌」，用儀式劇的方式舞唱出來，獨唱，合唱，啞劇，擬聲，舞踏合一的呈現。記著：這些我們現代人視爲混合媒體的呈現，在原始人的意識裡，本來就是渾一不分的感知和表現，只有後來的「尊一排他」、「專門化」、「有效分科」才把它們解體。藝術活動是群體生活的一種共同創作，沒有文化詩人的「自我爆發性」和「自我誇大狂」。

這五個例子所反映出來的是：現代人是由「群」而隱

退到「獨」，事實上，他們超過了這裡的第一例而再退到自我私欲狹小的囚牢裡製造語言的遊戲；其次，由多面性破碎爲各不相涉的單面性；亦即是馬庫色（Herbert Marcuse）所說的one-dimensional man（單向單面人）。我跟著要學生做的「活動」的取向之一，即是通過多面性的歷驗（偶然借助一些說明）去重認被分割被減縮壓抑的感知面。

我不去解詩（事實上沒有預定的課本），學生們每一課和我在樹林裡見面事先都不知道要做什麼，我就在這種他們事先無法預見的情況下，引進吟唱試驗、即興成舞、公案式演出、啞劇表達、即興寫詩（包括聯句）、變音頌唱（包括疊音、逆轉、交錯、延長、呼氣……）、擊石成曲、靜思凝神、儀禮活動、因象成畫等等。而最後，學生要利用文字，和以上歷驗過的活動，創造一個全體可以參與而能有所啓悟的「活動」。我所引進的種種活動，包括我以前做過的，當然不是我一個人完全可以包辦的，因爲我也是現代教育體制下的產物。我請了不少人幫忙，其中包括了舞蹈家黃忠良、王仁璐、Stephanie Romeo，Jean Issacs，音樂家佛蘭雪爾和奧莉菲蘿絲，變音專家Linda Vickerman，儀式劇詩的譯者和研究者羅登堡和Ken Mendoza。我事先和他們說明了我所關心的意識取向才請他們配合進行。

我在這裡無法一一介紹我引發過的種種活動，因爲是即興的，因人而異，因境而異。讓我講一兩項。

吟唱試驗，首先要讓參與者認識到：默讀一首詩、解讀一首詩所得到的「知」和吟詠、唱頌所得到的「知」是相當不同的。其實此理甚明，我們平日都有過這樣的經驗：不同的人朗頌同一首詩會傳達出完全不同的感受，關鍵就在音、音調、口氣、輕重、感情、態度和停頓的運用等。吟唱的試驗，不是要給學生們專業的訓練，而是要他們領悟到他們很少去想、教授們從來不去講的「音」和「如何發聲」的整套傳意活動。這裡不妨拈在早期人類學者的錯誤，他們去採詩時，往往把一個演出的事件，詩、舞、樂、魔咒、吟唱凝渾爲一的儀式劇，只抽出文字和意義，抽骨去肉地或抽肉去氣去血地，把一首詩的「身體」完全抹殺了。這樣一種功用式的閱讀經驗進入了學院，陳陳相因，無法重視抒情本身的豐富性，脫離了詩的「身體」，也就是脫離了物我相和、萬物相連相生、神趣四溢的生命——詩與生活原有的互相持護。

吟唱的試驗，包括了種種的組合，如純音無義、半音半義、全音全義，作單獨朗唱，作交參朗唱，作疊音，或拉長、或急讀、或高呼、或低徊、或用最慢的近乎呼氣的緩音輸出、或把音碎斷而續而斷、或顫抖……讓參與者進入文字以外的領域遨遊探索感知的諸貌。

我們的生活與教育裡，怯於正典的威力，甚少放開心懷，突破固定的音律的規格。我們這裡可以從記譜所代表的音和眞正彈奏出來的音和這個音色所給出的生命力比較看。實際上，音色——可觸可感的音色——是記譜無法捕捉的。譬如某人彈的鋼琴，如果用最科學的方式去量度，也許和記譜上的要求完全相符相合，但這樣彈出來的鋼琴可能完全沒有「音樂」，而另一個人，和譜上的要求有出入，卻有很豐富的「音樂」。音色不是數理思維可以束縛與刻劃的。記譜，像字之「文本」，是不同音質可以發揮的空間。

這裡還可以提到後現代一些詩人的一些策略。他們把一句整齊的詩，分成許多短的單元，單元之間留了很多空間，其中一個原因，正是要回到氣之運行，有若蘇東坡行文如水的比喻，隨物賦形，時緩時急，時擊時止，時高昂時遲疑時靜默，情緒的跳動應該和音樂一樣。試以傳統的方式去解「哈姆萊特」一段獨白：

To be, or not to be,——that is the question:——
Whether 'tis nobler in the mind to suffer
The slings and arrows of outrageous fortune,
Or to take arms against a sea of troubles
And by opposing end them?——To die,——to
sleep,——
No more; and by a sleep to say we end

一般人以抑揚五步方式去讀。但假如我要你明天把這段話演出，你馬上覺得所謂抑揚五步（西方解律的正典）都是外加的，都沒有符合該段中情緒的生命。按照該段中的遲疑、不安、焦慮，我們如果要將之演出，擊止緩急，大約會有下列的安排：

To be
　　or not to be
that is the question
Whether 'tis nobler
　　　　in the mind
　　　　　　to suffer
The slings and arrows
　of outrageous fortune
　　　　　　　Or to take arms
Against a sea
　　of troubles
And by opposing
　　　　end them?
To die
　　to sleep
　　　　　　　No more
And by a sleep
　　　　to say
We end…

這樣的想法，已經不只是音和讀的問題，而是對所謂正典所給我們的經驗方式（同時旁通到其他傳統爲我們圈定的生活方式）的質疑。而吟唱的試驗，尤其是利用音的延長和變化的試驗，可以使參與者跨過感知的障礙而步入開放的空間。

至於舞踏動作的試驗，假如我說我們本來是會舞踏的，現在喪失了這種本能，大家必然說，這怎麼可能。其實，這是觀念問題。我在這裡試舉我生命中一個小小的例子。我女兒一、二歲的時候，我問她那張塗鴉是什麼？她說：有兩個口袋的天空。這是奇思妙想。但她稍長大後，馬上便放棄這種活潑的想像力：因爲在成人的眼中，這是不合邏輯的思維。嬰兒聽見音樂而自發地搖動屁股，成長後卻變得音盲體硬。舞，他們說，是如此如此久鍊出來的。

《圖二》

即興成舞「想像穿一件宇宙那樣無限大的上衣……」

(Photo Credit/Rudy Ignazio)

但我們與生俱來的「舞的本能」其實並沒有失去，正如我在林中做「文學散步」時利用Patchen那首詩所引起的舞踏行為一樣，只要在觀念中能換位，很多平凡的動作都可以成為一種舞。試把動作放到極慢，用十五分鐘的時間由起坐走到不及盈尺的門口，馬上便進入一種舞的狀態，換言之，離開常規的動作方式，便會引起另一種凝注而產生另一種突出的意義。

幫我啓悟學生起舞的Romeo和Issacs，則利用意象，利用凝神與觸動的方式，觸發相當成功的舞動。其中之一，便是Romeo要學生們想像穿一件宇宙那樣無限大的上衣，這一想像馬上觸發參與者緩緩地把手伸向無限，又緩緩的彎身過來，把另一隻手伸向天穹然後再彎回來。舞動與氣的運行實在是一而二、二而一的東西。黃忠良講的正是順乎氣韻的運行，太極拳，在最深的層次裡，不是一招一招的模倣，而是氣無礙的運行。黃忠良在我班上，不到兩分鐘便能使得學生起舞，都是拋卻執著的觀念後的效果。關於黃忠良，我在後面另有介紹。「三人舞團」的領導Issacs，也說凝氣和行氣，其中一項，是要參與者閉目凝神

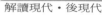

《圖三a》

即興成舞「……穿宇宙那樣大的上衣……把手伸向無限……彎向天穹」

(*Photo Credit/Rudy Ignazio*)

把氣的中心找到（葉按：即中國的所謂「丹田」）。當參與者已經凝定後，另一個人開始在他身上或前或後或上或下或左或右的一點，閉目的參與者按照點觸的位置任內應的氣行向點觸的方向，這樣很快的，運行向上轉向左復向右再向下那樣全身舞動起來。（見圖一、二、三）

這些試驗除了體認到自己「能」舞之外（亦即是重新發現壓抑深藏在我們體內舞的本能之外），便是對自己身體更親切的認識。這個做法和另一項活動「凝神靜思」的作用是相近的。

另外，由意念意象可以引發舞這個做法，也見於啞劇試驗。啞劇的模擬動作，不能光是表面模擬。一個成人要模擬一個孩子，必須凝注最特出的一瞬，譬如孩子常常仰首看高高櫃上的糖果瓶，「高仰」便成爲主要模擬的動力。又譬如：要模擬門，西部牛仔片中那兩扇門，首先要把自己投入那兩扇門的個性裡，變成無知覺但推一推會彈回來由快而漸慢到止而又始終保持僵硬的門。

由凝注投入還可以帶動即興創作。我在大家凝神慢慢舞動的同時，要他們各人投入自然界的一項事物如風如浪

《圖三b》

即興成舞——在海邊

（Photo葉維廉）

如樹：想像成爲該物象，凝注所有發生在那物象的情況，到最深入的瞬間，任那感受放射爲文字，如此一句句的誕生出來，不一定是最好的詩句，但具有詩的條件。我說過，這些活動，目的不是要和正典合符合拍，而是注重啓悟的作用。所謂即興創作，是喚醒、激發那些所謂不會或從不曾寫詩者的詩情，和觸發他們與大化的自然作親切深入的交往（那怕是一瞬的觸悟，一閃光的見著！）

至於其他的活動如以「異常」制「常」的「公案式演出」，如與大化之氣流通的「儀禮活動」，如因詩得象因象成畫及擊石成曲等等其他的活動，我就不一一說明了。倒是可以談談學生們提供的活動（必須綜合數種經驗、可以共同參與的活動。）我想只舉三例：

㈠「自然游步」：代表者向大家宣布，要走向山谷和林間。大家走著走著到了一個地點，停下來，輪流唸了一些事先準備好的詩，關於自然的詩，然後傳遞一個瓶給大家輪喝，是清水。跟著再穿行林間，到了另一個地點，停下來，再唸一些詩，然後傳遞另一個瓶給大家輪喝，是果汁。再穿行到另一個地點，停下來，再唸一些詩，然後傳遞另一個瓶給大家輪喝，是酒。再穿行，再停，再唸詩，再傳遞一個瓶給大家輪喝，是空的。空代表什麼呢？就在這一瞬間，參與者必然會想：空可以代表「空氣」，可以代表「沛然之氣」，可以代表「精神」，可以代表……。

㈡「陰晴變換的旅程」：學生甲把一首描述曲折深入黑暗行程的詩發給大家，另外發給各人一張紙條，上面描述不同的地點、不同的風景、不同的氣候、色澤、狀態。然後大家沿著一個圈行進，由一個領導者唱頌這首描述行程的詩。當讀到某些關鍵時，分別輪流把紙條上的描述接上去，而同時按著某種指示，和別的紙條交換，如是循環交換連續接上那反覆穿越的行程。由於不斷的換位，每次讀紙條時都在「行程」上（雖是內在的行程，即文字投射在腦中的行程）有新的、不同的、陰晴變換的情緒與經驗，而在同一「行程」上獲得無數層次的變化。

㈢「風鐘」：學生乙搜集了尼泊爾、印度、中國等地不同的鐘和鈴，大家坐在有風的草地上，海風把陽光沿著岩崖送過來。經過一陣靜默後，大家分別敲打或搖響鐘或鈴，如此不同的音量、顫響、迴盪。主持者，首先要大家追蹤由響而淡至無的跡線。當它淡至最細最微的時候，他問，那音是散向遙遠的外面呢？還是散入我們意識的深層裡呢？一時間裡外莫辨。如是，在辨音（不同鐘與鈴的音）和莫辨之間，有一種特殊的音樂，聽得見、聽不見，游離在鐘聲之間，沾染著風動的芒草，沾染著馳過岩崖的陽光，沾染著海藍上忽明忽滅的白鳥，沾染著裡外不分逐漸淨化著的心。

生活在「效用至上」「目的至上」「工具理性至上」排他性極強的機械文明裡，我提供這些活動的靈感從那裡來的呢？簡單的說有五個來源：㈠道家「抗拒割切、還我自然」、「激發被正典壓制的記憶使之在我們心中重現」的哲學（詳見我的〈意義組構與權力架構〉一文）；（注2）㈡由莊子攻人未防的「異常」策略發展出來的禪宗「公案」（公案利用特異的邏輯，用攻人未防的字句、故事、特技、戲謔和行動來突破知限，本身就是一種「活動」）；㈢蘭亭的曲水流觴，這是古代最早的「如生活的藝術活動」。這是很顯然的，在此不必費辭；㈣《世說新語》中一些「行動表達」的故事，如劉伶脫衣裸形在屋中的故事（「我以天地爲棟宇，屋室爲幝衣，諸君何爲入我幝中？」）；如王子猷乘舟經宿至剡會戴安道，造門不前而返，人問何故，王曰：「吾本乘興而來，興盡而返，何必見戴？」又如鍾士季往見其所傾慕的嵇康。康方大樹下鍛，向子期爲佐鼓排，康揚槌不輟，旁若無人，移時不交一言。鍾起去，康曰：「何所聞而來？何所見而去？」鍾曰：「聞所聞而來，見所見而去。」「自然」、「乘興」、「妙機」（默契）都是對局限的正典而發。（請亦參看嵇康的〈與山濤絕交書〉。）㈤文字、音樂、唱頌、舞踏、儀式劇渾一不分，而同時是群體生活一部份的原始詩歌。

現代主義和後現代現象

如果我靈感的來源是中國，這些作爲抗衡後期工業文化的策略，它們和西方的現代主義和後現代現象有什麼關係？既然卡普羅、奧莉菲蘿絲等人認定我做的活動和他們做的活動是相通的、在精神上甚至是相同的，他們等人靈感的來源和東方思想有沒有關係？答案是：有一部份觸媒作用（我們隨後會說明）。既然有，它們和現代主義及後現代主義有什麼匯通的地方？我在這裡還需說明一點，我的來源雖是中國，我在臺灣時沒有做這些活動，而在北美洲做了，這當然和美國六〇年代以來人性過度分割和過度作目的性減縮有關；換言之，仍是和現代主義以來文化現象有著一定的關係。

現代主義在西方的興起，它在興起過程中受到東方及其他非西方的美學的推動和匯通，我在《比較詩學》一書裡有相當詳盡的交代，我不打算在此重述。我只想另外指出兩個和美國後現代詩發展有關的文件，作爲有興趣者參考。其一，是一九七六年在紐約開的一次會，題爲「中國詩與美國想像」，當時參加的主要詩人如史迺德（Gary Snyder）等十數人的「個人告白」，對中國詩給他們打開的策略，有重要的肯定（見*Ironwood* 1981, pp.11—21, 38—51）。其二，是一九八二年Laszlo Géfin的*Ideogram: History of a Poetic Method*。他在序中說：「葉維廉在論龐德時說，龐德所發展出來的羅列句法（按：通過中國會意字的了解）……在威廉斯、奧遜、克爾里、史迺德等人延伸應用著，我增加了Zukofsky, Reznikoff, Oppen, Duncan, Ginsberg雖不完全……卻是當前（後現代時期）最具份量最具活力的。」(p. xvii—xviii)

本篇無法完全追索東方及其他非西方文化參與啓導西方現代主義以來文學藝術的角色。我只想在此略述現代主義和後現代兩個轉機的一些情況。我從開始便覺得把現代主義和後現代截然二分，在歷史的了解上是有障礙的。因爲後現代許多表現的精神與策略可以溯源到現代主義，此其一。藝術風格的轉變不能完全按政經文化的轉變來說明；當一種風格被用濫的時候或當它在發展過程中忽然有了另一種可能的提示的時候，一種新的風格便產生，而這個新的風格的產生不一定因著社會的變動而變動。此其二。

現代主義在西方的興起，無論是艾當諾與霍克海默(Theodor Adorno and Max Horkheimer)所重視那種講求完整結構和自身具足的現代主義作品或是班傑明和布萊希特(Walter Benjamin and Bertolt Brecht)所重視的前衛藝術，都是要和物化、異化、減縮化的社會力量抗衡，都是要重新喚起被壓抑下去的、被遺忘了的其他人性與文化層面，都是要指向社會重建的深層意識。

艾氏與霍氏認爲眞正的藝術必然是具有解放的潛力，從壟斷資本主義下物化、商品化、目的規劃化的文化取向（他們名之爲文化工業）解放出來。眞正的藝術是在它純粹昇華而彷若超然於社會或無涉於社會的狀況下而肯定其獨特的社會性。現代詩、現代藝術、現代音樂，在保持著它們的自發性而與現行制限性的社會形成一種張力，同時在它們超越現行社會狀態時指向失落的人性；換言之，它們在所謂「社會性的缺乏中反而把社會壓制自然與人性的複雜性眞實的反映出來。」（注3）「美感的昇華是把文化工業所鼓吹的理想實現性之假面具揭發出來；文化工業做的不是昇華，而是壓制。」（注4）艾氏在〈詩與社會〉一文中說：

> 當編制性的社會愈超越個人，抒情的藝術的情況愈游疑不定。波特萊爾是第一個註記這個現象的詩人，他拒絕止於個人的痛楚……他超越個人的痛楚而控訴整

個現代世界反抒情（反詩）的態度，通過一種近乎英雄式風格的語言，他從控訴中槌鑿出眞詩的火花……通過一種自身絕對客觀性的建立，這種詩無視現行社會狹窄的、受限歷史性的、意識型態偏面的所謂客觀性的傳達方式……而設法保持一種活潑潑的、未變形的、未沾汙的詩。（注5）

現代主義時期的前衞藝術是強調對布爾喬亞體制下藝術的攻擊，在策略上用的是驚世駭俗的姿態與行動，包括出人意表的破壞，包括把非藝術事物視爲藝術，包括非策劃性的自動語言和即興創作等等；在精神上是要驚醒群衆使其明白他們是在布爾喬亞意識的囚制下生活，最終的目的可以引發至政治的革命和社會的革命。

我們可以看見，現代主義這兩種取向在本質上是針對「分化而治」「知識思想工具化、隔離化、單線化」的現行社會而發；在策略上，一者向內追求一種失去的圓融，一者向外行動以求突變，二者都帶有烏托邦意欲，都要打開藝術潛藏的解放力。

突然間，約略由普普藝術開始，一種被視爲與現代主義作品完全異途而行的文化現象出現。《藝術社會學》的作者浩塞（Arnold Hauser）有這樣截然描述：

普普藝術否定了〔現代主義〕個別作品的自主性和自足性……如李根斯坦(Roy Lichenstein)和沃霍爾(Andy Warhol)書中的事物，明確而不曖昧、線條清楚、公式化、單色、計畫式畫法、設計式構圖、沒有張力、畫面沒有一般作品所說的獨立個性；事實上，這種藝術可以複製而毫無損害，因此與一般作品所要求的所謂獨立個性和獨特性完全相違。普普藝術不但商業精神很重，而且也應用廣告藝術（商品藝術）的一切技巧，如廣告媒介、招牌、雜誌挿圖、新聞廣告。他們不追求實物給他們的實際印象，而用商業媒介圖解式規劃式的技巧……代替直接的複製；它是從已經由物質現實人工製品化以後的存在中抽出一些形象而成。這種從原來物象中所作的雙重的退卻，好像是怕與原來物象的本樣接觸……普普藝術（像前衞藝術中的達達主義那樣）拒絕了布爾喬亞文化中機械化和標準化的個性，但沒有原來前衛藝術所強調的把政治批評推向前鋒，而落入了一種商品世界下的虛無意識。

浩塞還作了三種結論，後現代藝術㈠否定了傳統藝術的獨立個性；㈡它和商品拜物主義妥協；㈢是政治、文化的棄權（投降意識）。（注6）

這段描述和詹明信等人所申述的很相近，即所謂「自我偏離中心或者碎片擴散而作游離的呈現、意符連貫性的斷裂而帶精神分裂症徵象的跳躍、不同歷史或應說缺乏歷史性的風格的拼貼、仿造，其面貌衍異雜陳、作品中的意象是一種影子——眞物的喪失」等。我們或者可以說現代主義與後現代的斷裂，從文化來說是康德後起思想把知識分割爲三個各自爲政互不相涉的領域（即韋伯所說的「認知工具性」、「道德實用性」和「美學表現性」），在後期工業社會下（亦稱消費社會、資訊社會）再度分化到崩離無向的地步而把文學藝術的自主性完全炸破；從文學藝術風格來說，高純藝術與大衆文化界線的泯滅，這是商品化文化的吸溶化滅的關係；而這個過程中還牽涉到「知識目的化工具化」所形成體制化的龐大消融力，原是扮演著與社會不群的現代主義作品，現在被「正典化」而失去它重建社會的深層意識；原來以驚世駭俗的姿態來激起革命和政治改革的前衛藝術，亦被吸溶化滅。（舉一個近年的例子：嬉痞本來以破架衣裝做爲反社會的一種姿態，但服飾的商業世界把它變成一種時裝而立刻將之化滅爲零。）

但後現代全然是崩離無向的嗎？它和現代主義完全是斷裂的嗎？二者之間有什麼持續辯證的關係呢？

後現代的作品是不是完全崩離無向——用一句美國的口頭語來問，是不是Anything goes（什麼都是藝術）？這裡牽涉到㈠選作品的問題和㈡詮釋的問題。在沃霍爾等人的創作活動的同時，我們還有些藝術家，尤其是以「演出」爲主的藝術家，他們要重建人性的意識是極其強烈的。我們在後面的敍述中，可以看出某些藝術家和我無意中做的「活動」，在積極意義上是相通、甚至相同的。如果我們以美國後現代時期的詩來說，羅拔・鄧肯所呼籲的「全體的研討會」(Symposium of the Whole)，要把被西方理性主義至上排斥出去的其他文化秩序重新納入我們的意識中，亦是取向於重新整合的。我們不否認後現代有令人沮喪的駁雜崩離的現象，但沃霍爾「以反為正」「以非藝術為藝術」「以邊緣人(Marginal roles)為英雄（或反英雄角色)」，在開始時，仍是前衛精神的延續，仍是一種驚而悟的策略。

很顯然地，後現代和現代主義之間不是截然斷裂的，而是一種不斷辯證的持續。後現代雖說已失去了發揮驚世駭俗的餘地，說是因為現代主義和前衛藝術的異端精神成功地打進了一般中產階級而被接受為「常」，但不用「驚世駭俗」的策略，並不表示他們離棄了現代主義重建社會意識的努力。譬如卡普羅近期的作品便被評為「靜靜呼喚的人性」(quiet humanity)，羅登堡的作品承繼了羅拔・鄧肯從現代主義開發出來的「全體的研討會」，而哈里遜夫婦的城市重建計畫是與自然不斷的對話等。這些都是從現代主義與工具化目的化的社會抗衡中不斷修改和調整的結果。

事實上，如果我們把現代主義的整個場合的長景拉開來看，然後再從它內在的變因去尋索，我們會發現到，許多後期的現象都是有跡可循的。

在現代主義要求藝術獨立自主性的同時（即馬拉梅所說的「文字即世界」和福樓拜所說的「風格即絕對」），它已經暗藏了它自身的破解；因為現代主義者認為一切事物都可以入詩入畫，如此一切事物都可以納入美學化的過程，如把生活的片斷或實物引入作品中（如自然主義小說中把新聞一字不變的引入小說中，如把實物拼貼在畫中。）這樣一來便把獨立自主的個性打破，而「隨手找到即藝術」的觀念又把美學的討論轉向非個人、非私有的目標，如建築和城市建設（見包浩斯Bauhaus一派所做的），這樣，一面把藝術的崇高性的偶像破壞，一面把生活（或日常事物或事件）美學化。（注7）這就是後來的「生活劇場」(living theater)、「發生」(happening)、「聚合」(assemblages)、「裝置」(installations)、「活動」(activity)等藝術形式的興發之一源。

「拼貼」(在畫裡)，「意象並置或疊合」(juxtaposition or superimposition在詩或小說中）或蒙太奇（montage

在電影裡）的含義不只是美學表現上的策略，而且也是觀念和視野上的，用羅拔·鄧肯的話來說：

> 組合一個全體的研討會，那樣一個整體，將所有過去被排除的秩序重新納入，女性的，平民的，外國的；動物世界的，植物世界的；潛意識的，無法理知的……時間界限的消融……任埃及的和希臘的文化侵入現代的景象裡，重組我們的存在認同，伸展我們的意識界限……「越過那危險點，越過任何邏輯或意義，則一切有新意」H·D說「開始重疊並合，我們會有一些異常的綜合，一個國家民族疊合在另一個國家民族之上。」（注8）

詩人龐德、畫家畢卡索等人打開的局面是：引入其他被忽略的文化（人文另一些被西方所排斥的層面）而造成西方理知中心主義內在的爆裂，把思想的框條、藝術的規位突破。把思想的框條、藝術的規位突破起碼有三重意義。第一，即打破單一文化的壟斷，從許多非西方文化裡尋求破除西方理知中心的依據與策略。我們從「黑山詩人」和「疲憊求解脫的一代」(Black Mountain Poets;Beat Generation)以來的詩、音樂、舞蹈、繪畫都可以找到衆多的佐證。主要的來源是東方文化、非洲文化和口頭文學（原始詩歌原始藝術）。這一點在後面介紹的藝術家中都有跡可尋。

等二點，藝術規位的突破，即是我在〈出位之思：媒體及超媒體的美學〉一文所談到的。在那篇文章裡，我說：現代詩、現代畫、現代音樂、舞蹈裡有大量作品，在表現上，都乞援於其媒體本身表現性能以外其他媒體的表現方式，而突破其本身美學的限制。譬如龐德的〈詩章〉(Cantos)、艾略特的〈荒原〉，就不只利用文字的述義性，而且利用視覺性很強的大幅經驗面的並置，作了空間性的組織和玩味，而達到畫或電影的效果。它們又借助音樂裡交響樂式的組織，利用「母題——反母題——變易母題——重複母題……」等音樂形式，作了反因果律的表現。在畫方面，打破了空間定時定位的透視而進入文字與電影所擅長的時間活動感（如畢卡索的「亞維濃的怖女」，如杜象Marcel Duchamp的「下樓梯的裸女」……等）。音樂方面，如利用文字、畫面、光的折射，文字誇張的變音、迴響、重疊、對位，作一場戲那樣演出、或加上電影、舞蹈，來構成一個所謂「整體」「全面」的經驗。又如六〇年代的Happening（發生），突破幾種藝術的規位而凝合爲一種無法歸類的文體。此外還有Concrete Poetry，所謂具象詩或圖象詩，很多時候是一張可以展出的畫或雕塑，它有時甚至是一件可以演出或應該演出的音樂作品。規位的突破、媒體的綜合，除了要打破西方柏拉圖、亞理士多德的串連單一的理知中心世界之外，便是企圖回到（或喚起）我們早已失去的音樂、詩、舞蹈、祭儀，凝合不分和諧的生活藝術。（注9）

第三，突破規位進一步的意義是對「規位」「框架」本身的反思，了解到「規位」「框架」本身的霸性，它們的尊一、獨突、隔離的作用，尤其是當它們被系統化和制度化以後，更形嚴厲。卡普羅曾經舉出後現代的一個極端的例子。他說了一個故事：有一次一個藝術批評家行經一塊空地，空地上盡是破銅爛鐵與廢物，他說這些東西太像五〇年代的某些藝術（如所謂「隨手撿到的雕刻」或「廢物雕刻」），說可以全部搬到博物館去。他這樣說，是要通過藝術史的「規位」和博物館制度的「框架定位」來把瑣碎的生活事物變成高度的藝術。（注10）後現代的「如生活的藝術活動」，就是從突破「規位」「框架」的試驗與探尋到對「規位」「框架」制度化後的霸性之反思引發出來的。

在我們介紹這些「活動」之前，我們還應注意到這種「活動」的歷史跡線和風格內在的突變。這也是我們認爲把現代與後現代截然二分是不當的原因。

在西方，「活動」發展的跡線，約略可以說由達達主義開始，通過「發生」，然後演變爲「活動」。關於最早的達達主義的「活動」，我們可以舉Kurt Schwitters的Ur-sonata（這是只有聲音而沒有意義的「朔拿大」）和Max Ernst的「木頭與斧頭」爲例。後者是一件木頭（以雕塑姿態出現），旁邊用鏈子連著一個斧頭，邀人把美的對象破壞。其次杜象(Duchamp)在一九一八年在Buenos Aires寫信給在巴黎的妹妹，叫她把一本幾何課本掛在他公寓的樓頭。我們可以看得出，就在「現代」「前衛」的初期，已經開始有「破崇高」和「日常生活和事物美學化」的做法，並非完全由五〇年代六〇年代文化突變所引起。而卡普羅發明的Happening（發生）即是承著這條跡線而來，但有另一種內在的需要與邏輯。

關於「發生」的誕生，他有這樣饒有興味的說明。他開始創作的時候，是承接著表現主義與抽象表現主義（或行動繪畫Action Painting）而起的。他對五〇年代的帕洛克(Jackson Pollock)潑彩式繪畫有一種獨特的見解，他說：

> ……畫家彷彿在作一種祭儀。在一大幅令人敬畏的白畫布前面，一個被「存在」所驅使的畫家，像一個獨立的烈士，在一個巨大的鬥獸場中，每一個動作（每一揮彩）都是一種存在的宣言。畫家面臨著一種危機，他一筆一點都表示著自我的信念……（我想到）「行動」與「繪畫」可以分開：如果行動繪畫是一種行動的繪畫，一種或幾種高度重要儀式的行爲的繪畫，那麼我們爲什麼不直接轉向「行動」本身。如此，好處是更直接，而行動繪畫留下來的「痕跡」反而是二手的。（他還提到行動繪畫是一種舞蹈。）（注11）

就是這樣他開展了以行動爲幹的「發生」。這個風格、文體的遞變並不是隨著政經文化的變化相應而來，而是由風格內在的邏輯而突變的。

關於「發生」再變易而爲「活動」，我們將在卡普羅論介中說明。

由以上這個簡縮的追跡中，我們可以了解到，現代與後現代之間，是一種微妙的斷與連，是一種持續的辯證關係。

「如生活的藝術活動」

I 卡普羅(Allan Kaprow)

雖然本文主要在介紹卡普羅近期的「活動」，但我們應該簡略說明卡氏發軔的「發生」(Happening)和他爲什麼放棄「發生」而走向「活動」。

據卡氏說，他所引發的「發生」，除了前述對帕洛克的思索外，部分靈感來自前衛音樂家約翰・契奇(John Cage)的「機遇運作」(Chance Operation)，再加上早期前衛藝術家Hans Arp, Schwitters, Duchamp等人的試驗。他一炮打紅了，並吸引了其他的藝術家如Oldenberg, Dine, Whiteman, Grooms的追隨，而成爲一時的首領。我這裡不打算一一介紹他們所做的「發生」，但「發生」作爲一種藝術的特色卻應該列出一些，我們才可以了解「活動」和「發生」的血緣關係（在卡普羅的情況是很密切的。）

「發生」這個綜合藝術體，在圖書館裡很難找到適當的分類。它既可稱爲一種演出（觀衆參與的），但也是一種繪畫性、雕塑性的展出。它既是有些計畫的安排，卻又注重臨時突發的即興元素。繪畫性、雕塑性的東西，即觀衆活動空間的環境裡的事物，有用心經營的，有很多是「隨手找到即藝術」的事物。觀衆一半被帶領，但往往是被刺激而自發的活動，是無跡可循的，所以沒有一定的戲劇內容。它很多時候是視覺形象的演出。觀衆說是參與，他們也是藝術成形的道具。它是一種藝術的演出，但也是一種「祭儀」「儀式」的發生，有時甚至是一個節慶。因爲是直接經驗，我們可以稱之爲「現實」，但這個「現實」是夢化、藝術化的現實。「發生」在發生時常是因果不知、目的不明的。每一次的發生都有新的發現。這樣一個藝術體，它的成功與否很多時候要看來的觀衆是不是完全可以沈入當時情緒的流動裡；換言之，是近乎祕教聚會式的情緒活動，與原始民族大家爲了生存的需要全體自動自發的參與之祭儀活動，雖有形式上相似，但在性質上是不同的。

卡氏爲什麼轉向「活動」呢？或者應該說「活動」和「發生」的異同在那裡？

卡氏在一本「發生」的選本中一直強調現代藝術不斷打破「框架」(frame)的美學意義。(注12)「發生」的獨特性正是打破了所有既定「規位」的藝術形式，所以我們無法將它類分爲「戲劇」、「繪畫」、「雕刻」……因爲它都是。但另一方面它仍然有一個強烈的「框架」，那便是一開始觀衆便知道是一種藝術體，因此都帶著藝術史、藝術常識、過去凝聚的藝術經驗的期望或眼光去經驗「發生」的事件。

卡氏覺得必需要踏出框架之外才可以更接近生活、更能接近人性。他說：

> 這些試驗是要把藝術從它熟識的環境（畫室、美術館、畫廊、音樂廳、戲院等）移出來，轉到眞實世界裡其他非藝術的東西上去……一小組人到一些地點，參與「做」一些事……像眞實世界眞實人物那樣。如生活的藝術並不只是稱生活爲「藝術」，而是生活持續的一部分，對生活的曲折變化探索、試驗，有時甚至受苦，但總是帶有一種特別的凝注。這種藝術的目的總是帶有治療作用，把一些我們被視爲當然的生活碎片再溶入我們的感知裡，使它們成爲整體的現實的一部分。（注13）

他又說：「『活動』是日常生活的一部分，不講舞臺或特別觀衆，像遊戲，像儀式，卻都帶有批判意識，不是給人定型的道德，而是促使參與者去尋思去發掘。」（注14）寫到這裡，讀者可以了解，爲什麼當卡普羅發現我利用上課所

《圖四》
卡普羅作品「流質」（1967）
（Photo Credit/Jolian Wasser）

《圖五》

卡普羅作品「甜的牆）（1967），在柏林牆外用磚、麵包、菓醬另建一牆

（Photo Credit/Dick Higgins）

做的「活動」時他馬上便認定是與他所做的「活動」有著相同的跡線與近似的意義，雖然我們二人的來源不盡相同。我們現在看看他近期的作品。先看一件與他「發生」時期有持續關係的作品「流質」。

a 「流質」(Fluids 1967)

「流質」被稱爲「近年最美麗的意象」。（注15）這個「發生」（當時仍被稱爲「發生」）是在大洛杉磯市內市外用冰磚建二十個長方形的圍牆（30×10×8尺），然後任它們慢慢溶化。在建之際，冰的透明玲瓏之美，在陽光下瑩瑩閃亮，彷似馬拉梅後期一首詩中的陽光、白天鵝、冰湖的互相輝映；冰牆慢慢的溶解，每一個階段變化的效果都不一樣，都有不同程度的雅緻。這樣一個「活動」而成的作品同時有它哲學的提示。首先，「流質」是人在自然景物中創造出來的一個「轉瞬即逝」的意象。它用了「巨大宏壯」來完成一種「細緻」的感受，象徵著人在自然力量中的脆弱。更重要的一點，卡氏選了最後終於化歸自然的素材，不似西方傳統中求與自然抗衡的「永恆性」。（圖四）

b「甜的牆」(Sweet Wall 1976)

在分隔柏林爲二的牆附近的空地上，用空心磚，以麵包和果醬代替水泥，另建一道牆。牆建好以後，再把它推倒，把磚頭和果醬雜物搬走。

如果冰牆是一種哲學的提示，「甜的牆」則是對社會、政治的諷刺，是用詼諧的模倣方式做的諷諭。這是一道不囚困任何人的牆，不牢固的牆。柏林牆是用三合土砌合的，講究牢固永久，除非一場大戰或政治有很大的變化，柏林牆將不會倒毀；但用麵包和果醬做的牆（暗示德國人像猶太人的流放）是可以輕易推倒的。但「甜的牆」是人爲的，柏林牆何嘗不是呢！只要觀念一通，只要東德政府打破思想的自囚，同樣也可以把牆推倒。這個「活動」如此暗示著。（圖五、六、七）（葉按：卡氏這個作品，現在回顧起來，簡直具有預言性，因爲這道柏林牆果然因爲觀念的改變而消滅。）

c「盲視」(Blindsight 1979)

《圖六》

「甜的牆」引起了守衛的注意

(Photo Credit/Dick Higgins etc)

《圖七》
甜的牆建好後，再把它推倒
(Photo Credit/Dick Higgins)

「盲視」
如後視
如前視
如內視
如：當盲人說
我看見了（知道了）（注16）

「盲視」這個活動在一個學校裡進行，牽涉到大人（老師）和小孩子（學生）之間六種簡單的「交通」。一個孩子對一個大人，一共好幾對。每對各人分別在幾乎無法看見的情況下把他們各自的影子用黑油畫出來，然後又畫無法看見的自己頭的背面和頭的裡面，然後再畫他們記憶中母親的眼睛。之後大人和小孩交換位置，各人設法把自己的影子用白油畫在對方的影子上，同時設法把自己的影子重疊在對方的影子上（這樣做，小孩子自然要盡量伸長影子，大人則盡量縮短。）做完了這些，大家交換意見，談各自母親眼睛的印象。（卡氏原來的指示是用極簡潔的文字一步步耐心地說明，要參與者用特別的凝注。）最後，各對都聚合在一起互相交換心得和印象。

結果呢，用卡氏自己的話說：「他們畫了『畫』，在極不平常的狀態下完成：『畫』是在幾乎看不見的情況下造選，是內在的眼睛在工作，『盲視』——是看見那看不見的，看見裡，看見外，分享著可見性。」（同注16）

在這個活動裡，每個人都有相當特出的經驗。譬如，大家都覺得畫自己的影子很難，因爲你一動影子便動了。有一個孩子說：「畫自己的影子很難，因爲我們無法把一切都畫到對……或者脚或者那裡不對……我們最後知道沒有東西是完全圓滿的，就是這樣。」大人則另有一種看法，其中一人說：「最有意義的是兩個人合作的念頭與經驗；尤其是在這個合作中，大人（老師）和小孩（學生）同樣要暴露弱點，畫著，玩著，笑著……在『盲視』裡，我們把自己放在紙上：影子、靈氣、眼睛，不只是要內省，而且是互相對視，對我們共同的自我有了全新的認識。」（注17）

這個活動還有另一層意義，在教育過程中，通常有一種權威性，有時近乎盲目的權威性；一旦這種權威性解除

《圖八》

卡普羅的「盲視」活動（1970）「設法把自己的影子用白油畫在對方的影子上……」

(*Photo Credit/Robt. C. Morgan?*)

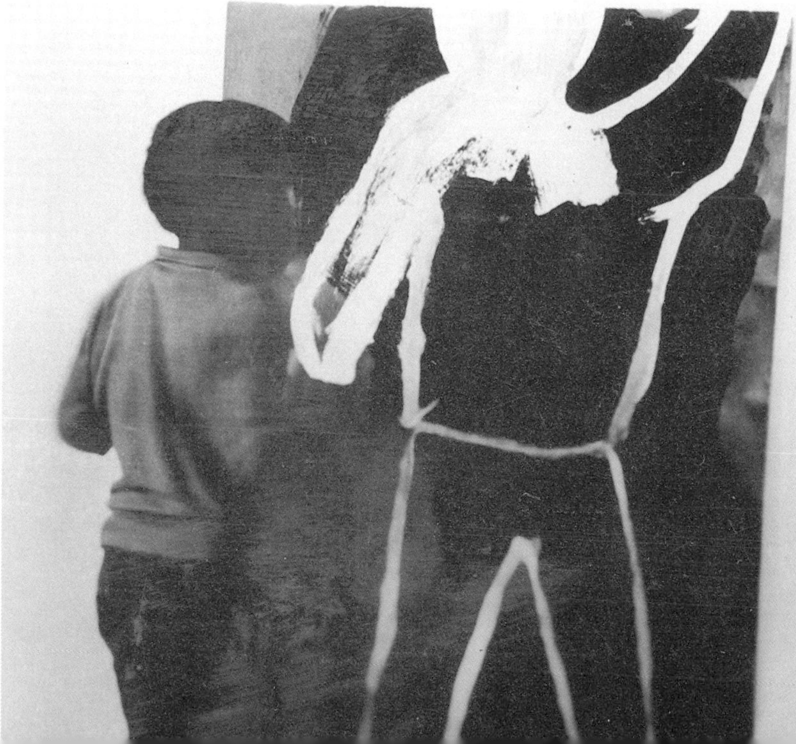

《圖九》

「盲視」活動中繪畫出來的例子

了（譬如老師和學生都放在同一水平線上做一件事），或者，老師和學生的角色對調，學習的過程會怎樣？這個活動側面地是對這個問題的探索。

這個活動中的影子同時是一個暗喻，可以說是另一個自我。在我們的生活中，我們不斷的在描畫那個自我，拼配那個自我，而發覺，像那個小孩所說的，無法配對，無法圓滿，就是那樣。（圖八、九、一〇）

d「回聲」(Echoes 1980)

兩隊人在一個大峽谷兩邊的谷崖互相回應地敲打大鐵桶，任聲音橫越峽谷，在谷中不斷的迴響。人籟天成。

e與樹交通(1987)

請參與者默默的陪伴他自己選擇的一棵樹十分鐘，凝注樹的生長，枝的展姿，葉的搖動，聽樹的聲音，風的，葉的，附近其他的樹聲，風的，葉的，鳥的，靜寂的，彷彿會移動的靜的聲音，遠處潮汐般起落的其他聲音，和——附近「人境」中乍然突起裂空而來的車輪聲、機房聲……天籟人敗。

平時，樹只是一棵樹，不相干，無獨特存在，無面貌。由於一刻專心的凝注，你注意到枝幹彎而爲舞，葉子動而爲歌，你傾耳，彷彿可以聽見樹液的流動。由於「人境」中乍然裂空而來的音爆而覺着現代人與自然長久的失調。

f 「理想的床」(The Perfect Bed 1986)

理想的床
尋找那理想的床
尋找理想的床的理想的地點
尋找理想的床的理想的時刻

在我們最深的夢的最原始的暗暗的深處，我們都在尋找那理想的床（給我們不圓滿的生命圓滿的休息）。或者，偶然，我們找到那理想的床，我們最終休息的地方。但輾轉反側一會以後發現，床是對的，地點卻不對。或者，很幸運地，床和地點都對了，但又太遲了或是太早了……就這樣，尋尋覓覓，不知不覺地做著。（你說，我嗎？我那裡都能睡！）

《圖一○》
卡普羅在「盲視」活動後作說明

《圖一一》
卡普羅「理想的床」(1986)活動之一
(Photo Credit/Erik Anderson)

這樣想著的時候，今晚試試你的床。怎麼樣？不理想？可憐的。試試你鄰居的床，你父母的床。也都不對嗎？到賣床的店裡每張都試試怎麼樣？太過公開了？氣氛不對？他實在不累。光線太亮了。

那麼把你最喜歡的床搬到城裡去放在花園裡、放在公園裡、甚至旅館裡（你可以和旅館的掌櫃說，你到旅館必然帶自己的床的。）用你的感性去試它。仍然不對嗎？你可以把鬧鐘弄好，每四個小時響一次，每次醒來，你問自己在這張床上在這個地點這個時刻有沒有睡好，這個追尋可以有利地佔有你的一生，不是嗎？請你告訴我們！（注18）

這個活動不是太滑稽些嗎？滑稽、幽默也正是這個活動的目的，我們太拘謹了。遊戲可以把我們放鬆，也許這樣玩玩，所有的床都是對的。幽默遊戲中自然也有嚴肅的意義，我們確是在追尋「理想的床」，「理想的依據」，「理想的落脚處」？「理想的……」，如此一生的追尋著。（圖一一、一二、一三）

《圖一二》

卡普羅「理想的床」活動之二

(*Photo Credit/Erik Anderson*)

《圖一三》

卡普羅「理想的床」活動之三

(*Photo Credit/Erik Anderson*)

8 「農業廢料」(Agricultural Waste 1987)

某所大學請卡普羅安排一個活動，可以讓文科的學生和理科的學生溝通溝通。該校以農業農工出名。卡氏想了一個活動，要一個文科的學生和一個理科的學生設法把一袋牛糞帶到城中，在幾個地方小停（包括一家餐廳），最後設法把牛糞處理。大學文學院和農學院的院長在這個建議提出之前，聽到卡氏要來極其興奮，提出之後，則頗感爲難。最後找出種種藉口偷偷離城而去。把牛糞突出爲一件作品來處理，對農業城來說不知會有什麼影響；況且大學很多基金的來源，都是來自農業化學的工廠和其他與農業有關的機構，這個牛糞的活動可能成爲一宗臭聞，將會大大的影響大學與這些贊助人的關係。這是大學的想法。但參與的文科理科的學生，則有完全不同的思索。首先，他們要想到，帶著牛糞而不馬上處理或無法馬上處理及應如何處理才合宜，而帶著牛糞到一些公共場所當然有犯公共社會規矩之嫌。他們之間必需要了解這個含義和想出比較得體、合理的辦法。終於他們了解到「處理牛糞」和「處理農業廢料」（其中有損害土地、植物、人類的化學物質）和「處理核子廢料」有類似的意義。我們不願意把牛糞帶入人群裡，但我們有沒有避免農業廢料（爲了增加生產的目的）和核子廢料（爲了增加生產和增加霸權的目的）滲入人類以之爲生存的土地呢？帶著牛糞走入人群是駭人之舉，把農業廢料和核子廢料埋入土中流入河裡就不是駭人之舉嗎？想想看，想想看。這個生活的活動正是要批判後期工業社會的生活。

我們注意到，像文字構成的作品一樣，這些生活的橫切面都是一種「文本」(text)，都是讓我們思想活動的空間。文字意象在作家的手中成爲一種寓意行爲；生活的片斷，如生活的活動，一旦加以突出，給與凝注，也就是一種「文本」，引起思索，引起想像，而使人悟入人生持續延展的全面關係與意義。卡普羅以非藝術的素材，以令人不覺得是藝術行爲的活動，引起藝術的思維和感受。這就是爲什麼我稱之爲「如生活的藝術活動」（卡氏則寧願保持Activity這個不具藝術意義的字）。

II 奧莉菲蘿絲(Pauline Oliveros)

奧女士在六〇年代曾被《紐約時報》的樂評家稱爲當代十大最重要的作曲家之一。她最初是學樂器的（手風琴），但轉爲作曲後，在即興演出方面曾有多種突破，除了在六〇年代與編舞、戲劇、文學與演出藝術家如羅拔・鄧肯、默斯・昆寧翰(Merce Cunningham)、大衛・杜多爾(David Tudor)、安・哈爾布林(Ann Halprin)……等人合作做多媒體多層次的演出外，近十年來還從太極拳（通過黃忠良）和其他與「氣」有關的工夫如空手道而進入「心識」活動作音樂的沈思、禪坐、夢儀等。其中一九八〇年的MMM(即Meditation／Mandala／Music沈思／曼陀羅（亦譯曼荼羅）／音樂），在明尼蘇達州演出，(是以「現代主義之意義：神話與儀禮：古代新解」爲題的會中之一項演出），最能代表她用圓輪之義達致沈思的活動。在這個活動裡，她把參與者和演出者放在近似大日如來八葉聚散的空間關係，幫助參與者在同一時間內發揮「焦點式凝注」(Focal attention)和「全球性凝注」(Global attention)。在這個活動裡，她顧及到五種知覺內在與外在的互玩，是一個相當龐大和複雜的作品。

這裡，我決定從她較小的作品中看她在本文所講的脈絡中的意義。我將專注於她一九七一的活動「環」(或譯「連」Link)。但在描述「環」之前，我覺得應該先看她利用教學的方便幫助學生印認音樂生變的方式。

a「現場環境聲音的美學」(Poetics of Environmental Sound 1970?)

這是一個後加的題目。奧女士要每個學生按照幾個簡單的提示去寫下他們的感受、印象、了解。她的提示如下：

用十五分鐘的時間（也可以長些，但一定要定時）
聆聽你所處的環境周圍的聲音。
用錶或其他方式定時。
細細描寫你聽到的任何聲音和你的感受。
內在的和外在的聲音都包括在內。
你是環境的一部份。

> 探索聽覺的極限：最高最低最強最弱最簡單最複雜最近最遠最長最短的聲音。

她收到了一百五十個反應。裡面的描寫不但合乎音樂的基本意義，而且可以使他們認識到音樂之爲音樂的設限。現舉數則：

> 我馬上注意到所謂「寂靜」是不存在的。空氣中什麼時候都有聲音游離著。
>
> 我靜靜地伴著鬧鐘坐著，把眼睛閉起，把耳朵打開。那時，幕升起，演奏開始。我的周圍突然都活起來，每一個聲音都流露了那個聲音創造者的個性。有幾個聲音在我耳中凝定如一種頑固的低音：遠處機器房繼續不斷的營營，附近泉水彈滴的空音。這個聲音的背景被一隻鳥的尖叫切斷。一陣突起的風橫過坐處，書頁用樸樸的聲音回應著。門亢亢然音調不變如一張舊搖椅，然後砰然關閉。窗開處，帷幕颯颯掃向粗硬的牆，繩子則得得的打在窗玻璃上。
>
> ……顯然有些聲音的界位是摸不定的，才好像聽見便隱退無跡，使到聽者不知該音的存在性是耶非耶。
>
> 我何其驚訝啊，我竟聽見眨眼睛的聲音！這，恐怕是我所聽見最細的聲音了。
>
> 聆聽過生命之後，我更能賞識生命。這麼多人從不會給他們自己一點點的時間去聆聽生命，眞可惜可悲。

（注19）

生命裡就有藝術的一切要素，不必在框定的藝術內找，只要你去凝注它去聽它。「凝注」和「喚起那被忽略的」。這和卡普羅的活動和我課裡做的是完全一致的。但我們那時完全不相識。

b 「音波形象」(Sonic Images 1972)

> 「我所稱之爲正常的、醒時的、理性的意識，只是一種意識狀態而已，環繞著這種意識狀態的，被一層微幕隔開的，還存在著許多完全不同的意識狀態」——威

廉・詹姆士：〈宗教經驗諸相〉

奧女士在這段話後面列了十七條參與者可以試探的提示：

1.你可以在你腦中找到一個沒有思維、沒有文字、沒有形象的地帶嗎？

2.你可以停留在這塊寂然的心域去聽你所有可以聽得見的聲音，包括你所佔有的空間以外遠處的聲音？

3.你可曾注意到由某一種大小的空間移到另一種大小的空間時或當你由門內移向門外或門外移入門內時，你的耳朵做了怎樣的調整？

4.誰和你最親近？你認得他（她）的步聲嗎？

5.你最喜歡的聲音是什麼？你可以在你心中重覆演出它嗎？你願意把你心喜的聲音傳給他人嗎？

6.你最近有沒有聽到一個你無法認定的聲音？是什麼情形下發生的？你覺得怎麼樣？

7.你走路時的聲音是怎樣的？

8.你最熟識的聲音是什麼？不指出聲音的來源，你可以描寫它嗎？它對你的影響是怎樣的？

9.想像一隻鳥鳴。是什麼鳥呢？你可以模倣嗎？你最後一次聽到是什麼時候？那時鳴聲何所似？

10.你經驗中最靜的時刻是什麼？很短暫嗎？很長嗎？它怎樣影響及你？

11.你可以想像一種獸鳴嗎？什麼獸類？牠的生活習慣如何？牠在做什麼？你可以模倣牠的鳴叫嗎？

12.在你經驗中最異乎尋常的聽覺是什麼？

13.你可以想像一棵樹嗎？什麼樹？在哪裡？你聯想到什麼聲音？

14.在你經驗中最複雜的聲音是什麼？你在什麼場合聽到的？它怎樣影響你？

15.你可以想像或記起某一種情緒的狀態嗎？你聯想到什麼非文字性的聲音？

16.在你聽到的兩個聲音之間，你可以想像它們之間的距離嗎？

17.你可以想像你現在在一個非常安靜、非常舒服的地方，有充份的時間，無憂無慮？你可以想像你和你的環境凝融如一，而且在遠處有一美麗的聲音走向你？那是什麼

聲音呢?對你有什麼影響?(注20)

從這一系列的提示中可以知道參與者會有的心路歷程。平時我們只是在一種所謂「正常」的意識狀態中去思索,按著我們從教育接受下來的邏輯、方向、目的、作用去進行,殊不知我們還有許多別的認知與傳達的方式。稱它爲下意識的浮現,稱它爲想像活動,均可。

C 環

「環」首次在某校園中演出。後來在德國波昂演出時改在城中,是許多作品中被選參加一九七七年貝多芬節的得獎之作。

「環」把整個校園變成一個戲院,校園裡所有的人有意的無意的都是演出者之一。「環」要緩緩地秘密地把一般日常的活動變換爲異樣不凡的活動,或使人突然感到異樣不凡。她利用「不正常」的景象、聲音、活動、動作和「正常」的並置在一起,使人突有所認。

有意安排的演出者先把校園裡各種的聲音做一個音標的地圖,知道那些是經常聽到的繼續不斷的聲音(如機器房的營營),那些是異乎尋常的(如建地某些聲音)。正常的聲音可以變得不正常,譬如音標之下,請一些人穿得奇裝異服無聲地指出聲音的來源;又譬如請幾個音樂家在該地用現場聲音同樣的音調演奏出來使人注意到我們已經習以爲常的聲音而變得異乎尋常。

校園中的演講和一般談話也是活動的一部份,請一些小丑、啞劇表演者在校園裡活動,和各個不同的人談話,談些出人意表的話題。或演講,將之變質。外國教授則請他們在班上用他們的母語授課。

樂器同時模倣眞實的對話,模倣自然的聲音。

老師和員工在他們一般的工作上用不同的方法出現,如電工穿著燕尾禮服工作,農夫在停車場上擠牛奶……很多動作突然都慢下來,很慢很慢……最後所有的演出者,滲著不知不覺成爲演出者的觀衆,聖儀地形成一個圈,唱著「環」這個字,一個小時而不斷。(注21)

這個活動最短的時間是十五個鐘頭,但可以延長到一個星期或一個月。整個活動是時合時離,時緊時鬆,時似有意安排的藝術,時似平常,未易一事一物,換句話說與生活本身作持續不斷的玩味。

卡普羅說：「如生活的藝術並不只稱生活爲藝術，而是生活持續的一部分，對生活的曲折變化探索……帶有一種特別的凝注……使參與者去尋思與發掘」（見前）。奧女士所做的也正是朝這個目的去做。在「環」中，藝術的框架仍是很顯著的，但我們可以看出她對框架本身的反諷與戲弄。眞戲假做，假戲眞做，而把常態化爲異態，使人不得不對所謂「常」（正典）懷疑和思索，不得不對生活作全新的凝注。

關於「框架」的突破與戲弄，我們可以舉在奧氏推行過的兩種活動（都是她在加州大學時進行的）。其一，是Potluck Concert（大家拿菜來共餐的音樂會）。既是Potluck，當然重點在「餐」，「餐」即是生活的一部分，「音樂會」也者，想是餘興節日而已。參加聚餐者不會期望是藝術活動的。這是要人不在藝術框架的意識中去接受經驗。另一個活動叫做What is Cooking?（在煮什麼呢？）許多在這個聚會的演出，都出乎參與者「藝術」之意表。（我有兩個事件就在這次聚會中演出。）

III 佛蘭雪爾(Jean—Charles Francois)

佛蘭雪爾在加州大學發起了一個每週一次的「原子咖啡廳」（Atomic Café）。在精神上，它和Potluck Concert是很相近的。他最初在巴黎時便做過許多的「咖啡廳音樂會」，都是即興的、因物起情式的、沒有計畫、沒有組織的。他依著當時的情緒的起伏而製樂轉調。

Atomic Café則是讓音樂家試驗種種新策略的聚合，把音樂的領域作全面的試探，包括種種不像藝術而令人思索的演出。我這裡無法概括這個活動的各層面。這裡只提他的一些想法。

佛氏是個敲打樂家。他在一篇題爲「板機音色和動力音色」的文章中，對制定的「板機音色」有強烈的批判，而力主「動力音色」。他對「動力音色」的說明比較能呈現他的藝術哲學：

> 動力音色是打破音作爲一種物象的固定性而發揮它不具任何永恆特質的空間……它在時間框架的脈絡之外

> ……是一種不指涉的複雜而直接的現實體，依存於環境，而帶著無法依樣重複的個性。動力音色的製作者企圖在記憶之外運作，或者說不斷重寫那記憶……動力音色反對綜承的結構，反對語言的說明，但企圖從板機音色已經物化的陳套的示意涉意活動中解放出來。（注22）

他的Atomic café就是要突破固化、物化、體制化的音樂而重現記憶外其他（即被壓制的）音的活動。

Ⅳ 黃忠良

黃忠良由現代舞轉到以太極拳原動力爲主軸自發無礙的舞動以來，他離開舞臺，在各種不同的重要場合作出「寓教於動」的活動。他周游列國，以文道伏霸道，驚醒了不少「身體就是工具」的西方後期的工業人。一九八七年九月十四日的美國《時代週刊》（*Time*）是這樣記起黃忠良的。在一篇講Esalen學院二十五年歷史的文章裡說：

> （會中的主題之一是）肉體與精神本能的結合。當時研討會的首領亦如是。講神話的大師，六〇年代尋索者的教父約瑟・甘貝爾(Joseph Campbell)和中國誕生的太極大師黃忠良。每天六個小時甘氏蓮坐在地板上即興講印第安藝術與印度的神話……當演講變得太「腦」味的時候，黃忠良便躍起來，帶著大家群起舞躍。

六〇年代他曾數度到我班上，他用最簡單的幾句話，一些簡單的示範，便能引起一百多人起舞，加上長袖清簫，樹林間全是舞者。他常常這樣說：

> 在這個（西方的）文化裡，我們是那樣依賴我們的腦力，反而和我們生命的其他面貌分離。太極，作爲一種運動，作爲一種哲學，馬上可以指出你的「失」在那裡……你們一生所聽到的教訓是：站起來，兩脚立定，背起世界。你們努力站起來，不屈不撓……如果我此時走過來，從你的肩上推過去，你首先會不知不

覺的抵抗著，因而或者失去平衡而狼狽地跌倒。但如果你放鬆不抵抗，你會飛彈起來，如舞，如葉輕落……。太極不是按照已定的姿式移動，而是任那體內的氣自由的流動發揮到身體上來，把思想的所謂自由，在身體上體現。（類似的話見他出版的《抱虎歸山》一書*Embrace Tiger, Return to Mountain, the essence of T'ai Chi*, Real People Press, 1973)

他相信心物合一道始通，所以也勸弟子們（或應說學生們）讀中國哲學，練書法。他一度想邀我合作，我提議設「蘭亭書院」，並提供給他我翻譯的蘭亭詩。合作雖未成，「蘭亭書院」卻一直在進行。先在三藩市，最近在福建武夷山。十年來，在美國各地、歐洲的伊廷根（瑞士）、巴黎、倫敦、慕尼黑等地均有「蘭亭」的活動。

黃忠良的太極看來不是太極，因爲他沒有依循太極拳一招一招的打下去。。但一招一招的打下去是死的太極，能化作多姿的風流才是太極的眞義。黃忠良曾這樣說。現在讓我們看一段他太極活動的記錄：

很多人來到我的太極聚會裡，總是要道歉，說他們的動作太難看了。我則恭喜他們，起碼他們來了，他們有意要和自己的身體認識。世上不知有多少人把自己的身體好像租回來的車子那樣對待……什麼叫做「難看」呢？我一開始便讓新的學生認識到所謂「難看」只是他心中以爲他人會那樣看他的一個「意念」。人家怎樣想其實只是一種假定，一種猜測，一種誕生自自覺的信仰。當我們擔心別人說自己「難看」，這個擔心便限制了我們的動作，拉緊了我們的肌肉。唉，就是這樣，我們就說是「難看」了。……

一旦我們從這個自囚中解放出來，身體便會發現一種自發的典雅和即興的美。但有些人總是覺得不安全，他們寧可依樣葫蘆去打，結果到頭來變得僵硬機械化而失去了太極的眞義。

有一個新來的學生，總是在不知下一招如何動時而完全停下來……

他一天一天看著別人冒險地探入新的領域，他一天一

《圖一四》

黃忠良引領參與者舞躍之一

（黃忠良提供）

《圖一五》

黃忠良授太極的情況

（黃忠良提供）

天更覺得自囚的痛苦，壓力在他心中澎漲。然後有一天，在海邊，控制著他的腦忽然鬆開，他模做著浪的翻動和鳥的飛旋，他依著它們動，變成它們，有幾次突破的瞬間，他眞是美極了，後來有一個過路人對他說：「好美啊，你一定練太極練好多年了。」「是的！」那個學生自發而得意地回答說：「我一生都在練！」（注23）

黃忠良的周游列國小組式的聚合活動，教的不是形式的太極，而是使到身體和心都得到調合，是身心一體得到自由的具體化。（圖一四、一五）

我們可以看見，在這個表面看來只是動作的調理的活動，從根來看，正是針對著人工具化的自囚而發。黃忠良旋風興起於六十年代自有其文化之根因的。

V **羅登堡（Jerome Rothenberg，中文名爲賀萬龍）**

羅登堡被Seneca印第安人收爲族人，取名爲high—wah—non，我譯作賀萬龍，見其*Seneca Journal*(NY, 1978)p.94

我在〈飲之太和〉（一九七六）一文中曾這樣介紹羅登堡（賀萬龍）：

美國近年的詩中一個重要的題旨，便是要把過去被排斥的存在現象和意識狀態全面重新納入，再構造一個鄧肯所說的「全體的研討會」。（見本文第三部份）。……賀萬龍應和著……說：「這不只是回歸的問題，而應該是認可原始民族是我們之爲我們的泉源，作爲我們所繼承的一部分。因爲事實是如此，而我們否認其存在，這只有對我們有害，因爲這個遺產供給了我們現在許多的資源」。（注24）

羅登堡除了把口頭（原始）詩歌的種種策略溶入他自己的詩歌之外（這裡面包括有吟唱結構、儀禮的語言策略、和演出事件），他最大的貢獻是把原始詩歌的多種表達方式譯介，集中在*Technicians of the Sacred*（一九六八，《神聖的製作者》）和*Shaking the Pumpkin*（一九七一，《搖那南瓜》二書。前者是世界各部落的表達作品，後者是印第安人的詩。此外，他辦了一本影響至鉅的雜誌 *Alcheringa*，譯介世界各地在西方書寫傳統以外多樣的表達方式。我們可以從《搖那南瓜》的編目中得到一個大略的面貌：

・最初的祭典（包括神異的文字、魔咒等）
・敍述之書（包括神話、創世故事與戲劇）
・第二祭典（包括動物之歌）
・事件之書㈠（全部是演出事件，包括夢的事件，季節事件，語言事件，命名事件，靈視事件等）
・事件之書㈡（包括儀禮活動和原始戲劇）
・第三祭典（包括人神動物靈通之歌）
・延展之書（符號、象形、圖徽等）
・延展之書（發聲、聲詩）
・第四祭典（召靈詩）

從這個編目中就可以看出羅氏給後現代時期的「活動」藝術家提供了怎樣多樣演出的模子。事實上，我這裡介紹的卡氏、奧女士都曾多次與他合作。而他自己幾乎在各大學朗頌詩時，都是演出的，其中最出名的莫過他翻譯的〈馬之頌歌〉。在這篇翻譯和朗頌中，他企圖重現一般書寫方式必然剪除減縮的吟咒，我這裡只能錄出他譯的方式，他表演的發聲雖有錄音，但非在現場，我們無法體會吟咒所提昇情弦：

THE 12TH HORSE—SONG OF FRANK MITCHELL

Navajo

Key: wnn N nnnn N gahnhawuNnawu nngobaheegwing

Some are & are going to my howinouse baheegwing hawuNnawu N nngahn baheegwing
Some are & are going to my howinouse baheegwing hawuNnawu N nngahn baheegwing
Some are & some are gone to my howinouse nnaht bahyee nahtgwing buhtzzm bahyee noohwinnnGUUH

Because I was (N gahn) I was the boy raised
Ng the dawn(n)(n) but some are & are going to
my howinouse baheegwing & by going from the
house the bluestone hoganome but some are & are
gone to my howinow baheegwing
& by going from the house the shahyNshining
hoganome but some are & are gone to my
howinow baheeGWING
& by going from the swollenouse my breath has
blown but some are & are going to my howinouse
baheegwing
& by going from the house the hohly honganome
but some are & are gone to my howinow baheegw-
ing ginng ginnng

羅氏數度組織有關演出（尤其是詩、樂、舞、儀禮不分家的原始表達方式）的會，要喚起人們走出書寫之囚而進入生活中的神聖。如果說後現代其他的藝術家是把日常生活美學化，羅氏所提供的便是生活的聖儀化，目的要讓我們知道，工具人理性人以外，還有一個西方人已經忘記了數千年的多樣性的人。

VI 哈里遜夫婦(Newton and Helen Harrison)

在〈眞實的實驗〉一文中，卡普羅講述一個完全沒有藝術面貌的活動。美國紐約有一個小鎭Rosendale，食用水和汙水系統發生了極其嚴重的問題。當地的市政局一籌莫展。當時有一位藝術教師Puusemp，覺得他可以解決這些問題，他參加競選鎭長，他獲選了，用他藝術家的認知，把問題解決了，然後辭職。沒有人知道他用了藝術家對資源空間美感的認識，當然更沒有人把他這次的參與看成是一種藝術行爲，直到後來人家勸他把全盤策劃、構想、設計的藍圖印爲冊子，才知道這是一次出自藝術用心的活動。這個記錄即是一九八〇年出版的"Beyond Art: Dissolution of Rosendale, NY"（超越藝術：Rosendale鎭的分解）。（注25）

哈里遜夫婦十餘年來的藝術活動正是在積極參與城市再生的策劃中達到詩的、藝術的高度。當代法國大批評家

Michel de Certeau說，他們的策略使到「一個沉睡的自然變爲一個呈現出自然神奇偉力的作品。」（注26）我覺得哈里遜夫婦的作品，尤其是那巨篇〈礁湖的周轉〉（The Lagoon Cycle），應該另文處理。就本文的脈絡來說，我們只要舉出一個例子便足夠。我們先看他們的一段話：

> 我們的工作（作品）開始時，先是在環境中看出一種異態，這種異態即是兩種不同的信仰或兩種衝突的隱喻對立所致。這時我們覺得現實非但不是無縫的，而且信仰的代價簡直令人憤怒。這樣的了解給我們創造新空間的機會，首先在腦中，然後在現實中實現。
>
> 我們所展出的作品是一種敘事體，引發一些計畫或是一些計畫的故事。地點是城市如波提摩爾城，如聖荷西，如柏沙典那，如聖他巴巴拉，如聖地雅谷。在這些地方，我們作種種建設的說明，如增加遊步道，引建大運河，或把佔地廣闊的凹狀水道鋪蓋，把三合土地帶變成公園，或使其兩岸和高速公路橋下成爲植物動物的安身所，把廢物堆和垃圾堆地帶收回。我們總是用剩餘的空地、隱沒的空地創製。這種空地很多。我們夫婦二人合作，但最近更和其他的藝術家、生態專家、景觀建築師、工程師等對話。（注27）

一般人大概會說，哈里遜夫婦的工作是城市設計，是生態研究。這當然也是的。他們確實參與設計與籌劃。這是眞實生活的參與；但他們所採取的方式，則完全是藝術的，或是藝術家的。他們整套想法和實踐，或可稱爲「生存的美學。」（這和後現代所講的生活美學化有著相當的迴響，但也許應該說是美學生活化。）譬如他所提到的計劃都要有以下五個方面㈠圖標，㈡隱喻，㈢敘述文字，㈣對話，㈤政治。五個方面的主導是敘述與對話，手段是通過隱喻所含政治信仰的破解；而圖標，最接近哈里遜夫婦作爲畫家本行的圖標，反居次要的地位。也許我們不應該說是「次要」，而是互相扶持。

所謂通過隱喻所含政治信仰的破解來對話，哈氏夫婦有這樣有力的說明。所謂一個地區的信仰結構，他們舉出波提摩爾海港的隱喻價值爲例：

《圖一六》

哈里遜夫婦柏沙典那水道重新計劃的藍圖之一

(Photo Credit/Harrisons)

《圖一七》

哈里遜夫婦礁湖的周轉的展出

(Photo Credit/Harrisons)

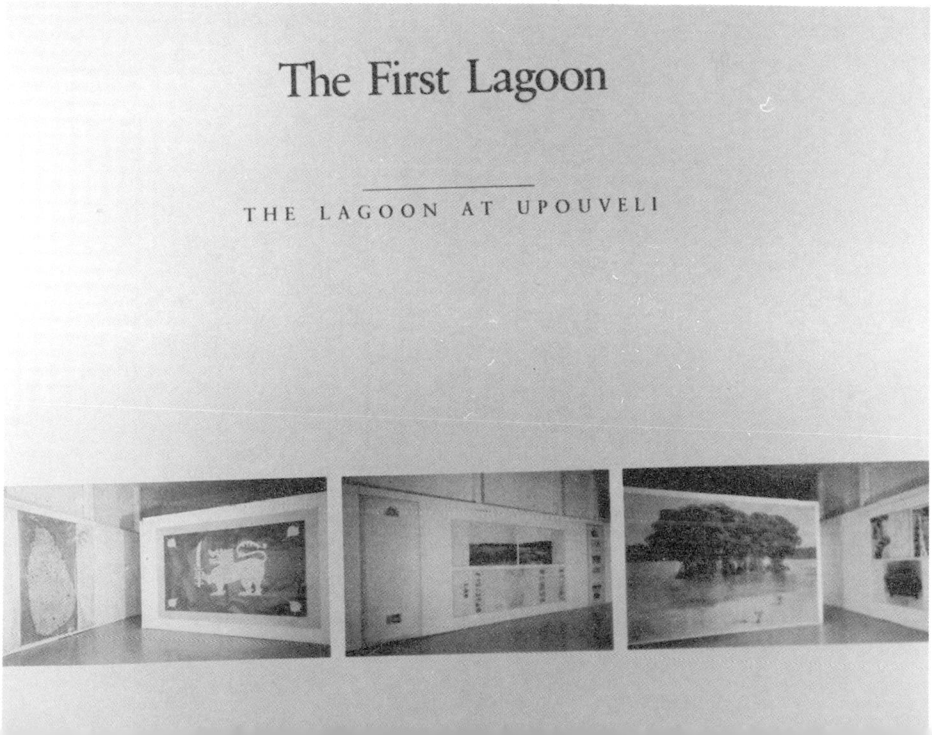

一個海港的基礎隱喩是淡水與海水相遇相滲的地方，是一個生物世代輪迴繁衍的地方，實在是生態的市集。現在海港一變而爲人的市集。同樣的價值應該運作的。但如果有人（如波提摩爾城）把一條八線的大道繞著海港而建，這樣便侵犯和破壞了海港作爲海港的隱喩的價值。因此，首先你必需恢復原有隱喩的價值，其他的價值才可以恢復。是這些價值的思想摧生我們的藝術。（注28）

他們設法把海港和城市其他的部份重新連起來，利用遊步道，拆除一些路，改爲公園等，使到有合乎原隱喩的流動與滲變。

哈氏夫婦認爲自然本身是種論述，訴說著一種意義和信仰。人的行爲（如規劃）也是一種論述，訴說著另一種信仰（爲某種「方便」「價值」的目的）。這兩者往往有所衝突。藝術家，像一般專家那樣把所有環境的細節查清楚後（包括高空製圖、調查工程當時製作的理由等等），把兩種論述並列，使其互顯其中衝突之所在，然後敍述與自然原有論述合拍的方式。製圖、對話、論述（他們用的是近乎詩的語句和意象。例：「我再進入我夢的空間……」）、甚至最後施工的整個過程才是他們的「作品」。

現舉柏沙典那城三合土建的水道爲例。這條相當大而長的凹形的水道，佔了不少空地，圍上種種鐵絲網，完全荒廢不能用。由高速公路騰空的高架橋跨架著的溢水處起，一直伸展數里。這些荒地成爲一種自然的傷口，完全不合理的傷口。他們認爲應該把傷口縫起來，回復河流和河流流經一切應有的生態的活動，這個無緣無故（或應該完全沒有邏輯）的龐大的廢地才會成爲合乎自然論述邏輯的空間。因此他建議，要縫合自然的傷口，應該用三合土把水道蓋起來（當然經過測量等等），然後引水再造河流於其上，沿岸種樹和各種河邊應有的植物（當然經過生態的研究），使這「荒地」成爲植物的家，動物的家，使無人的荒地成爲人們（尤其是情侶）可以進出的公衆的場所。（見圖一六、一七）

哈里遜夫婦做的「活動」已經不只是引導幾個人突出

他們的「常規」而有所領悟，而是全程社會的參與，是對每一個已成文的隱喻（城市環境所代表的信仰結構）的剖開、對話、和重寫（重建）。

Ⅶ蘇珊・黎絲(Suzanne Lacy)

社會參與的另一種活動是黎絲的「耳語、浪花、和風」(Whisper, The Waves, The Wind)。我這裡先把一段記錄譯出：

在春晨燦爛的陽光裡
穿著白袍的年老的婦女出現
有尼姑有寮國的婦女
有九十九歲的老母親和她的女兒
有來自老人院的黑婦
有網球球員，有榮休的老教授
驕橫，典重，步履亭亭
一百五十四位婦女
六十二歲到九十九歲之間

《圖一八》

蘇珊・黎絲的「耳語、浪花、和風」：在春晨燦爛的陽光裏，穿著白袍的老年婦女出現……步履亭亭、典重……驕橫……」

(Photo Credit/Liz Cisco)

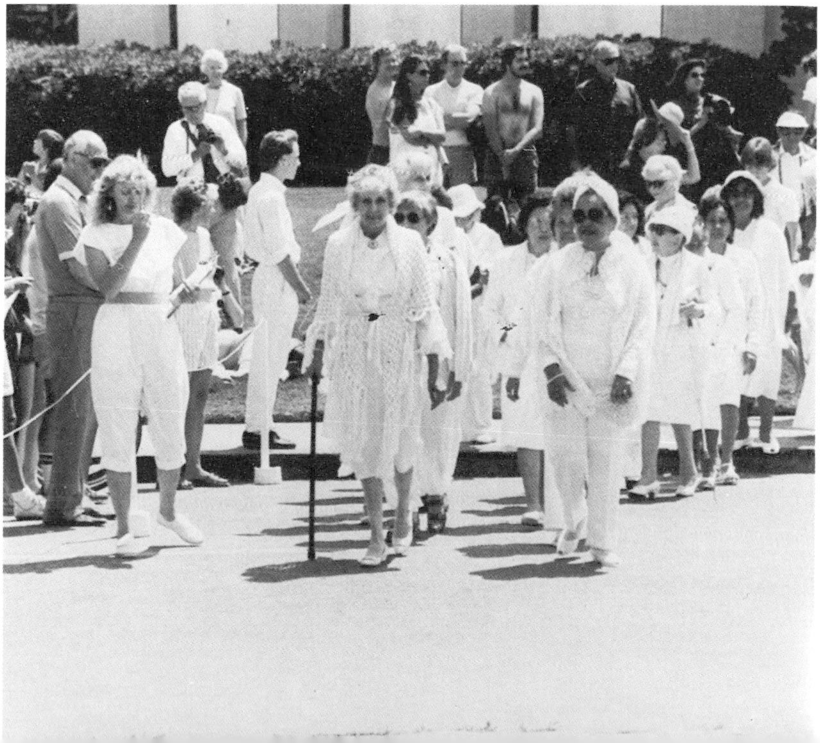

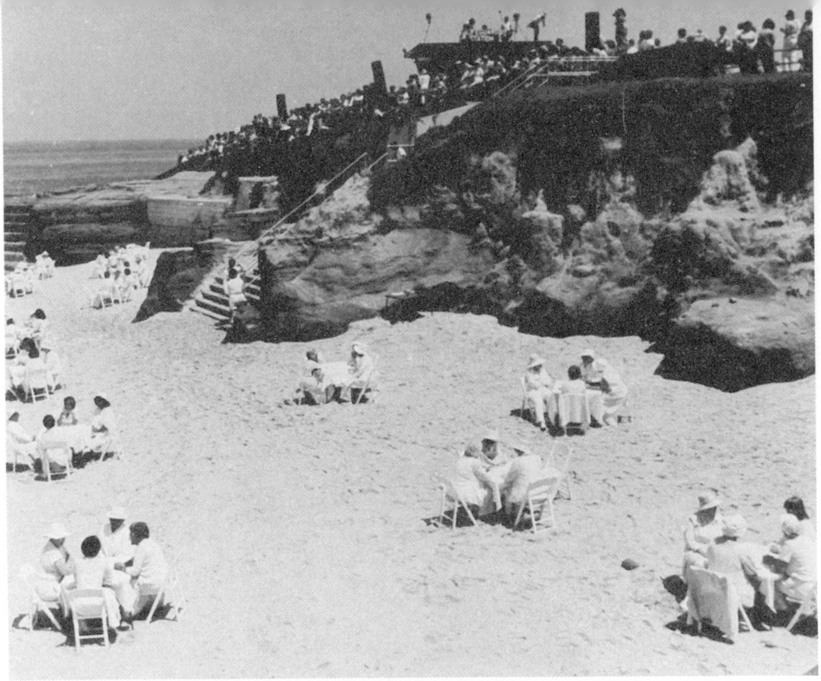

《圖一九》

「耳語、浪花、和風」……她們緩步走下台階到海灘上，藍天、藍海、白沙，她們樸實地誠實地談她們的生活，她們的關係，她們的將來……」

(Photo Credit/Liz Cisco)

緩步走下臺階到海灘上
藍天、藍海、白沙
她們樸實地誠實地
談她們的生活，她們的關係
她們的將來
坐在白布飾蓋的桌子旁
在蘇珊・黎絲安排的
一場非比尋常的演出裡
年老的婦女們創造了神異的一瞬
創造了她們身軀美的境象
和老人們受重視的世界（注29）

美國的老人（在這裡美國的年老的婦人）是被社會遺棄遺忘的一群。年老彷彿是一種阻礙。黎絲，作爲一個關心女性的藝術家，把關心投入這些年老的婦女的命運和感受上，決定要社會給她們應有的注意，決定要突出年老本身的尊嚴、智慧、硬朗和特殊的美。像社會工作者那樣，她去連絡和訪問了一百五十四位年老的婦人。請她們到加州樂海涯（La Jolla）的藍天白沙下茶會。她發動了很多年輕助手，扶持著穿著白袍、高貴驕橫地下車的年老的婦人；她們，在一個慶典似的行列中，昂首進入預先排好在沙灘上的白布飾蓋的餐桌……。從她們抵達到她們坐下來談天（另設擴音器傳達到岸上），都有大群的市民觀賞與聆聽（包括各種傳播媒介的代表）。（圖一八、一九、二〇）事後，這個活動做成了電影，希望可以使更多的社會人士關心注意。

從這些「活動」藝術家的作品中，很明顯地可以看出來，它們引發出來對藝術與生活思索的向度，在形式上和一般的所謂後現代主義有呼應之處（生活美學化、高純文化與大衆文化界線的泯滅），但在精神上則完全不同（不是斷裂擴散，而是指向凝融與多樣包容性。）「如生活的活動」對生活的批評在這些例子裡也是很顯著，和現代主義藝術和前衛藝術之欲重現和重建被壓制的人性有著血親的關係，但不同現代主義之堅持「美學的自主性」，這些作品究竟在什麼規位下什麼框架下可以稱爲藝術，倒不是這些藝術家所最關心的。

《圖二〇》

「耳語、浪花、和風」「談她們的生活、關係、將來」岸上在觀賞和聆聽她們的心聲

（Photo Credit/Margaret Frge）

注釋

①"Postmodernism, or The Cultural Logic of Late Capitalism", *New Left Review* (Summer, 1984)#146, p.58.

②《中外文學》十六卷五期(10.1.1987) pp.4–36.

③Horkheimer and Adorno, *Dialectic of Enlightenment*, Hans John Cumming(New York, 1972), p.139.

④前書p.140.

⑤Adorno,"Lyric Poetry and Society", *Telos* 20 (Summer, 1974) p.63.

⑥Arnold Hauser, *The Sociology of Art* (Chicago, 1982) p.651, 653.

⑦Russell A. Berman, "Modern Art and Desublimation", *Telos* 62 (1984–85) pp.31–57.

⑧*A Caterpillar Anthology* (New York, 1971) p. 24, 25.

⑨見《比較詩學》(臺北，一九八三) pp.196–7:235–244.

⑩"The Real Experiment", *Artforum* (New York Dec. 1983)p.38.

⑪*Profile*, Vol. I, No.5 (Sept. 1981).

⑫*Assemblage, Environments, & Happenings* (New York, Abrams, 1966).

⑬"The Real Experiment", p.39.

⑭"Pinpointing Happenings", *Allan Kaprow, an Exhibition sponsored* by the Art Alliance of Pasadena Art Museum (Sept 15–Oct. 22, 1967) p.17.

⑮Adrian Henri, *Total Art* (New York, 1974) p. 97.

⑯*Blindsight* (Dept.of Art Education, College of Fine Arts, Wichita State University,1979) "Notes"(卡氏的附記，本書無頁數)。

⑰前書附錄老師和學生的反應。

⑱"Art Which Can't be Art"by Allan Kaprow in *Collagen, Environments, Videos, Broschüren, Geschichten, Happening–und Activity*

Documente 1956–1986, Museum am Ostwall, Dortmund, 1986, p.19.

⑲Pauline Oliveros, *Software for People, Collected Writings* 1963–80 (Baltimare: Smith Publications, 1984) pp.28–35.

⑳前書pp.52–54.

㉑Heidi von Gunden, *The Music of Pauline Oliveros* (Metchen, NJ & London, 1983), pp.83–85.

㉒"Trigger Timbre, Dynamic Timbre", unpublished Lecture, 1987.

㉓Chungliang Al Huang, *Quantum Soup* (New York, 1983) pp.19–20.

㉔《飲之太和》(臺北時報出版社，一九八〇)pp.210–211. 賀萬龍的話見於 "A Dialogue on Oral Poetry with William Spanos", *Boundary 2*, Vol. Ⅲ, No. 3, (Spring, 1975), p.517.

㉕"The Real Experiment", p.40.

㉖Helen & Newton Harrison, *The Lagoon Cycle* (Cornell Univ.: Herbert F. Johnson Museum, 1985), p.17.

㉗*The Quarterly Bulletin of the Grey Art Gallery & Study Center*, New York Univ. No. 5 Vol. 1#2 (spring , 1987).

㉘同前。

㉙見*Whisper, the Waves, the Wind: Life Stories* (The MCAD Associates, 1987)的前言。此書是Sue Maesear Audersen繼該活動採訪當時參與者的人生看法的記錄。

附錄

What is Beautiful Kenneth Patchen

The narrowing line.
Walking on the burning ground.
The ledges of stone.
Owlfish wading near the horizon
Unrest in the outer districts.

Pause

And begin again.
Needles through the eye.
Bodies cracked open like nuts.
Must have a place.
Dog has a place.

Pause

And begin again.
Tents in the sultry weather.
Rifles hate holds.
Who is right?
Was Christ?
Is it wrong to love all men?

Pause

And begin again.
Contagion of murder.
But the small whip hits back.
This is my life, Caesar.
I think it is good to live.

Pause

And begin again.
Perhaps the shapes will open
Will flying fly?
Will singing have a song?
Will the shapes of evil fall?
Will the lives of men grow clean?

Will the power be for good?
Will the power of man find its sun?
Will the power of man flame as a sun?
Will the power of man turn against death?
Who is right?
Is war?

Pause

And begin again.
A narrow line.
Walking on the beautiful ground
A ledge of fire.
It would take little to be free.
That no man hate another man.
Because he is black;
Because he is yellow;
Because he is white;
Or because he is English;
Or German;
Or rich;
Or poor;
Because we are everyman.

Pause

And begin again.
It would take little to be free.
That no man live at the expense of another.
Because no man can own what belongs to all.
Because no man can kill what all must use.
Because no man can lie when all are betrayed.
Because no man can hate when all are hated.

Pause

And begin again.
I know that the shapes will open.
Flying will fly, and singing will sing.
Because the only power of man is in good.
And all evil shall fail.

Because evil does not work.
Because the white man and the black man,
The Englishman and the German,
Are not real things.
They are only pictures of things.
Their shapes, like the shapes of the tree
And the flower, have no lives in names or signs
They are their lives and the real is in them.
And what is real shall have life always.

Pause

I believe in the truth.
I believe that every good thought I have,
All men shall have.
I believe that what is best in me,
Shall be found in every man.
I believe that only the beautiful
Shall survive on the earth.

I believe that the perfect shape of everything
Has been prepared;
And that we do not fit our own
Is of little consequence
Man beckons to man on this terrible road,
I believe that we are going into the darkness now;
Hundreds of years will pass before the light
Shines over the world of all men...
And I am blinded by its splendor.

Pause

And begin again.

被判刑的人類

布魯特斯基和烏特金紙上建築中的空間對話與辯證

本文以去年在聖地雅哥區展出的作品爲主。布氏、烏氏合作的建築計劃、蝕刻畫，和「裝置藝術」在去年同時，在聖地雅哥州立大學畫廊（十月三十日至十二月六日）和樂海雁當代藝術館(La Jolla Museum of Contemporary Art十二月十二日至十二月十日）同時展出，本文所有的圖片均爲二氏代理商Ronald Feldman Fine Arts, Inc., New York所提供。在此我要特別向Ronald Feldman先生及其助理Susan Yung致謝。

布魯特斯基(Alexander Brodsky)和烏特金(Ilya Utkin)於一九五五年生於莫斯科，畢業於莫斯科建築學院。他們合作的紙上建築，曾在紐約和歐洲主要大城展出：柏林、法蘭克福、巴黎、利爾丹等，並曾多次獲大獎，其中六次是在東京設計比賽獲得的殊榮。獲獎作品包括"The Intelligent Market"，"A Glass Monument to the Year 2001"，"A Glass Tower"，"A Dwelling with Historicism and Loculism"，"Crystal Palace"和"Theater for Future Generations"。目前他們住在莫斯科。

一九八九年加州聖地雅哥市辦了一個蘇聯藝術節，布魯特斯基和烏特金的出現，好像是藝術節的一部分，但又好像不是，介於正式與非正式之間。現在回過頭來看，對聖市舉辦的蘇聯藝術節，可謂一大諷刺。首先，主辦人搜羅來的所謂精品實在太過片面而缺乏代表性，而比較精彩的一些節目和藝品卻又是按照娛樂工業的目的來包裝傳播的，幾乎近於眩麗。在一種嘉年華會式的熱鬧中，由私人機構安排同時出現的布、烏二氏的作品，以一種靜靜而逐漸加強震盪，暗暗把這個大藝術節所代表的一切爆破，亦即是把「文化商品化的呈現」爆破。

在游離不定的地帶的邊緣顫抖印象

沒有人可以在接觸到他們的作品後，無思無感地走出來。

我是在一個偶然的機會裡碰上了二氏震攝人魂的作品。很少人知道他們在聖市的出現，因爲整個聖市當時都被虛張聲勢的藝術節所淹沒。

但我一看到二氏的作品便完全清楚：沒有人接觸到二氏的作品而能無思無感地走出來。一種常是幢影幻變、近乎夢魘的氣氛，像一個宇宙大的鍋蓋把我們壓蓋住，彷彿把我們囚困在天地羅網之間；在一種同時是史前亦是當前的空間裡，我們被逐上一種求索的行程，向永遠游離不定、永遠在變遷的場景前後枝生，進入那奇異如夢的地域。一種沉重和受困的感覺，或者和這相反的，但同樣地壓人的，是一種肢解的擴散把我們籠罩著。失望、絕望、沙特式的、卡夫卡式的，或者令人費解、秘教的、神秘的徵象和情境，或者一種燃眉的危險和毀滅所帶來的焦躁和恐懼，佔有紙上建築的每一個角落。字跡，像惑人的空間一樣，正等待我們重新學習、解讀，引領我們走向謎語一般古代書寫的邊緣；至於用我們熟識的文字書寫的一些陳述，卻不斷地把我們從熟識的境地帶入一些迷茫不定的瞬間和徵兆。試看：一個木乃伊化、像蟲像胎兒的建築家、音樂家被擠壓在一個建築物內（是教堂？是囚繭？）。同樣一個頭顱頂著羅馬大圓型競技場全部的重量（還是滿壁是一箱一箱神龕的圓型大廳？）。再看：一隻史前的怪獸費力地、惶惑地爬上向天岩巉似的山牆。一個中庭，同時是人類自願地投入那無盡無底的內在空間。一面我們看見一所琉璃教室，搖搖欲墜地跨在山的裂縫上，下面是無法量度的深淵；另一面則是微粒般的獨行者，在高高的競技場上踩著鋼索……。我們的周邊都是大都會的殘垣碎瓦，一個不斷在變的空間，人無法抓著的空間；或是一些被遺忘的碑石遺跡，迷茫費解、令人驚怖、甚至有時令人敬畏。

我們隨後會把討論集中在幾幅蝕刻畫上；說是畫，也

《圖二一》

一個木乃伊化，像蟲、像胎兒的建築家（音樂家）被擠壓在一個建築物內（是教堂？還是囚繭？）

《圖二二》

一個頭顱，頂著羅馬大圓型競技場全部的重量（還是滿壁是一箱一箱神龕的圓型大廳？）

(Photo Credit/D. James Dee)

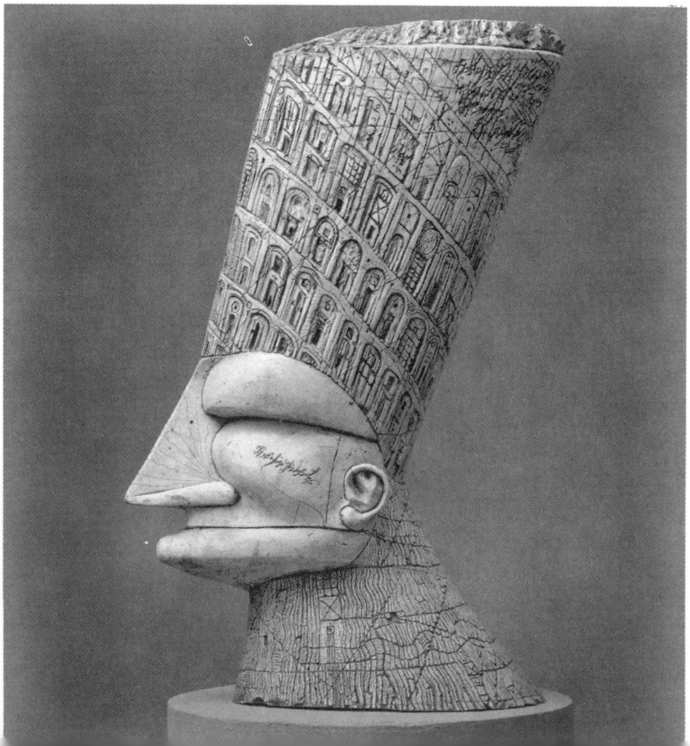

《圖二三》

一隻史前的怪獸費力地、惶惑地爬上向天岩巉似的山牆

(Photo Credit/William Rogers)

許我們應該說是紙上的建築計畫。這些藍圖，不是可以實現的建築的藍圖；而是代表一些空間，一些使我們人類歷史的、社會學的、政治的層次交織情況得以顯露的空間。布、烏二氏的作品，彷彿爲我們重新認定一個事實：空間，像符號、記碼一樣，是充滿著社會性的。所謂純粹的空間只在抽象的數學中存在。空間和我們接觸時，常常已經是歷史化和心理化而帶有其過去生命多重的提示。在布、烏二氏的情形，他們與歐洲十九世紀中葉，一批社會烏托邦的鼓吹者，和一九一〇年代，某些表現主義的建築師的血緣是很顯著的，他們作品中的靈視和改革意欲亦是呼之欲出的。空間不但有其過去生命的提示，也有將來的投影。在布、烏二氏的情形，則是將來的一種預兆，在肢解或海市蜃樓的邊緣顫抖。布、烏二氏的空間，是盈溢著聲音交響的社會空間，包括了回響、記憶、諧模、挑戰、對話和唱和。這種交響樂式的活動是通過疊象和疊文和複音、複影完成。

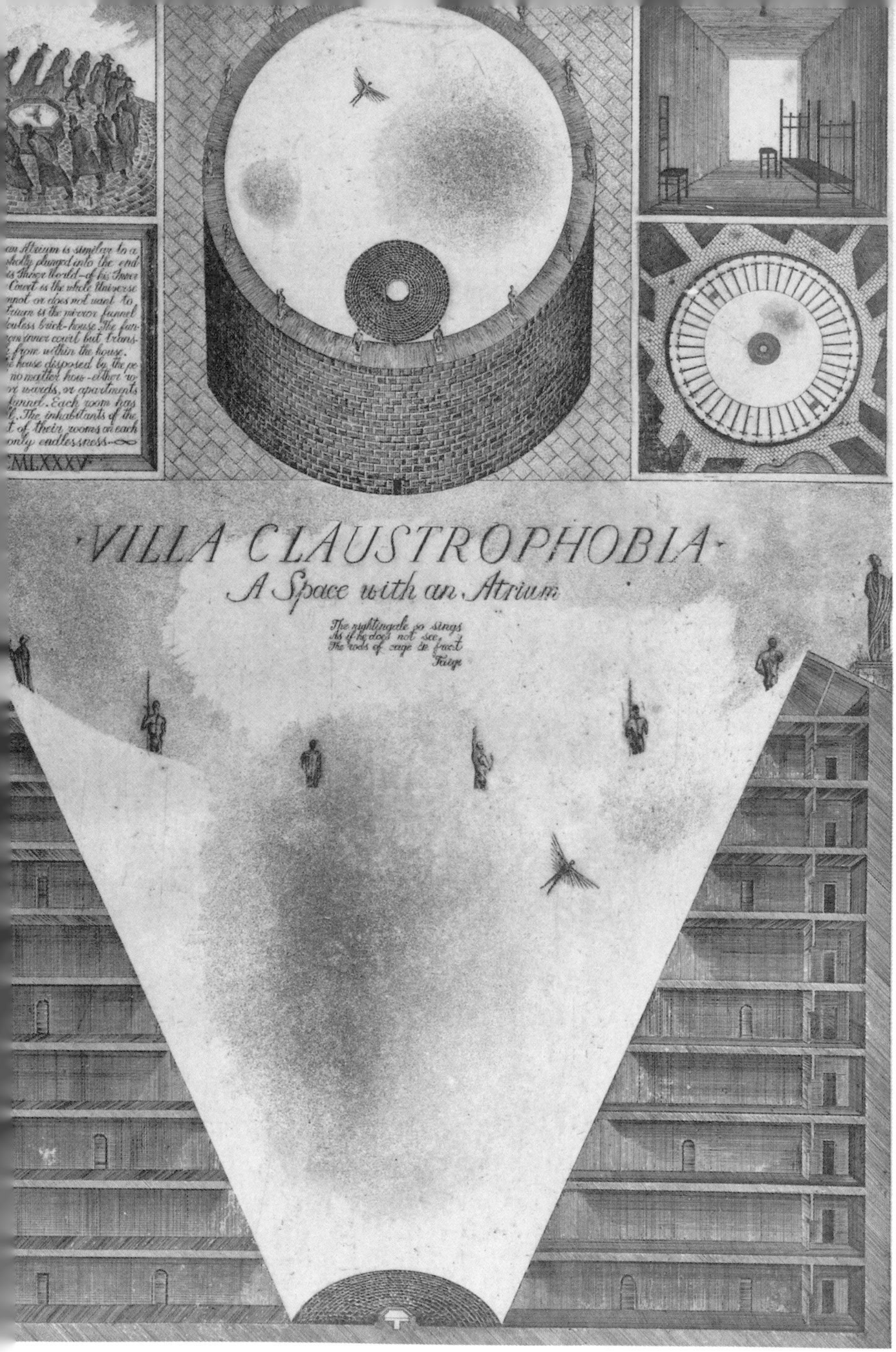

《圖二四》

一個中庭，也是一個人類自願投入的無盡無底的內在空間

(Photo Credit/D. James Dee)

A Bridge
above the precipice
in the high mountains
A chapel with glass
walls, glass roof and
glass floor standing
over the fathomless
endless crack, between
two abysses-upper
and lower.

《圖二五》

一所琉璃教堂搖搖欲墜地跨在山的裂縫上。下面是無法丈量的深淵

(Photo Credit/D. James Dee)

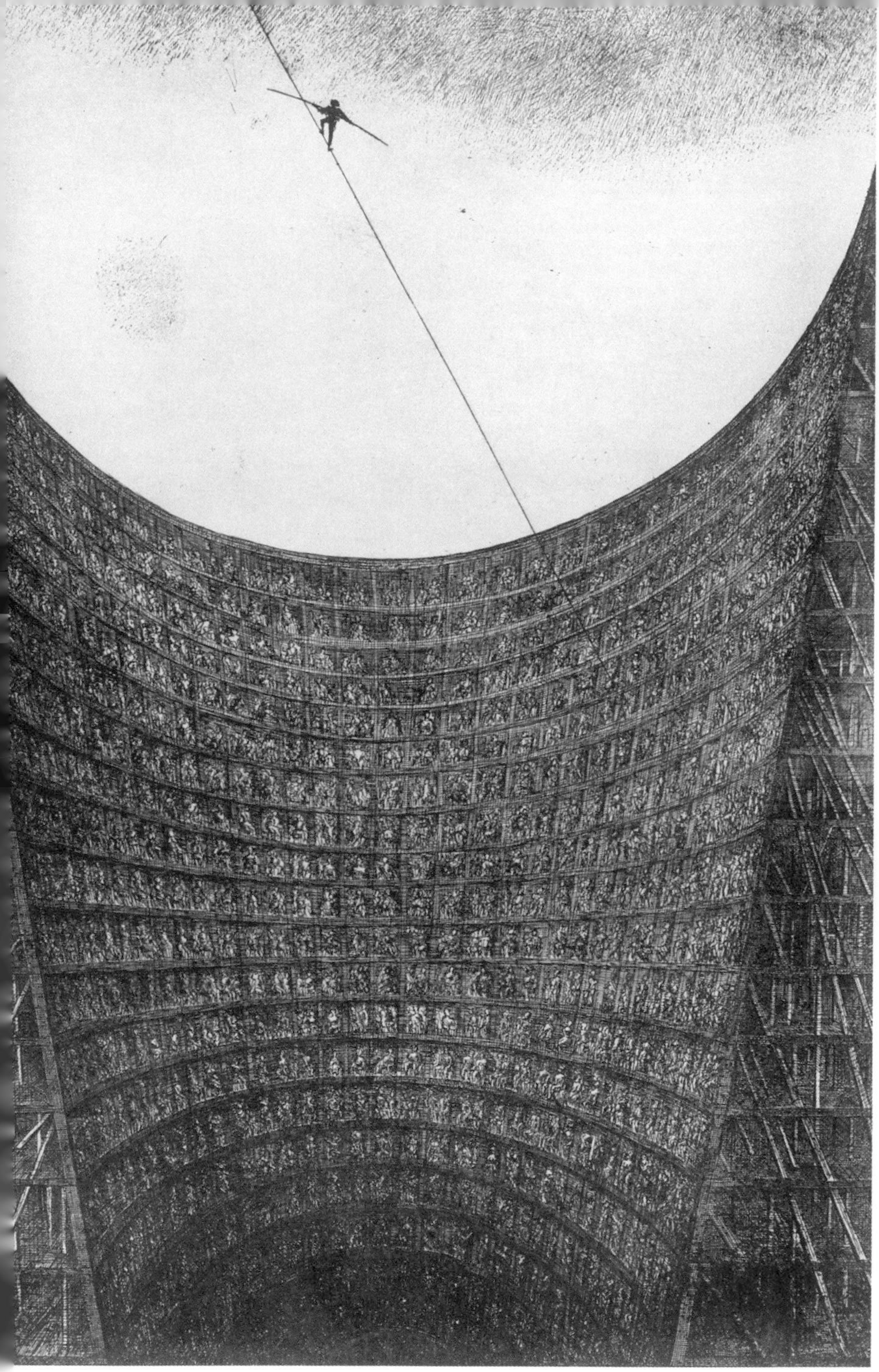

《圖二六》

一個微粒般的獨行者，在高高的競技場上踩著鋼索

(Photo Credit/D. James Dee)

一船的愚人

通過藝術創造，也許可以負面地瞥見重建人性的可能性。

我們先看他們那幅〈一船的愚人，或給狂歡者的一座木造摩天樓〉(A Ship of Fools, or a Wooden Sky-scraper for the Jolly Company 1988)。

這幅蝕刻畫，像他們其他的蝕刻畫，是由三個畫面構成。在主要的畫面上，我們首先看到一羣人，很可能是藝術家本人和他們的親友圍著船樣的宴桌坐。這張宴桌彷彿浮游在半空中，挿向滿是工廠烟囪的遠方。這時我們看到下面的畫面和旁邊的畫面，才知道他們原來是坐在木造摩天樓的頂上。突然間，一種幽靈式的幽默，一種凶兆絕望的諷刺悠然湧起：在木造摩天樓上狂歡，可以說是嘉年華會的氣氛中暗藏著即將來臨的凶險和毀滅。而浮游的宴會又被毀滅性的工業所包圍，這無形中，在喜慶裡投下巨大的黑影。而這張由疊象構成的不安，由於圖中兩段疊文，變得更突出、更深沈。第一段文字，在圖的左上角，是摘自普希金〈黑死病中的宴飲〉，作者另外加上副題——「大都會中的一種安慰」：

> 榮耀歸於你，黑死病！
> 我們無懼於墳墓中的黑暗。
> 我們未因你的呼喚而迷亂！
> 我們全體浮蟻滿杯
> 飲那玫瑰女郎的呼息
> 可能是充滿黑死病的呼息！

突然間，所謂「安慰」、所謂「宴飲」沾上了另一種音調：在完全無救的文化環境中，一種最深沉的絕望：死亡和宴飲對等。作者彷彿說，生即如死，死既成劫，讓我們歡宴，讓我們歡樂！但潛藏在普希金這段文字裡還有一段文字。普希金的隱喻是來自愛德格・愛倫・坡那篇〈紅色死亡的假面劇〉：

> 有打諢者，有即興演出者，有芭蕾舞者，有音樂家，有「美」，有酒。這些和安全都在裡面。外面是紅色的

《圖二七》

「一船的愚人或給狂歡者一座木造摩天樓」。在木造摩天樓上狂歡，可以說是嘉年華會的氣氛中暗藏著那即將來臨的凶險和毀滅。何況這浮游的宴會又被毀滅性的工業所包圍

(Photo Credit/D. James' Dee)

死亡。

在這段潛藏的文字中，我們隱隱聽到象徵主義的題旨：能夠與紅色的死亡抗衡的論述，只有藝術的創造。在文化的殘垣碎瓦中，唯一可能獲致的凝融，也只有藝術的創造。通過後者，我們也許可以負面地瞥見重建人性的可能性。

布、烏二氏，作爲一個文化的批判者，不但對直接的「紅色的死亡」(他們處身的蘇聯現實環境)，也對全球性的文化現況批判。我們在後面會詳細論及。即在這幅蝕刻畫裡，第二段疊文已經喚起更大的歷史迴響。「一船的愚人」典故出自一四九四年布蘭特(Sabastian Brant)的作品*Das Narrenschiff*。該書爲中世紀經典之作，曾被衍譯爲英、法、拉丁、俄等文字。「一船的愚人」，用寓意的方式——一艘滿載愚人的船，由愚人駕駛，航向愚人的樂園(Narragonia)——是對當時教會的濫權和種種惡行的諷喻。這本書，根據亨利・查爾斯・李(Henry Charles Lea)的記述，爲宗教改革鋪了路。在這個層次上，是當時所有的著作無法匹敵的。(注1) 布、烏二氏引述此書，無形中把他們自己比作宗教和社會的改革者。畫中宴桌似船，很可能是受原書中的插圖所啓發。但更重要的是，把現代的「愚人」和中世紀的愚人相連，作者便把圖中的參宴者變爲常人、一般的人，從古到今，橫跨時空。再看他們的摘句 (圖的左下角)，我們會發現他們並非來自原書，而是來自布蘭特氏爲拉丁本增加的文字 (一四九七)。(拉丁本當時極爲流行，據說其他文字的譯本多取自拉丁本)。現在讓我們看拉丁本中的相關段落：

> 來吧！人們……東風在吹，我們必須向愚人之地Narragonia馳航。切斷船纜，讓我們出發。這麼多的人，一艘船無法載下……我們之中，沒有一個人關心現在或過去或將來……在這個鏡子中，每個人都可以看到人類的生命與毀滅。(注2)

布蘭特在給拉丁文譯者羅契爾(Locher)的一封信中還加上下面幾句話：「避開礁石……有需要時，下碇，不

要讓風浪毀了船隻」（注3）

這些潛藏的文字爲布、烏二氏流露出一種橫跨時空的沮喪。文字背後，語調雖遲疑，則是促人避免「愚人的船」被摧毀。這就是布、烏二氏利用疊象和複音傳意的基本方式。

水晶宮文化

布、烏二氏對工業在二十世紀後期，摧毀人的空間的批判，並不只限於眼前的狀況；它常常投向更大的歷史場合，反映人事生變所造成的人與自然、文化、空間之間的強烈張力的寫跡。這裡最具代表性的例子，是他的〈房屋遺骨安置所〉(Columbarium Habitabile, 1989)這張蝕刻畫和他們的另外一些，包括〈水晶宮殿〉(Crystal Palace,1989，或譯〈玻璃宮殿〉)、〈一間當代建築的博物館〉(A Contemporary Architectural Museum)等，承接著相當長的建築計畫傳統而來。在這個傳統裡，提出了一些有關人類意識生變的尖銳問題，環繞著人與自然、工業與文化、環境與生存空間的爭戰與協商而發。布、烏二氏在這張畫中的題詞全文如下：

房屋遺骨安置所

——在現代大城中住有人的房屋遺骨安置所，

或古老小屋和住民的保留地

一所房子死亡兩次——第一次是住民的離棄，但只要住民歸來後，它便可以重生。第二次的死發生在它最後被摧毀。在一些大城裡，新的建築把老的建築一一趕盡殺絕。但還有一些古老的小屋，和住在裡面很多年的一些人，按照城市一般的規劃，所有的房子都要摧毀，住在裡頭的人們，都要搬進新建的平房裡。要挽救老屋子，唯一的可能性便是把房子遷入遺骨安置所——位於城中心的一所三合土方形建築物裡，條件是，住民要繼續留住在架放在鴿巢似的格內的房子裡。只要他們繼續住下去，老房子便繼續生存；一旦主人不再能忍受那種生活的條件，不肯繼續住的話，他的房子便馬上被摧毀，空格再由後來者移入……

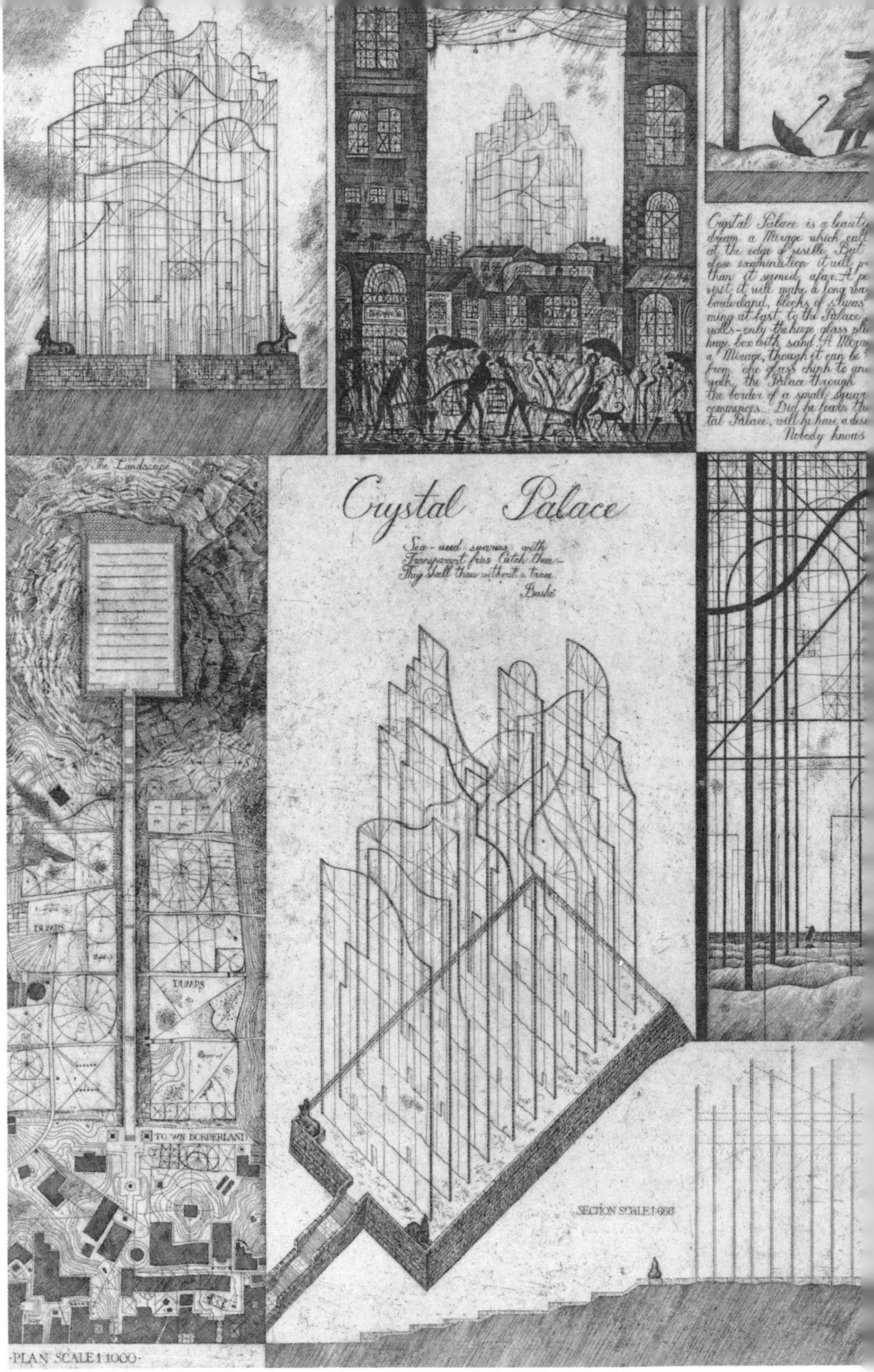

《圖二八》

「水晶宮殿」雖與施、陶二人作品貌合，它却只是一種海市蜃樓的存在

(Photo Credit/D. James Dee)

LUMBARIUM HABITABILE
Columbarium or the reservation for old little houses and their inhabitants in a large modern city

《圖二九》

「房屋遺骨安置所」和「一間當代建築的博物館」（圖三〇），這兩幅畫是承接著相當長的建築計劃傳統而來，這個傳統提出了一些有關人類意識生變的尖銳問題，環繞著人與自然、工業與文化、環境與生存空間的爭戰與協調

(Photo Credit/D. James Dee)

這張畫的拍擊力，必須要索源到十九世紀玻璃圓頂溫室冬園，那段豐富而又耐人尋味的歷史才可以完全印認。因爲這段歷史中呈現的許多問題，可以幫忙我們透視布、烏二氏建築畫的脈絡，讓我們花些篇幅來描述這個冬園（亦稱溫室、水晶或玻璃宮殿、植物保養所）在十九世紀歐洲工業化過程出現和形成的諸種文化因素，以及這個社會學空間展現的含義。（注4）

失去的樂土與玻璃冬園

玻璃圓頂的冬園是十九世紀一種新的工業，是自然生態的一種科學管制。溫室冬園的出現，源於相當特定的文化情境：簡單地說，當時如果沒有大量鐵、鐵絲和玻璃的生產，當時如果沒有盧登(J. C. Louden)和庫利(J.Kew-ley)等人所發明的「人造氣候」的機器，溫室冬園根本不會產生。（注5）這個有時被視爲保護和改良自然的藝術（美言爲人與自然的妥協）的冬園瀰漫著曖昧而令人不安

《圖三〇》
(Photo Credit/William Rogers)

的含義。譬如說，冬園是人與自然的一種妥協，已經含有下面這一層意義，即長久以來，西方人與自然隔閡。請看這些極其普及的說法：「人是萬物的典範」（如說「人是塑模自上帝」）；相信「人有控制、馴伏、利用自然的絕對特權」；把自然說成是恐怖的荒野；又說，自然作爲一種外象，是虛幻的、無永恆性的；所以人應該追尋外象（自然）以外的理念，（如柏拉圖的「理念世界」、如基督教的「神」），如說人不應該沉醉在自然不斷變化、感性的美之中……等。顯然，冬園的建造可以說是，人在工業急遽的發展下，更遠離自然——是人與自然隔閡的激進。工業化與城市化已經把自然趕到城外，並有逐漸吞滅的趨勢，人必須走到城外去尋找綠色，冬園的建造彷彿是一種補償作用。

在冬園這個現象的後面，同時潛藏著如下的一段「文本」：盧登(Louden)所發明的片語「人造的氣候」（注6）背後指向殖民主義中征服者特有的「欲望」。溫室中複製的氣候是殖民地亞熱帶國家（印度、非洲等）的氣候，是歐洲人日思夜縈要去看的殖民地氣候。換言之，他們渴求：

> 人造氣候中，不但充滿著各種魚蟲鳥獸，而且還裝備有各種人種（按：歐洲以外東方國家的人種），依樣衣著活動，可以在園中當園丁或館長。（注7）

在這個事實後面，還流露了歐洲風行一時的「中國（東洋）風」藝術運動的另一意義：這個藝術運動和形式與殖民者乘著工業化的威力到世界各地向自然與文化掠奪的行爲有著密切的關係。從這個角度看，溫室冬園不只是一種補償的行爲，同時是一種地上樂園，一種「美好快樂之地」(locus amoenus)，其間，從世界不同角落傳來的植物，都可以在完全控制、不變、四季如意的氣候下繁殖；但我們必須同時了解到，這個樂土只是「人造的樂土」（現代主義者波特萊爾所說的「人造的樂土」，當然也是這種現象的一種反響。）這個樂土的享用方式，與自然本身所給予的自然不同。（注8）班傑明(Walter Benjamin)在他《十九世紀的首都——巴黎》一書中說，是在這個世紀中，人類首次把住的空間和工作的空間，作了分辨，「中國（東洋）

風」的狂熱和（植物）保養室的狂熱，實在是代表了在時空上極其遙遠的，夢的世界之殘餘。

盧登一度說，這些溫室建築（當時有很多私人擁有的冬園），不是生活中最重要的必需品，而是某一個階層人物擁以自豪、認爲是高雅精緻享受的一種標幟。冬園常常被貴族階級用作娛樂的場所，不但用以炫耀其財富、品味，而且還用來盛宴。主人和參宴者可以隨手在室內桌旁的樹上，攀摘新鮮的果子做餐後的甜品！因爲有不少冬園應用的目的如上述，所以異國花草的佈置設計，基本上是依據娛樂的需要而發，至於對公衆而發的大型水晶宮殿（如約瑟夫·派克斯頓Joseph Paxton的展覽場），則取模於其他的博物館「裝售知識」的原理。我們現在可以看出溫室冬園的興起，和所謂「文化工業」有著密切的關係。（注9）艾當諾和霍克·海默所說的「文化工業」，是指人類傳統的一些文化活動被物化和商品化，即按照宰制、貨物交換價值、有效至上的原則，歸劃人類傳統的文化活動。這種文化工業近年來不只把自然囚困，而且還滲透到自然本身。譬如「觀光工業」，便是要訴諸消費者的意願，按照他們的「欲望」（即所謂「物慾工業」的一種）把自然作種種的包裝，然後作「貨物」出售。

第二自然的失落與房屋遺骨安置所

溫室冬園好比是一種「遺骨安置所」（布、烏二氏所說的Columbarium），爲避免工業革命和殖民活動把自然全部掠奪和包裝成商品，人們建造了溫室，來保存一部分自然。但如果說十九世紀由科學推展的工業，威脅到自然的生存，布、烏二氏的「房屋遺骨安置所」彷彿在告訴我們，工業現在已經進而威脅到文化的本位。代替十九世紀爲保存一個人造樂園所建的水晶宮殿，我們現在要建造一個保存「老房子」（種種殘留的傳統價值）的「房屋遺骨安置所」，或者一個「即將消失的建築的博物館」（一九八四）來保存「大小老建築的記憶……每一幢都盈溢著建築師、營造工、住客……的靈魂。」「文化工業」——包括把文化裁製來配合消費的需要、把文化變作機器的附庸、把利益的動機轉移到文化的領域和形式上，使文化在先定計劃的控制下，大量作單調、劃一的生產……等等——現在已把我們的「第二自然」(文化)完全摧毀，沒有了「第二自然」(文化)的人便形同「拜物主義」中的「物」，而拜物化也正是文化工業的目的和意識型態。這使我們想到四十多年前，艾當諾與霍克・海默的話，現在竟然在布、烏二氏的建築冥思中作出強烈的迴響：

在獨裁國家裡，那些工業管理的建築和展示中心，都帶著極強的裝飾性，各地都極其相似。如雨後春筍，到處升起金光閃耀的巨樓，是對國際利害關係作精密計畫的一種外在符號。環繞著巨樓的是迅速亂生的企業系統，代表這個系統的一些標誌，是污黑、沒有生命的城市中一些陰沉的屋宇和商店。就在現在，三合土的城市外圍一些較古老的房子，看來卻像貧民窟，而城外新建的平房，和博覽會單薄的建築一樣，是對技術進步的一種頌贊，但含藏在兩者間有一種要求，卻是要他們像食物罐頭那樣，用完便廢棄。原來城市房屋計畫是要使每個個人，作為一個獨立個體，在狹小而衛生的小房子裡得到體現，結果卻使他向他的敵人——資本主義的絕對權威——屈服。(注10)

艾氏、霍氏當年所預見和布、烏二氏現在記印下來，黑得像惡運的文化境況，其實在歐洲十九世紀的城市化中已經潛在。即在那時，大都會如柏林、巴黎、倫敦激速發展的城市化所造成的社會焦躁，已經使不少社會改革者憂慮。城市設計者如基利(Friedrich Gilley)和辛克爾(Karl Schinkel)，早在一七九七年便有花園城市的建議，來平衡城市中日漸惡劣的生活環境。但到十九世紀中葉，以景觀制衡的花園城市的構想，很快便輸給以實用主義功利主義出發的城市計畫。高密度的建築一下子把綠地完全吞沒，使得城市如長滿了毒瘡那樣，大幅大幅的空間，填滿著被判刑的人類。請聽一八四八年巴黎一個市長的話：「有時，後院只有四平方碼的空間，那裡充滿著：由厠所湧出來的排泄物。」(注11)小說家狄更斯也注意到這種情況：

他從來沒有看過比這更髒亂更不幸的地方。街道狹小而爛泥滿地，空氣中瀰漫著種種惡臭。街上很多小店。此時，深夜，只有大堆大堆的小孩子，在門口爬進爬出，或從裡面大呼大嚷。在這陰沉枯萎的氣氛下，唯一有生命活動的是一些酒吧，裡面一些最低等的愛爾蘭人在拚爭。一些有蓋頂的街巷和院落從大街枝分各方，流露出一些糾結的小房子，沉醉如泥的男女在污穢中打滾。另外有幾乎看來就非善類的傢伙，經常從一些門口探頭出來，一看便知是存心不良，幹的都不是好事。（《苦海孤雛》，一八三八）

科麥爾(George Kohlmaier)和沙特瑞(Barna von Satory)在他們合著的《玻璃建築》一書中，對狄更斯這段話的述評，最能說明大都會在城市化過程中的實況。他們說：「這是有機腐爛的場所；受害者是人，但人自己卻不知道。在這個景象的盡頭，是超級大都會變爲殘垣斷柱，正如朵黑(Gustave Dore)所刻畫的廢墟倫敦（按：朵黑的木刻題爲「千年後的景象（敗毀的倫敦），一八七二」。（注12）

回過頭來看布、烏二氏的作品中呈現的駭人景象——大都會中的黑死病或紅色的死亡、幽閉恐怖症別墅中，夜鶯在視而不見的籠中歌唱、廢墟中的大都會（譬如他們的〈牢固的島〉（一九八九）中所示，又如他從這張畫中發展出來的「裝置」作品〈大慶祝會之後〉（一九八九）中的破裂建築、龐大的破裂酒瓶、破裂的人像、臉、手、手指、玻璃塔樓碎爲千萬片，如一個死城，一隻史前龐然怪獸的出現——這些駭人的景象，彷彿正是十九世紀朵黑那種預言成爲事實，惡夢成眞；只是，這一回來得太快、太急激，人類還來不及去消解、去逆轉。

從某一個角度來看，其實這種廢然感已經潛藏在玻璃溫室花園的後面。在十九世紀，像班傑明所說的，爲了制衡工業化和不分皀白的城市化、所構成的陰暗與荒涼，才有玻璃冬園的出現，給城市住民提供一種對比、一種夢土，祥和、自然、有機。這些溫室冬園和多種不同的水晶宮殿，實在是一種反面的鏡子，不是要照出工業與技術的成就，而是投射環繞著這些亂生的負面形象，提醒我們，工業化與城市化大大的歪曲了人性；他們只索取工人的「用的價值」，而對他們作爲一個會思、會感的存在，則完全忽略以至磨滅。彷彿是爲了要滅除我們的罪惡感，要治療「文明的病痛」，城市設計者和社會改革者才訴諸自然的形象，並建議種種不同的綠屋、公園、綠樹大道和玻璃蓋頂的走廊、走道，和其他的玻璃建築（統稱水晶宮殿），給勞工階級做休閒和恢復健康的場所。但，在這裡，我們應該注意到，這些建議並不指向回歸自然，或爲人與自然關係作反思，而只是要柔化城市的冷酷和粗野，把部份自然馴化來爲工業服務。換言之，要我們在城市與工業中追尋烏托邦，而不是要我們重估和修正人宰制自然的事實。十九世紀的烏托邦社會都是建築在這個前提上：減輕工人的不幸境遇，好讓他們增加生產。幾乎所有烏托邦的城市計畫都從這個前提出發，這包括傅瑞爾(Charles Fourier，一八〇八)的社團住宅區，盧登（一八二三）遮蓋半個城市的巨型溫室，歐溫(Robert Owen，一八一七)的花園城市，蓋伊(Frederick Gye，一八五五)的「玻璃街」和霍華德(Ebenezer Howard，一八九八)的「城鄉互玩」。早期的城市設計者設法用郊野來調和都會，十九世紀的烏托邦幾乎全部

《圖三一》

「牢固的島」（圖三二）和「大慶祝會之後」（圖三一），從溫室冬園到水晶宮殿再到房屋遺骨安置所，人與自然、人與文化的血緣正迅速消褪著，物化和商業化的結果，大都會成爲廢墟，成爲破裂的建築、酒瓶、人像、臉、手……等堆積的廢墟

（Photo Credit/William Rogers）

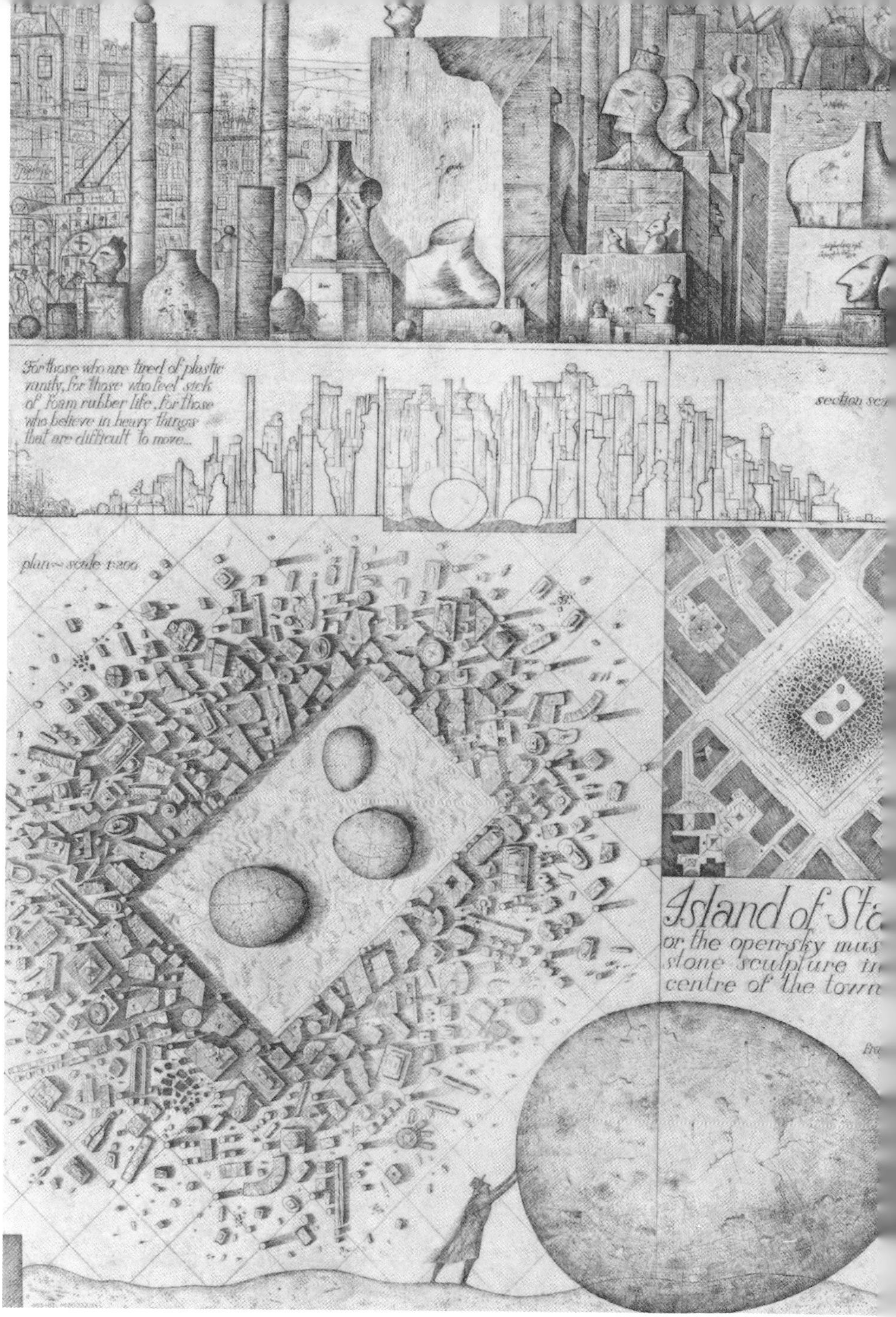

《圖三二》

(Photo Credit/D. James Dee)

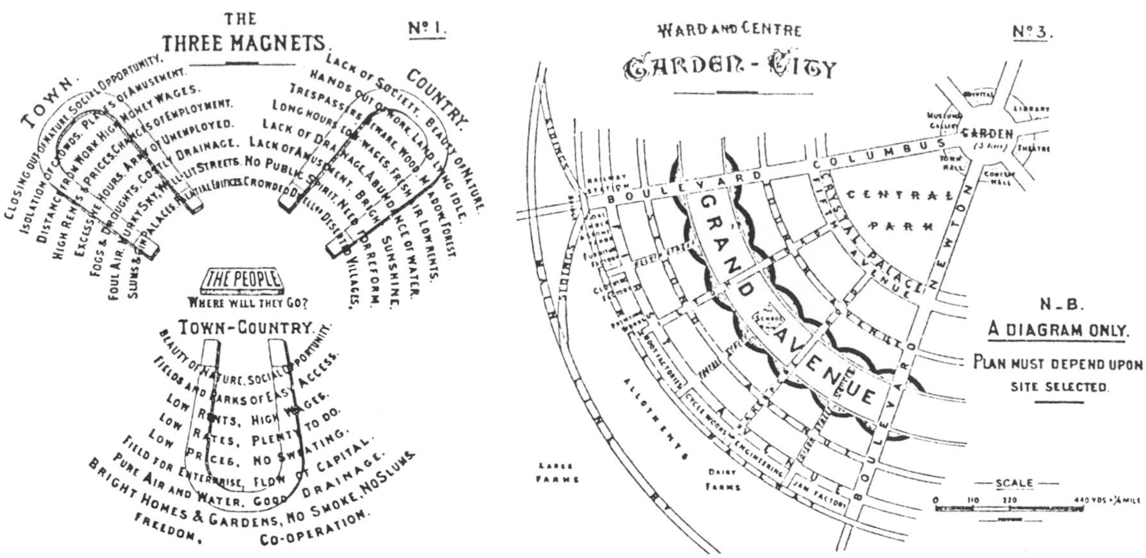

《圖三三》

訴諸「玻璃建築」：廳堂、公園、商店街、冬園都用玻璃圓頂連接成環，形成一個社交和娛樂的大空間。當時的社會改革者相信，這樣設計的城市會引帶出一個新的社會秩序。試舉當時兩種說法：

傅瑞爾：

宮殿與城堡必須以蓋頂的甬道接連來保護民衆，使他們不致受風雨的侵打，讓他們安然集會、商業會議或作休閒活動……他們必須能夠自由地由一間建築到另一間建築，甬道上日以繼夜都有暖氣或通風的調節，如此，他們不用冒髒亂、落湯雞、傷風以致肺炎的險……這些保護性的甬道是爲新的社會秩序所設的福利之一。

霍華德：

人的社會與自然的美應該一同享用。城鄉的兩個磁場必須合而爲一……城鄉必須結合，由這個美滿的結

Ground-floor plan of Leipzig Crystal Palace.

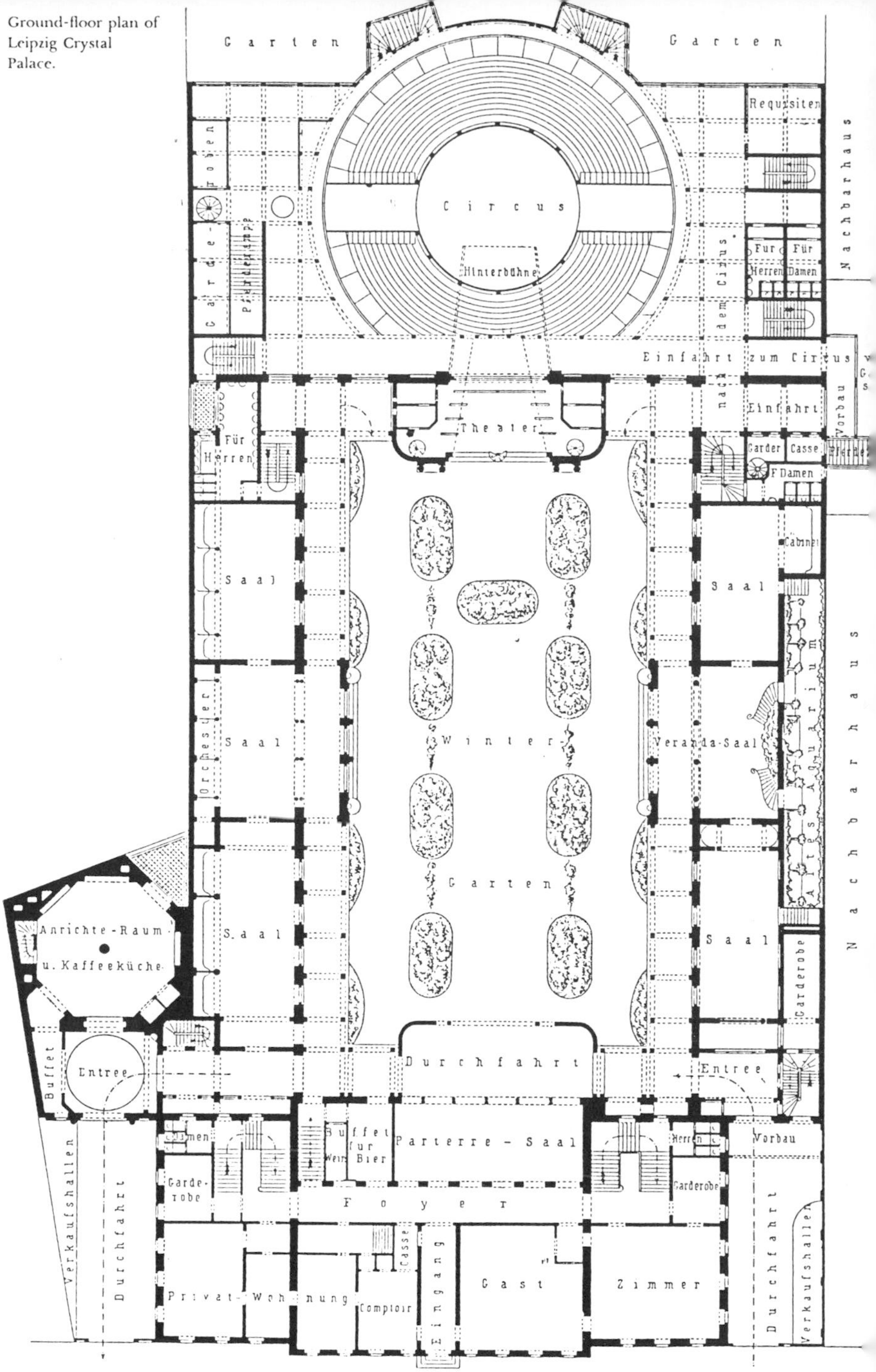

《圖三四》

十九世紀的烏托邦幾乎全部訴諸「玻璃建築」：廳堂、公園、商店街、冬園都用玻璃圓頂連接成環，形成一個社交和娛樂的大空間。當時的社會改革者相信這樣設計的城市會引帶出一個新的社會秩序

《圖三五》

《圖三六》

合，新的希望、新的生命、新的文明將會湧現……。環繞著中央公園的……是一個寬闊的玻璃拱廊叫做「水晶宮殿」，這個拱廊開向公園。在雨天，這所建築將是人們最常去的場所，它明亮的中心是如此之近，甚至天氣最壞的時候，人們都會被吸引到中央公園去。這裏，商品羅列……中央公園所環蓋的，是一個相當大的空間，其中一部分用作冬園，整個場所是最迷人的永久陳列，而它的圓形又使其接近所有的市民，離開水晶宮殿最遠的市民不過600碼。（注13）

雖然這些宏偉的境界很多都沒有實現，但它們繼續不斷地啓發了後來的建築師和環保者。其中，最突出的是一九一〇年代的表現主義者施爾巴特(Paul Scheerbart)和陶特(Bruno Taut)。施、陶二人激進的烏托邦性向，把玻璃建築完全偶像化，認爲是「精神性」最佳的表達方式，認爲玻璃建築在改變自然時，同時可以與之作全面的呼應，是這種精神活動最宏偉的設計。

布、烏二氏的作品，就是在前述種種建築的靈視中，

與當代的觀衆試圖對話。他們的作品與過去玻璃建築的血緣是顯而易見的。記得英國美學家羅斯金(John Ruskin)當時受了盧登和派克斯頓的建築計畫的觸發，曾經建議把整個倫敦放在一個閃爍的圓頂下。(注14) 布、烏二氏最著迷的「母題」之一，正是這個題旨的變調，譬如他們的〈一間當代建築的博物館〉、〈玻璃教堂〉、〈玻璃塔樓〉和〈水晶宮殿〉便是。當我們把他們的紙上建築和施、陶二人的作品並列來看，我們會馬上注意到一些強烈的相似性。首先，這兩對人的作品都是無法實現的；它們都引我們作想像的、具有靈視的飛翔，雖然施、陶二人的作品是引向透明、閃爍、天向的光明，而在布、烏二人的作品裏，我們往往會墮入黑如惡運的沉淵。其次，陶特的高山建築計畫——包括把整個石山羣雕刻成水晶形狀，或建許多彩色的玻璃拱門跨在河谷裏，或把許多刀形的彩色玻璃嵌板插在樹林中和其他宇宙大的玻璃構築——往往富有詩意極強的文字。

這一個形式顯然是布、烏二人象、文互玩的先驅。如果我們讀施氏有關建築的一些建議，有些甚至可以說預示

Die hinteren
Schneekupp
sind mit
Glasbögen
architektu
bebaut.
Vorne Krist
nadelpyra
miden
Über dem A
grund eine
Brückenwer
gitterung a
Glas

《圖三七》

陶特的「高山建築計劃」，其作品多附有詩意極強的文字。這個形式顯然是布烏二人以象、文互玩的先驅

Weg zum Kristallhause im Wildbachtal
Die Schlucht wird überspannt von Bögen aus schwerem farbigem Glas. Sie verengen sich in dem enger werdenden Tal über dem immer wilder stürzenden Bach und werden da immer glühender und tiefer in den Farben – bis die engste Talenge bis weit nach oben von einem Glasbogengitter in allen Farben geschlossen wird.
IN DIESES GITTER SIND HARMONISCH ABGESTIMMTE ÄOLSHARFEN EINGESETZT

《圖三八》

GROSS IST DIE NATUR
Bergriesen. Alles ein ewiges NEUSCHAFFEN.
Auch wir sind ihre Atome und folgen ihrem Gebot – im Schaffen.
Sie untätig anstaunen ist sentimental.
SCHAFFEN WIR IN IHR UND MIT IHR UND SCHMÜCKEN WIR SIE!
Vorderglärnisch bei Glarus in der Schweiz.
Stahlgrauer Fels über dem Vegetationsgrün.
Seine zufälligen Formen sollen kantig-glatt werden, in ihn eingelassen weiss-gläserne Kristalle, funkelnd in der harten Fassung. Auch in den Tiefen der Wälder solche Kristalle
Die Stadt Glarus

Roseg-Tal

了布、烏二人的一些形象。譬如施氏如下一段話：

> 日本人用活動的屏風，把住處隔成小的空間，來構成不同的景觀。玻璃建築的大廳可以用活動的玻璃獲致相同的效果。
>
> 如果我們把活動的玻璃牆（不一定要直立）引入花園中，我們會創造出奇妙的透視。一種非常精緻的玻璃高屏風的建築會給公園一種新的建築重要性。（注15）

布、烏二氏的〈水晶宮殿〉（一九八九）彷彿正是施氏這段文字的視覺化。其實，我們甚至會想起陶特插在樹林的刀形玻璃嵌板。但布、烏二人與施、陶二人的關係卻是曖昧的。施、陶二人，受了當時的工業技術種種可能的刺激，對新生的事物玻璃興奮若狂，和未來主義者對機器的頌贊相似。但布、烏二人，生活在後期工業的社會裏，當超級工業技術的機器，在毀滅我們的第二自然（文化）之後，進而把我們想像的行爲物質化，他們此時只能帶著輕信，來接受水晶圓頂的建築，而視之爲一個失落境界的殘餘。他們的靈視，他們改革的意欲，只能用負面的方式，投射入那游離不定、陰影幢然，有時甚是迷宮式的，一些猶待我們界定的空間。布、烏二人的〈水晶宮殿〉，雖然與施、陶二人的作品貌合，它卻只是一種海市蜃樓的存在：

> 水晶宮殿是一個美麗而無法實現的夢，是海市蜃樓。它呼喚你，只在可見的邊緣上出現。但正如每一個夢一樣，細看時，就會與遠看不一樣。要尋訪這宮殿的人，首先要走一條很長的路，穿過城中的大街，穿過貧民窟和垃圾堆，但最後到達宮殿時，發現它既無屋頂亦無牆壁，只有大片大片的玻璃，插在一個巨大的沙箱子裏。幻景終究只是幻景，雖然我們可以觸著，由一個玻璃的裂縫到另一個裂縫，尋訪者穿過了宮殿而發現置身於一個小廣場的邊緣，那裏風景開始⋯⋯他認識到水晶宮殿的要義嗎？他有再來尋訪的欲望嗎？沒有人知道⋯⋯。（注16）

找不到改變生命的符號，人現在被迫走上求索的行程，四周是漂忽、滑溜、謎語的符號，因爲知識一刻一刻的滑走，一景一景地流失。

現代？後現代？

像布、烏二人這樣的作品，我們應該類分爲「現代」呢？還是「後現代」呢？如果我們依據李歐塔(Jean-Frasois Lyotard)的說法：「後現代的特點之一是：知識被斷裂爲無數自我指涉、各自爲政、只有局部邏輯的單元。」如果從這個說法來看，則他們有一大部份的作品正是針對這個事實。除了不斷溜走海市蜃樓的〈水晶宮殿〉外，他們那張〈千種眞理的論堂〉（一九八七）描畫的，也是這個題旨。圖中每一條矗天的柱頂上都有一個獨行者受困在那裏，無法觸及其他的人，無法與他們交談。畫中的題詞給我們更大的沮喪：

> 無法擁抱宏大，我們在迷宮中一年一年的浪遊，發熱地追求知識，而最後明白到，我們什麼都沒有學到。我們眞正需要的都沒學到。用錢能買到的資料是不值得的。我們無法一瞥而擁有。我們無法滿足。它總是雜有一些謊言，因爲它來自人，雖然我們透過電腦而得到。但沒有一個電腦能告訴我們事物的精素。「眞資料」是買不到的。能觀、注、思的人或可近之。它散向各方——每一點、每一裂縫、每一石一水。友人間閒談中的一個字，比全世界全部電腦給我的還要多些。穿過樹林、穿過田野——也許論堂的訪尋者最終找到他的眞理——千萬種之一的眞理。

言語道斷　倒塌的「巴比塔」

傳達的崩斷使得觀衆流離無向，穿行過「千塊萬塊的玻璃碎片」（〈玻璃塔樓〉，一九八四），穿行過大都會的迷宮（〈大都會迷宮中浪遊的龜〉，一九八四），或城市中沒有舞臺的劇場上，無法預測、經常變換、神秘的場景（〈沒有舞臺的劇場或游蕩觀衆的山〉，一九八八），一種精神分裂的狀態，其間已經抓不住共同的語言、共同的視野。由是，

《圖三九》

「千種眞理的殿堂」和後頁「大都會迷宮中浪遊的龜」同樣表達出一種言語道斷、知識破裂成無數自我指涉、各自爲政的情況

(Photo Credit/D. James Dee)

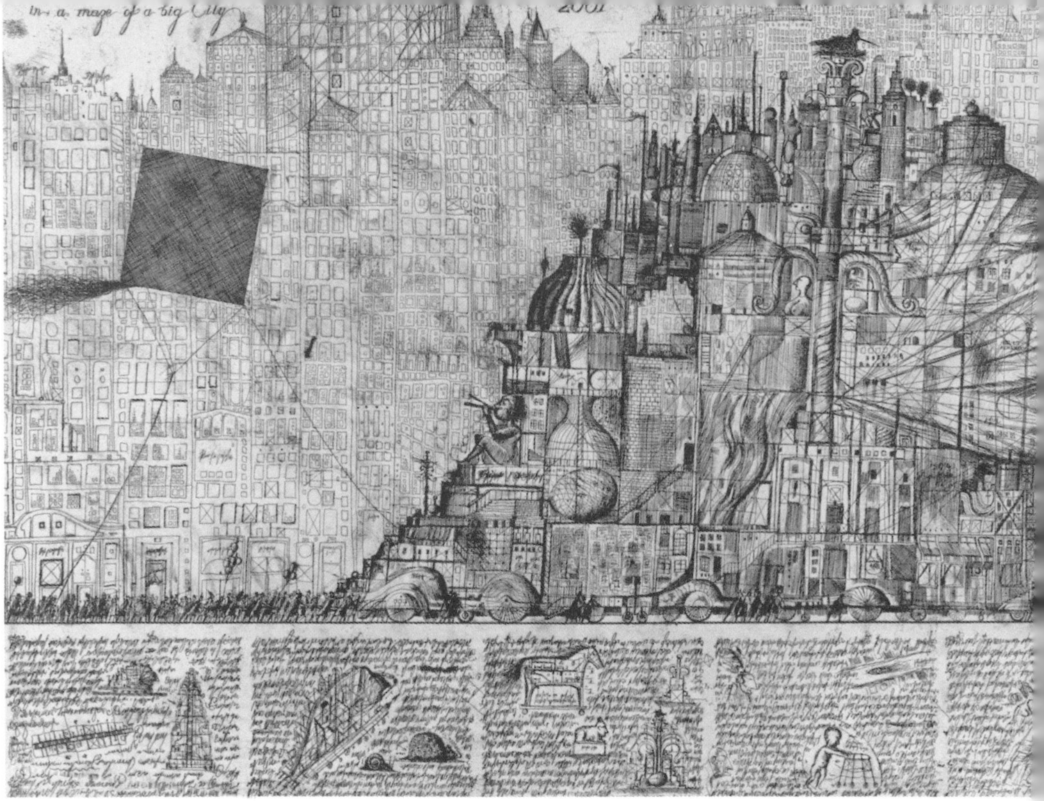

《圖四〇》

(Photo Credit/D. James Dee)

他們的〈玻璃塔樓〉在我們心中喚起一種奇異的雄渾感(sublime)，我們彷彿突然站在同時是史前，也是將來的神秘前顫抖。這並不意外，因爲我們（尤其是西方人）痛苦地記起一個古老的神話——巴比塔(Tower of Babel)。眼前是駭人的化身，不安的鄉愁：

> 沒有人知道，是何時、爲何、是誰在海邊建造此塔，沒有人知道自何時，爲什麼它倒塌。但它倒了，而破碎成千萬玻璃片。而自那時起，便躺在那裏像是一列透明的山嶺，像一個死去的城市，成爲史前絕種的一隻巨獸的骨骸。它的基礎安臥在沙灘上，它的巔峯消失在大洲的深遠處。住在附近的人建造新的城市、新的塔樓，一個比一個高；而沒有一個人注意到這座塔樓，沒有人記得它的塔頂消失在雲間的時候，它將在太陽中閃亮，只有在不勝寒的高處始可見着……。

作者雖然說「沒人有記得」，但我們記得，帶著深沉的憂鬱，巴比塔的神話一直沒有離開人類。根據《聖經·創

《圖四一》

「沒有舞台的劇場或遊蕩觀衆的山」與「玻璃塔樓」（圖四二）和前面二圖一樣對人類失去溝通能力後產生的疏離情況，有著極強烈的反省

(Photo Credit/D. James Dee)

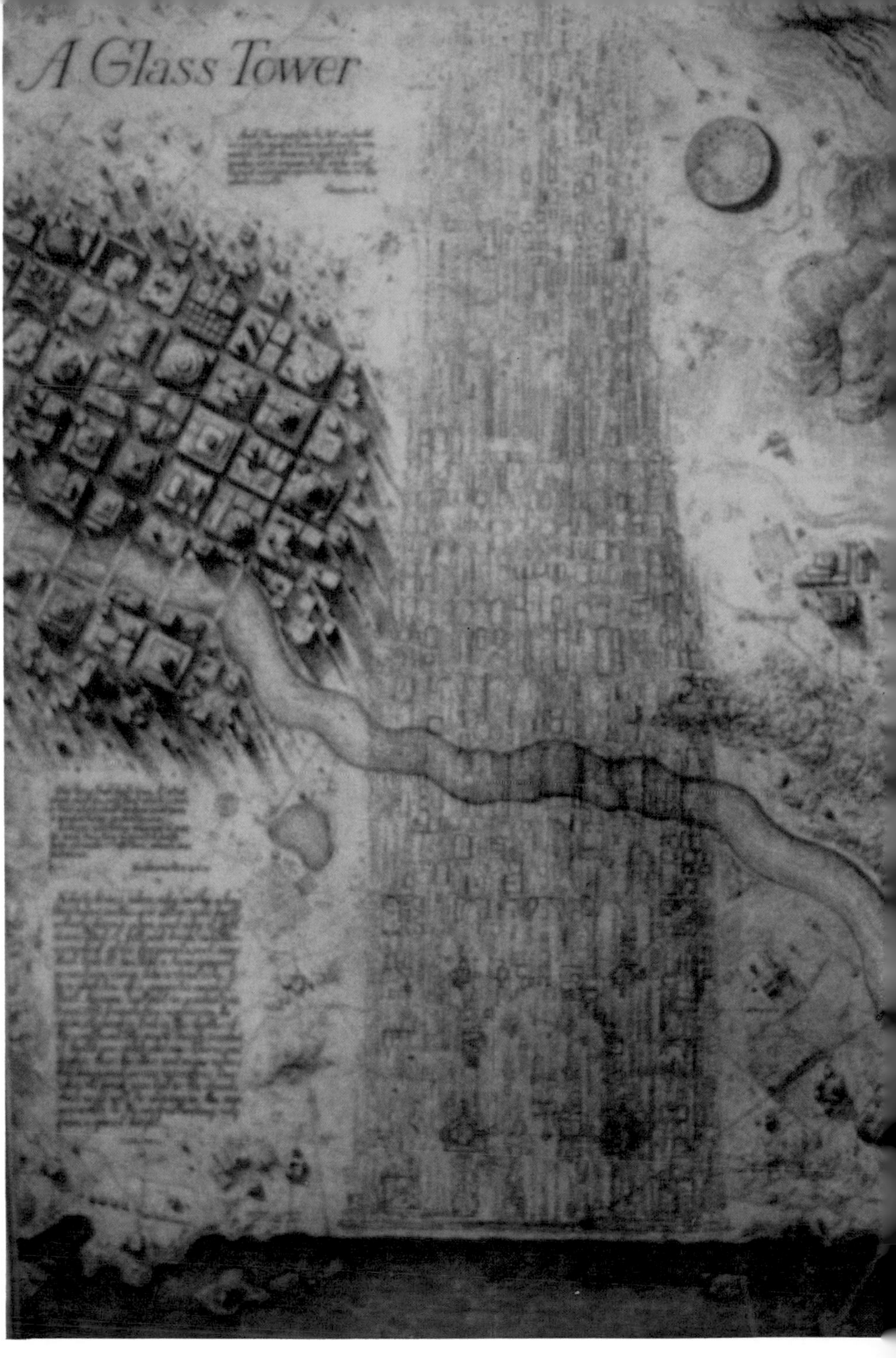

《圖四二》
(Photo Credit/William Rogers)

世紀》十一章所記，人類築高塔想了解天國的奧秘，耶和華決定阻止這個計畫，把他們的語言混淆，使得他們之間無法交談，無法互相了解。但萬年後的今天，人類的孫子的孫子，仍舊要傲慢地超越自己的限制，而落得更混淆，更隔膜的語言失效。這一絲記憶觸起一種無可奈何的鄉愁，求索那一度人類共通、而現在完全無法挽回的語言。現在，在後期工業的社會裏，這個語言混淆的神話，一天比一天快變爲事實。

我們在前面說布、烏二人的視境放射出一種奇異的雄渾。奇異，是因爲這種雄渾不是來自自然或超自然的存在，因爲自然或超自然都早已被流放消滅；這裏的雄渾竟是來自我們一手創造，而我們無法掌握、了解的東西。我們所創造的東西，反過來把我們驅入迷惘裏。事實上如詹明信所說的，（注17）在「一堆斷片」中，在意符環的崩斷和主觀我的消溶之際，「一些不見眉目的主人，曲造出經濟的策略，把我們牽制」。電腦和其他超級工業技術的機器，在一種我們看不見、畫不出來的空間形構的運作裏（詹明信稱之爲「超空間」），繼續把數不盡的自我指涉、各自爲政、互相排斥的知識神龕織連起來，織連成一種神秘而超乎我們解讀的怪物；從一種無法量度，既是神復是魔鬼的領域上，高高宰制我們。如果這個圖解是後現代文化的指標之一，則布、烏二人的〈智之市場〉（一九八七）正是一種應合。

〈智之市場〉這個題目曾用作〈千種眞理的論堂〉的副題，這表示兩畫之間有一種對話的關係。我們記得後者描畫的，是知識分散和追尋者受困在獨樹的柱頂上。〈智之市場〉或是應該說「智的商品化」靜靜的呈現相似的圖跡。上格代表的也許是知識孤立的神龕、無盡的迴廊，下格也許是抽象幾合的圖跡，由一個高度詭奇組織的混合體——即李歐塔所說的由「由財團法人、高階層行政管理單位、專業組織、勞工、政治、宗教團體首領組成一個混合體」來支配。（注18）

走出絕望，不動的堅持

布、烏二人的蝕刻畫，雖然和後現代文化的徵象有相

《圖四三》

「智的市場」或可說爲「智的商品化」，上格代表的，也許是知識孤立的神龕中無盡的迴廊；下格則是抽象幾何的圖跡

(Photo Credit/D. James Dee)

《圖四四》

「一位無名氏，或Peter Carl Faberge的夢魘」，圖中的人設法推動一個宇宙大的蛋形石頭，周圍則高矗一列破裂的建築、巨瓶……，其張力較卡繆的西斯佛斯還要強烈

（*Photo Credit/William Rogers*）

當強烈的回響，但我們不願意輕易稱他們爲後現代主義者，尤其不是那支沉醉在沒有深度、沒有內在性、沒有焦躁、沒有歷史、沒有批判意識的外在符號的後現代主義。（注19）他們的作品，像盛期的現代主義作家那樣，負載著深沉的絕望，而在這負面世界裏，有一種批判的聲音爭躍出來。布、烏二人的作品提醒我們藝術中極重要的元素：沒有批判的意識，便沒有藝術，除非我們寧願向經濟王權投降屈服。用艾當諾的話來說：「文化的眞義並不只在遷就人類，它必須同時對僵化的人際關係抗議。」（注20）布、烏二人的作品，像不得不抗拒殖民行動（軍事、文化、經濟的殖民行動）的第三世界作家那樣，毫無選擇地，必然是帶批判性的。殖民行動在這裏起碼有兩重意義，內發的、人性的殖民化（如蘇聯內的鎮壓），和外來的殖民化（由於後期工業化急激的變動而引起人性的商品化）。

但耐人尋味的，是這種後現代狀況的絕望感，竟是來自兩個蘇聯的年輕人。我們可以這樣說，他們的矛頭無疑是指向那由黨批准、指定，但完全沒有面貌的蘇聯產品和建築，指向另一種宰制的形式。他們的紙上建築一面是批判這些，一面是要重新肯定創造性之重要。但更值得我們注意的是：政治上雖然是一種鐵幕、一種孤立，而造成所謂第一次世界和第二世界之分，但由實用性爲基礎的科學和工業技術所帶來的兇暴的破壞，在跨國公司、多國合作的神話下，已經無孔不入地滲透全球。如果社會主義這個「大敍述」眞的要消失（如近期東歐的變化，和蘇聯內部的變化所提示的），我們將越來越生活在一個霸權世界裏，一個經濟技術的拜物世界裏。故事彷彿要這樣結束：因爲布、烏二人突然覺得走到了沒有出路的，一個龐大的、黑色的隧道裏，他們就決定作一個〈牢固之島——一個城中心石雕刻的露天博物館〉（一九八九），「給那些厭倦於塑膠浮華的人們，給那些見到保麗龍，生命便僵化的人們，給那些信賴沉重事物不被推移的人們。」同一年，他們把畫中的主象變爲「裝置」，並在聖地雅哥州立大學畫廊展出，題爲〈一位無名氏，或Peter Carl Fabergé的夢魘〉。內容是一個人設法把一個宇宙大的蛋形的石頭推動，他的周圍是高矗一列的破裂建築、破裂巨瓶、破裂的人、面、手臂和手指。比起卡繆的西斯佛斯猶有過之。卡繆的西斯佛斯起碼可以「不斷地」把石頭推上山，讓它滾下來，然後再推上去……。布、烏二人之Fabergé卻是註定被困鎖在宇宙大的鷄蛋石，一分都推不動。他努力、努力，推了這麼久，久到他的雙手，已經完全石化、完全破裂。而他石盲的眼睛大惑不解地，望入將來的史前性。

注釋

①"The Eve of the Reformation"; *Cambridge Modern History*, Vol. 1, 1902, p. 683.

②見A. Pompen, *The English Versions of The Ship of Fools*(New York: Octogon Books, 1967)p. 268.

③Pompen, p. 270.

④冬園的歷史會特別參照George Koblmaier和Barona Von Satory的*Houses of Glass*, John C. Harvey譯(CMIT Press, 1986)的頭兩章。

⑤見 John Hix, *The Glass House*(MIT Press, 1974)pp. 20, 29.

⑥見Hix, p. 29.

⑦"Remarks on the Construction of Hothouses" 1918見Hix, p. 30.

⑧Hix, p. 81.

⑨Hix, p. 81.

⑩*Dialectic of Enlightenment* (New York, 1944, 1972)p. 120.

⑪Kohlmaier and Von Sartory, p. 11.

⑫Kohlmaier and Von Sartory, p. 12.

⑬Kohlmaier and Von Sartory, pp. 15, 19.

⑭Dennis Sharp, ed *Glass Architecture and Alpine Architecture* by Bruno Taut(New York: Praeger Publishers, 1972), "Introductory Essay", p. 9.

⑮Dennis Sharp, p. 54.

⑯Jean-FranCois Lyotard, *The Postmodern Condition: A Report on Knowledge* G. Bennington & B. Massumi合譯(Minneapolis: Univ. of Minnesota Press, 1984)pp. 59-60.

⑰見詹氏名文"Postmodernism, or The Cultural Logic of Late Capitalism", *New Left Review*, No. 146(1984)pp. 53-92.

⑱見Lyotard, p. 14.

⑲這些指標見詹氏前文。我對於這段文化史，另有看法，見我的〈從現代到後現代：傳釋的架構〉，見本書第一章。

⑳見Theodor W. Adorno, "Culture Industry Reconsidered", *New German Critique*, No. 6, 一九七五秋季號》p.13.

殖民主義・文化工業與消費欲望

兩個事件

(一)香港英皇喬治五世中學的一個週會上，主講人某某爵士向禮堂裏的學生（九成是黑頭髮的中國人，一成是英僑子弟）訓話，劈頭第一句話是：「你們應該感到榮幸，因爲你們有機會學習世界上最完美的語言(指英文)……。」在校內，中國學生之間都不准用中文交談；該校的第二國語言是法文、德文。至於教材，則全盤從「祖國」直接運來，好比該校只是英國教育中心的一個邊遠分校而已。

(二)天安門屠殺高潮突起之際，香港人傾城走上街頭抗議，全世界電視爭相傳送。我遠在加州看到了這樣一個鏡頭：一個中國的年輕女子，滿臉淚水，非常激動，用完全標準不雜廣東口音的「皇家」英語說：「我從來沒有像今天那樣覺得我是中國人，覺得與天安門被屠殺的同胞血肉相連……。」

這兩件事暗暗流露了殖民文化的蛛絲馬跡。艾爾拔・門彌(Albert Memmi)在討論到殖民地原住民的一些情境時，特別拈出持護原住民文化認同意識的要素，如何被殖民者逐步淡化以至消滅。有四項要素，即歷史意識、社團意識、宗教意識（或一般文化意識）和語言，其中語言的宰制尤其是關鍵性的，因爲前三項往往要靠語言來轉化爲民族、文化的記憶。(注1）香港英皇喬治五世中學，由校董到一般教師，對原住民的中文視若無睹，可以說，是要通過英文的貫徹，用滲透的方式削弱或改觀原住民學生殘存的文化認同。至於所謂世界上最完美的語言云云，當然是殖民者的文化大沙文主義的姿態；而「從來沒有像今天那樣覺得我是中國人」的青年女子，正流露了殖民教育下她的歷史、社團、文化與民族道統意識被淡化到幾近於零，因爲在她的語言生活中，長久地忘記了她原是可以或應該積極地參與屬於她的歷史的製造；她，像許多香港人一樣，被排除到歷史之外，或者應該說，被逐入沒有歷史的無意識中；既沒有覺識要參加中國歷史的創造，也沒有（事實也不會想要）參與英國歷史的創造。

民族文化記憶的喪失，起碼在英國與北京簽定一九九七年香港重歸中國之前，是相當普遍和徹底的。原住民歷史的無意識、民族文化記憶的喪失是殖民者必須設法厲行的文化方向，但殖民文化對原住民意識的滲透是極其弔詭多變的，我們試分幾個層面去探討。

香港文化情結　有形殖民文化

前幾年，常常有人提出這樣的問題：什麼是香港文學？香港有沒有文學？這種問題的提出，好像很侮辱香港的作家似的。其實，這後面含有極複雜的文化情結。香港的詩人，以近三十年的情況爲例，有不少是向臺灣的詩亦步亦趨，另外有一些是向大陸的詩亦步亦趨。這樣說，不是說這些詩好或不好，也不是才高才低的問題。如果詩必須來自經驗的話，那所謂香港經驗是什麼？向臺灣向大陸的緣故，因爲在下意識中，作者認定自己是中國人，雖然住在香港，表達的應該是中國文化的一部份；向臺灣向大陸雖然有政治文化暫時的偏向，但根向中國是一樣的。但香港經驗是中國文化經驗的一部份嗎？是而又不是。是，因爲是中國人的城市；不是，因爲文化的方式不盡是，香港人的民族意識、歷史參與感不盡是。五、六〇年代最常聽到的是所謂「白華」一詞，指的當然是近年所謂的「香蕉」（黃皮白心）的香港人。在香港生長或住過一段時間的人，幾乎沒有一個人不受過「白華」的氣。在移民局，在出入境的辦事處，中國人欺負中國人，比英國人欺負中國人有過之而無不及；這種替英國人奴役中國人的奴性竟是如此的不自覺。在五、六〇年代甚至七〇年代的香港，另外有一個常常吊在嘴邊的名詞是「皇家」。中學畢業第一步是參加全港政府的會考，會考的目的是要爲「皇家」做事。是的，「皇家」這個名詞在一九九七回歸中國的前夕，當然較少人提了，但以前是常常聽見的。「皇家」和民族意識之間有沒有交通，有沒有什麼辯證的可能？我們又常常聽人這樣說：香港是最自由的城市，左派右派英國美國有色無色的都能兼收並蓄，單報紙就不下三十種，但就是沒有文學，沒有代表香港特有文化的文學。

說這些話並沒有輕看香港作家的意思。事實上，我認爲香港有不少好的詩人和小說家。但說好，我們必須從香港特有的文化出發去看。以上的話之所以提出來，是要探求這個現象背後所隱藏著的意識形態成型與運作的過程。我們回到「白華」、「皇家」這兩個流行語。這兩個常常聽見的語詞，是呈現在表面易於識辨的香港人心態，我們試從會考到打政府工（當英國政府文員），或會考後入港大再留學英國回到香港當新聞官、督察等這條線索來看，看看在心態的培植上是怎麼一回事。我們常說香港思想最自由了。在五〇至七〇年代間，我們確實可以看到左右兩岸政治舞臺的黑暗面，而且能公開討論而不受干擾。但如果我們寫香港人民族意識空白的病因呢，是不是可以？這是一個問題。我們再進一步問：在五、六〇年代，香港作家有沒有探探這個病因？如果沒有，或者說，有也是隱晦的，有也是鳳毛麟角，爲什麼？說得更淸楚一點，他們有沒有或可以不可以寫殖民政策下意識的宰制和壟斷的形式？能觸及和反映在這個體制下的掙扎和蛻變（這當然包括中國意識與殖民政策的對峙、衝突、調整、有時甚至屈服而變得無意識、無覺醒到無可奈何的整個複雜過程）才算香港文學。寫臺灣某一個時期的唯美或寫大陸的普羅都不能算，除非同時是在上述的情結中辯證出來的。

要了解，殖民地的教育，在本質上，無法推行啓蒙精神。啓蒙，即是要通過教育使他們自覺到作爲一個自然體與生俱來的權利和自覺到作爲一個中國人所處的情境。這，殖民政府不能做，因爲喚起被統治者的民族自覺，就等於讓他們認知殖民政策宰制、鎮壓、壟斷的本質；自覺是引向反叛和革命之路。殖民地的教育採取利誘（譬如你是「皇家」出身的——即港大或留英歸來的——你的薪水比其他出身的高一倍以上）、安撫、麻木等。殖民地教育的目的，是要製造替殖民地政府服務的工具；這些人最好只是工具，因爲如果他們有了強烈的中國民族意識，這將對殖民統治不利；這些人的人生取向，最好是指向英國式的上流社會，但是缺乏文化內涵的社會。英國上流社會當然有其本身的文化內涵，但並非這些中國人可以認同的；它們的取向是在缺乏自身文化自覺與反省的情況下構成，往往取其表面的承襲，如講究住半山區的洋房、開鷄尾酒會、穿著外國名牌……等。

殖民主義的運作，首先是外在宰制，即軍事侵略造成的征服與割地。但在征服以後，要完成全面穩定的宰制，必須要製造殖民地原住民的一種仰賴情結。這個仰賴情結，包括了經濟、技術的仰賴和文化的仰賴，亦即是所謂經濟和文化的附庸，使殖民地成爲殖民者大都會中心的一個邊遠羽翼。大都會（在此是英國的倫敦）彷彿是一個統視一切的主子，有種種理論支持著，並塑造成屬於優越、進步、發達的形象，邊遠的原住民是屬於未開發或猶待開發的屬民。這個中心與邊遠關係和形象的塑造，包括野蠻人、吃人族神話的製造，有一段複雜的歷史，我們在第四節再詳論。在香港的情況，因爲中國人民並不容易納入「野蠻人」的神話裏。仰賴情結的構成便專從弱化原住民的歷史、社團、文化意識入手，並整合出一種生產模式，一種階級結構，一種社會、心理、文化的環境，直接服役於大都會的結構與文化。在這個關節上，西方工業革命資本主義下的文化工業便成爲弱化原住民意識的幫凶。

文化工業（注2）即所謂透過物化、商品化，按照宰制原則、貨物交換價值原則，有效至上的原則來規劃人類傳統的文化活動，包括把文化裁製來配合消費的需要，把文化變作機器的附庸，把利益的動機轉移到文化的領域和形式上，使得文化在先定計劃的控制下，大量作單調、劃一的生產——是人性整體經驗的減縮化和工具化。

照講，香港作爲一個中國人的地方，從本身物質的發展而言，即自鴉片戰爭以來歷史的物質條件而言，應該不會產生西方社會工業革命下這種現象，但由於殖民主義的侵害和統治，把邊遠納入大都會中心的整個運作裏，香港，在沒有工業革命物質變化的條件下，成爲西方文化工業的延伸。香港商品化的生命情境，在殖民文化工業的助長下變本加厲地把香港人人性的眞質、文化的內涵、民族的意識壓制、壟斷、以至落入拜物情境中，可以說是人性雙重的歪曲。

呈現在社會的內在結構的是香港高度的商業化。商業化遊戲的規則是依據西方文化工業的取向；貨物交換的價値取代帶有靈性考慮的文化價値。貨物交換價値之壓倒靈性文化價値的考慮正好幫助了殖民主義淡化、弱化民族意識和本源文化意識，使原住民對文化意義、價値的敏感度削減至無。這是香港不易產生有力文學作品的主要原因之一。

這裏又可分幾個層面來談。殖民者首先把英語定爲官方的語言，定爲政府機構、法律、商業上的主要用語，而把原住民的中文視作次語言。雖然在文件與標幟上允許雙語的存在，好像比別的殖民地把土語完全抹煞好一些；但並沒有鼓勵中文作爲文化媒介的提昇。英文中文的教育都停留在「實用」的層面上。舉一個例，五、六〇年代街頭常見的中文告示，如「如要停車，乃可在此」，就是一種不三不四的中文。英語所代表的強勢，除了實際上給予使用者一種社會上生存的優勢之外，也造成了原住民對本源文化和語言的自卑，而知識分子在這種強勢的感染下無意中與殖民者的文化認同，亦即是在求存中把殖民思想內在化，用康士坦丁奴(Renato Constantino)的話來說，便是「文化原質的失眞」(Cultural inanthenticity)。(注3)他以菲律賓美國化的現象爲例，指出孩子們學的不是自己的文化歷史，唱的也不是自己的歌，而是Old Kentucky Home, White Christmas之類。

> 過了一段時間以後，在殖民主義一種演變的運作裏，原住民……甚至逐漸深信他們西化了的品味，代表更好的教育，比他們其他未受同樣教育的亞洲兄弟好多了。這種民族驕傲的消失產生了一種自卑的情結，試圖用種種的方式向征服者學習；同時，對那些還未西化，還未基督教化、而還緊守著他們本土文化和認同的鄰居，又抱著一種由上看下的優越感。(注4)

這種殖民者文化內涵的內在化是一種自覺不自覺間的同化，在香港極其深入和普遍。

另一方面，在高度商業化的氣氛下，香港產生一種不痛不癢的消費文學。消費品如罐頭吃完便丟掉一樣，是向讀者提供一種消遣。香港一個小地方報紙雜誌不下五六十種，每份報紙每種雜誌都有幾頁副刊和專欄，但裏面甚少嚴肅的文學或文化思想的討論。大部份是方塊文學，寫的是煽情軟性的文字，包括相當大幅度的挑逗性的黃色，或者是輕鬆遊戲式的文字，或者是一點兒抓癢式的抒情。這些方塊都由專人來寫，每天寫一千字左右，風雨無阻，三十年不變，大同小異。一個作家一天不只寫一個方塊；以簡某人爲例，一天大約寫十數篇，在不同的報紙雜誌上同時出現，題材都是男女之情，人際關係的聳人耳目的煽情事件，是一種淡淡的輕佻，是麻木一天以來疲憊的夢幻，或者可以說是一種精神的「馬殺鷄」。香港市民上班下班在車上在渡船上，或在早茶的「一盅兩件」，人手兩份，作一刻的深醉（或者應該說是「沉淪」），然後隨手一丟，便完全抛入遺忘裏。在文化意識民族意識的表面滑過，激不起一絲漣漪！是最完全的商品化的文學！這些作家——香港文化界的名嘴名人，媒體的注意點——被統稱爲爬格子的動物。

這個現象完全符合艾當諾(Theodor W. Adorno)所描述的文化工業的結論。這些作品是爲大衆消費而剪裁的產品，其本質由消費所決定。高度商業化所帶動的文化，是由上而下的一種統制，把利益的動機轉移到文化的領域，假文化之名，製造一種意識形態，作文化的一種內在消滅或變質。照艾當諾的說法，文化的眞義並不只在向人調整，必須同時對僵化的人際關係提出抗議。文化工業，以「進步」作爲一種說詞，但事實上是「相同性」、「重複性」、「均質性」的一種僞裝。「進步」的說詞，是告訴我們：商業，在現代工業和技術的支援下，作了高度迅速的發展，給人們帶來了前所未有的物質享受，帶來了我們日夕追望的「幸福人生」，告訴我們現行社會就是「幸福人生」的體現過程，要人相信它，對現行社會的「秩序」不質問，不分析，要人遵從。遵從代替了自覺。工業原先對自然的宰制逐漸轉入人的宰制而成爲大衆的一種自我矇騙，成爲枷鎖自覺的一種工具，阻止了自主獨立自覺的個人發展。承著自主獨立自覺個人的消滅，便是藝術自主性的化解，藝術對事物內在組織內在邏輯操作的印證以及獨立面貌的創造，如今在工業技巧推動的商業行爲下，是機械式的複製又複製，用分配的技巧將之分化、片斷化來宰制承受者的意識。（注5）

在這個動向下，對殖民地香港而言，有民族自覺和文化關懷的作家和藝術家，往往在「吶喊」與「彷徨」之後便陷入一種無可奈何的沉默。我曾在一篇題爲〈自覺之旅：由裸靈到死〉的文章裏，以崑南戲劇性轉喩的死亡——即和他作爲詩人戰士的過去斷然決絕——爲例，探討藝術家抗拒殖民文化工業所面臨的廢然。（注6）崑南不是唯一與自己創作生命斷然決絕的作家，五、六〇年代很多有相當自覺的文藝青年都走上這條不歸之路，不然就是與爬格子的動物同流合汚。另一方面，在這種無形的鎭壓與化解下，努力求存的另一些作家，被迫在「遵從」中另求變數，譬如西西，應用了方塊文學的相同性，（這是「遵從」），滿足了商品習性的讀者的消費習慣，而暗暗地，利用現代主義的一些發明性，潛藏在裏面人性自覺與反思的種子。（但耐人尋味的是，西西，雖然在香港贏得了某程度的認可，她的藝術性眞正由被賞識到廣度的出名，是在香港之外的臺灣，中國的領土。）（注7）

無形的殖民文化

當我們從有形的殖民文化轉過來看第三世界的國家，這裏包括已列爲第一世界的日本，雖然沒有經過軍事長期的殖民，在意識上在心態上，類似香港所呈現的文化現象，竟有大幅度的顯現。譬如在中國、在臺灣，英文雖然沒有成爲官方語言，中文亦未落入次語言的位置，但康士坦丁奴所描述的「文化原質的失眞」，亦即是「洋爲貴」和「土博士自卑情結」極其普遍而嚴重。這都是在船堅砲利脅持、西權東漸壓力下所造成的外來文化（及其潛在煽動分化性）的中心化與本源文化的邊緣化。

五、六〇年代有一句流行語：英文加西裝等於教授。這雖然是一句調侃、開玩笑的話，裏頭卻含有兩個非常符合歷史性的符號：英文與西裝。英文作爲一個知識分子所追求的標幟，幾乎沒有太多人去質疑。如果說，英文已經成爲世界語、國際用語，說去追求它學習它是一種自然發展的需要，這也正好說明了美國強權滲透力之普及。至於西裝（包括女性的洋裝），作爲一種外來文化的符號，及穿著在身上多多少少代表的某種認同，已經毫不受到抗拒地被內在化。

「文化原質的失眞」，在日本的情況更爲嚴重。一般人總覺得日本在傳統文化形式的保留上很成功，要了解，這種保留多半是採神龕式，而非鳳凰再生。日本在文化的生產上，滲透到世界舞臺上的，都是極其西化的形式，正如目前很多日本的名建築師，走的完全是國際化的路線。日本文化、文學專家三好將夫在一次訪問中說：「日本在經濟上是屬於第一世界，在文化上仍屬第三世界。」又說「日本國富強，日本人貧窮」，都是值得我們深思的。（注8）

外來文化內在化的過程及其諸種含義是相當複雜的，我們必須先探討殖民化發展線路的內在邏輯。

殖民主義中「文而化之」神話的製造

沙特一九六四年在羅馬的演講稿中提到殖民者所必須面臨的意識的內在牴觸。他們一面鼓吹「自由」「平等」「友愛」，但由於殖民行爲的骨幹是對原住民勞工的剝削——包括廉價勞工、包括殖民地資源廉價運售到大都會和大都會產品高價回售殖民地的原住民——但同樣的權利（自由、平等、友愛）卻只能賦給他們自己，而無法賦給原住民。換言之，種族歧視便成了無可避免的意識取向。（注9）但作爲一個自稱是受過啓蒙運動洗禮的知識分子，又怎樣去解決這個矛盾呢？其中一個重要的策略便是要建立一個自圓其說的析解架構——神話的製造，來替殖民活動辯解和合理化。

a 啓蒙者和異教徒（含野蠻人、吃人族）的神話

殖民者最常製造的神話，是把歐洲中心以外的「他者」看作異教徒，看作野蠻人。在哥倫布發現新大陸的記載，

把印第安人刻劃成吃人族之後，便興起了種種吃人族的傳說。殖民者在這個論述世界裏自畫爲啓蒙者，一種替天行道的論述便隨之而起；軍事侵略則視爲拯救及啓發野蠻人的行爲。

在所謂異教徒的刻劃中，有幾點該注意的。首先，歐洲人要把異國民族納入他們的論述世界。自文藝復興以來，對於基督教中心歐洲以外的異族，一律稱之爲pagan-ism，包括所有未經洗禮的異族，而異教徒往往又是野蠻人的同義字。在這個神話的製造裏，他們探索的往往不是異族的異質性，而是一種異質求同，把「他者」的獨特性簡化爲大同小異，並製造出牽強附會的同質來。早期的社會人類學者，把異族人看成沒有歷史的民族，彷彿野蠻人自古以來有一組共同不變的品質，而把各自不同的歷史性完全抹煞。這種超歷史或無視歷史的研究方式即是把各民族在同時性的排列下，找出他們的所謂共性，而無視各自歷史的衍化。這種偏向直貫西方所有的社會科學的研究，包括文學批評及早期的比較文化、文學的研究。尤有甚者，這種偏向反過來還影響了第三世界國家的文化文學研究的方法。

十六、七世紀西方流行一種派生學（系譜、宗譜索源）的研究，設法發明異族的過去，設法說明人類文化由創世紀開始一連串的派生與讓渡，這樣做，是要把歐洲中心以外的異族文化納入基督教論述中世界已有的異教徒的分類裏。在這個過程中，並試圖找出各文化所源自的一種未經損壞的原質。這個做法——假定一種（基督教傳釋系統中的）原質，基本上是反歷史的，是無視各文化在特定時空下的獨一無二性。其目的很顯著，便是要把新的世界變爲舊的（即歐洲的）世界，把它們的獨特精神性改變爲相同性相似性，這包括了設法把中國古代的大洪水納入諾亞的故事裡，包括了設法在異教徒的乖離中找出隱藏的基督教的眞理，包括孔子的基督化；他們甚至說在大洪水後古中國保存了神聖的傳統。在這派生學的研究後面，往往要說在派生與讓渡過程中基督教的原素變了質。所以歐洲人應該義不容辭地做一個啓蒙者，把異教徒、野蠻人、吃人族文而化之，並把原質挽回云云。

「文而化之」的神話不但爲西班牙等國對美洲等地的

征服做了註脚，而且還大大地影響了文化論者，如赫爾特(Herder)、馬可黎(MacCauley)、馬克思。現在我們看看這個神話如何爲侵略行爲做了合理化的根據。就是在這個神話的架構裏，原是爲人性呼喊的蕭伯納竟能爲大英帝國的擴張主義說詞：

> 強大的國家，有意無意間，必須爲文化的整體利益操作，而不是爲了金銀的奪取並建立駭人的武器，亦不應受幾個拓荒社團的利益所左右。理論上，這些強大的國家應該國際化，而不是大英帝國主義化，但在世界聯盟眞正體現之前，我們必須接受目前僅有的最負責任的帝國聯邦作爲一個替身。(注10)

這是大英帝國入侵亞洲美洲各地的理據。所謂「文而化之」，當然是一種掩飾暴行的美詞。

b 「現代化」的神話——所謂「現代化」，不應該是一種絕對的、不必反思的價值取向

我們所說的現代化——第三世界國家毫不遲疑地去追求實踐的——其實是被某種意識形態所宰制的變化過程——亦即是走向由西歐和北美（近世幾乎全指美國）的社會、經濟、政治的體系，彷彿說，這些體系所提供的是所有開發中或待開發社會最理想的模式。在這個模式裏，又往往用「民主」之名美化之。這裏對「民主」二字作爲一種理想政治取向，作爲一種抽象的意念，我們沒有批評的意思，而是說，歐美所說的「民主」的構架，必須在他們社會、經濟的前提下完成，亦即是說，是存在於西方社會、經濟的意識形態的宰制。這個宰制力量，通過高度細分的管理結構操作、科學知識的技術化，所帶動的工業化和城市化的激速變化及大衆傳播引發有關人種、社團、知性感性的均質化（異質同化）等，把人性物化、商品化、主體物品化和工具化。所以，現代化的過程在第三世界所發生的效用，一面是啓蒙的，如所謂德先生與賽先生之可以「新民」，但另一面則是壓制的，如迫使本土文化的改觀，迫使本土文化落入次要文化或落入遺忘。最顯著的例子便是傳統中國音樂之被推到邊緣和我們的品味（音樂、衣飾、日常生活）之完全被西方淹沒。所以說，「現代化」只是掩飾「殖民化」的一種美詞。

二十世紀以來，談到民主化，下意識裏大家都心向美國，心向林肯的「民有、民治、民享」。但很少人去想這個民主典範國家的內在矛盾。我指的是內在殖民，把美洲的原住民印第安人趕盡殺絕，在意識形態上將之連根拔起，所用的理據也是要「文而化之」。「文」不見得，但「化」則很顯然。現在要把印第安人文化重新整合是困難重重。至於種族歧視，由黑奴時代至今的鬥爭已是有目共睹，在此不必費辭。

二十世紀以來，雖說人權的推動有了很大的進展，但藉「文而化之」的美詞來爭取所謂「不動一槍一彈的殖民」活動不但是陰魂不散，而且是越演越烈。美國以老大哥的身份，以美援爲餌，以推行民主爲詞，對亞洲和中南美洲進行的經濟與文化的侵略，其實也是「文而化之」神話的另一種變體。

在殖民主義後期的國際關係上，第一世界（包括美國、西歐、日本）明白了武力侵略將會受到世界的譴責，開始透過文化工業，製造中產階級經濟理論的神話，這包括所謂「自由市場經濟」，彷彿說，一切是公平競爭，但事實上，強勢打倒弱勢。第三世界一直受到經濟不公平的待遇。至於資本和技術的提供，第一世界的說詞是靈巧的。他們說：資本和技術的提供，雖然對本土主權有些壓制，但這些都是發展中無可避免的缺憾，資本和技術最後會把第三世界解放云云。這也是「文而化之」神話的另一種書寫，來把他們經濟、文化對第三世界的宰制合理化。

殖民活動的三個階段

殖民化的討論，論者可以有三種完全不同的態度。有認爲殖民化過程對承受者終究是有利的，說詞是，它帶給落後國家現代化的技術，這些技術將帶給他們最後的獨立和解放。對這個論調，不少人存疑。相反的論調認定殖民化完全是奴化和剝削的行爲，受害者無法得到眞正完全獨立的發展。第三個論點則是認爲在奴化、剝削和壓制的過程中，一種新的力量會突破而出，把外來的宰制推翻，並消滅奴化、落後等現象，馬克思、毛澤東都曾持有這種企望。

我們或許應該依循殖民化活動的三個可能的階段來思索。第一個階段，殖民者製造神話，試圖將其侵略行爲合理化，原住民則盡力反抗（如在中國的情形便是抗拒英國的鴉片戰爭和對八國聯軍的抗拒。）

第二個階段是所謂「同化」和「同化」引起的情結，亦即是殖民者思想的內在化過程和這個過程同時引發的對本源文化意識和對外來入侵的文化意識「既愛猶恨、既恨猶愛」的情結。原住民對這個內在化的態度是模稜和不安，一面要爲兩種文化協調，一面又在兩種文化的認同間徬徨與猶疑。我在論五四以來文學諸問題時曾如此說：

> 這個時期中西文化模子之間的衝突與調合是極其複雜的。其衝突與對峙曾深深的觸擾了中國本源的感受、秩序觀和價值觀。爲了維護他們「存在的理由」，處於被壓迫者的角色的中國知識分子，努力不斷地，或要從外來模子中尋出平行的例證，或者強行地堅持他們固有文化的優越。的確，這是一個過去與現在、本土文化和外來文化對峙與滲透的過程，包括國人對這個過程中作出不同程度的迎拒。（注11）

事實上，就是因爲這裏面所潛藏的不安全感，產生對文化改觀、對西化所必有的輕信，才有五四以來至今未能解決、三五年便發一次病的中西文化的論爭：才有五四初期文學因認同危機而產生的求索、猶豫、彷徨的絞痛和欲求以死來換取新生的動因。（注12）

第三個階段即是反叛和解放。這個階段必須牽涉到中介人物——受過外來文化教育的知識分子、菁英分子的反思，對自己已經不假思索地內在化了的外來思想的反思，包括日常對事物、事件的反應與行爲的反思。而且這個反思又必須要認識到外來思想體系裏根源性的問題和困境，以及自己傳統中根源性的解困能力。在這個爲新生文化努力的階段中，爲了整體生命情境的完成，不應該接受宰制者現存系統的模式，也不應該沒有反思地回歸過去的傳統，而必須通過將來的發明來解決，從人類基本的殘缺性出發，對現狀批判，引向永遠變動的將來。

顯而易見的，現階段的中國知識分子還在第二階段和第三階段之間摸索與掙扎，而未能進入建設性的第三階段。大陸方面，像《河殤》對海洋文化（西方工業文化）一廂情願的理想化；臺灣方面，像罔顧「民族意識的淡滅」和「文化內容的空白」而走上「經濟人」和「商品邏輯」的急遽發展，都是沒有了解文化殖民化詭奇的變數，所以沒有作出適切的反思。

但是，說了這些以後，我們也不能情緒化地忽略了文化爭戰中確曾有一些啓發性、建設性的效用。在中國方面，我們無法否認，是中國文化受了船堅炮利的文化衝擊，才對本土的專橫體制有了反叛的自覺。在侵略者方面，雖然殖民化的原意是剝削、壓制與弱化中國的文化力量，但由於無可避免的接觸，中國文化被帶到侵略者的原鄉，也會引起某個程度文化的改觀，如美國自十九世紀末以來一股東方文化的暗流，一直在促使一些重要的知識分子去修改和調整他們本身文化的枷鎖。後者是我另文所欲探討的題旨：「中國思想與美國想像」。

但這也不是說我們可以因此而對文化殖民化的問題掉以輕心。我們應該繼續去問：當第三世界已經全面陷入第一世界作全球性跨國商業無限空間擴大的霸權之際，那支撐著他們「自由」「民主」門面的經濟文化網絡代表了怎樣的一種文化的製作？這種文化根源性的困境是什麼？

文化滲透與文化工業

我們在前面說過，殖民主義（這裏包括軍事、文化、經濟的擴張主義）在第三世界製造仰賴情結，一面要弱化原住民的歷史、文化意識，一面整合一種生產模式、階級結構，一種社會、心理、文化的環境，直接服役於大都會的結構與文化。從弱化原住民歷史、文化意識到原住民對殖民者意識形態的認同和價值取向的同化，人性工具化的文化工業扮演了一個極其重要的角色。我們只需要舉一個例子，便可以揭露其陰險和傷害性。中國屢次要把中文拉丁化，拉丁化的主要原因是要使語言像字母語言那樣方便於科學化的操作，方便於「現代化」「西化」過程中工業化、商業化的操作，換言之，可以快些趕上西方。這完全是對西方科學、工業未經反思的崇拜，是對科學、工業的價值取向的認同。「唯用是圖」，覺得語言只是工具，而不知道語言是文化最重要的持護者。試想，假如拉丁化成功，所有古典的文化經典，在三十年後（以三十年爲一代算），便將成爲死典，即只有會看漢字的專家才可以接上文化深遠邃古的根，只懂拉丁化中文的新生代便被完全切斷。拉丁化的中文必須儘量口語化和邏輯化才可以達到傳達的極致，但這樣一來，文言文所代表的整套美學、哲學、文化的視境便完全破壞，而把思維方式逐向近似印歐語系中的分析性和圈定性那種暴虐的行爲——亦即是使我們的思維方式同化於他們工具化的理性主義。

西方人性工具化的文化工業之輸入第三世界的底線，是意識形態的一種重新佈署，利用鞏固政治協盟、經濟合作的說詞，作市場全球性的擴張。第一世界利用電影（在中國，美國電影文化的殖民最爲透徹）、電視影集、教育節目，利用市場的政治化，利用廣告的煽動性（幾乎全然偏向於「洋爲貴」），而製造了一種新的語言，商品和消費活動所構成的一種國際化的意符系統，代替傳統價值的社會秩序。

在現階段臺灣的情形，（注13）長久以來，外來品味的滲透和外來意識形態的內在化，發生在香港那種有形的殖民化的現象，有大幅度的顯現。所謂「文化原質的失眞」，包括外來文化的中心化——如向西洋音樂、西方電影、西方文學、西方文化文學理論、西方衣飾、西方商業模式如超級市場、購物中心等未經批判反思地收受和發展——和本源文化的邊緣化——如對中國事物，包括文化事物與日用事物的低貶，而抗拒去探入本源文化的深層去認知爲什麼這裏面有些東西正是西方一些知識分子視爲可以爲西方解困的力量。

反映在文化領域的，除了我們的電視廣告和市面的廣告完全訴諸西方或者日本「物慾工業」的符號之外，報紙的文學副刊與雜誌也已慢慢進入香港殖民地全盛時期的煽情、抓癢式的商品化文學。首先，編者拒絕了文化深思的重頭文章，然後慢慢又排斥了嚴肅的詩——他們的口號是：詩是消費社會中的票房毒藥。他們要的是：軟性的輕鬆的文學，不是激起心中文化憂慮的文學，用《聯合報》編輯瘂弦先生的話來說：

> 臺灣的文壇漸漸產生「輕文學」，就是：短短的篇章，甜甜的語言，淡淡的哀愁，淺淺的哲學，帥帥的作者……，臺灣報紙的副刊正走向香港副刊的短小化和娛樂性。（注14）

亦即是要人（如我在論香港副刊所說的）「作一刻的沈醉，然後隨手一丟，便完全拋入遺忘裏，在文化意識民族意識的表面滑過，激不起一絲漣漪！」

文化生產的資本化，在文化領域的影響，據彌也殊(Bernard Miege)的說法，大約有如下的跡線：（注15）由文化孕思（文學、藝術家的作品），到產品實現爲貿易性的商品（報紙、唱片等），到商品變爲金錢（發行銷售），必須通過製作人（譬如主編）的介入。他的介入是有強烈的決定性的，也就是他的運作把獨特的文化的用值變爲市場交換性的產品，他的介入不但注重市場價值的問題，而且還干涉到產品本身的孕思。由於這個事實，才有藝術家出來堅持他們創作的自主性（如現代主義所謀求的）。但事實上，除了一些「明星作家」「明星藝術家」取得一些自主性之外（這是臺灣兩大報偶然還登精純或精深文字的原因），其實仍然是一個虛設的幌子，大部份人的創作都是受到製作人的牽制。爲了穩定、鞏固商品化、資本化的利益，製作人不斷因風而變（如利用新聞性的課題或流行的風尚），以新奇、聳人視聽的題材制變，或利用文人間的衝突（文人相輕的現象）再製造衝突來提高讀者的興趣（如關傑明事件，據關本人後來說，他當時實在不知道臺灣文壇的實況，是在不知情的情況下被捲入爭辯裏），甚至不惜犧牲某些藝人（如陳達和洪通的利用）來製造時尚。所出的點子（利用電影明星、政壇要角、丑角和文壇名嘴的對話，如利用某女作家神話化的傳奇事件來吸引如癡如醉的讀者羣等，眞是不勝枚舉），都是從商品價值的考慮出發；如果這些文化產品觸及文化文學的本質，則是偶然的、附帶的、附庸的。臺灣兩大報副刊爲了商業利益曾有幾度你死我活鬥爭的高潮，說穿了是爲了增加銷路，而不是爲了文化眞質嚴肅的考慮。

臺灣在八〇年代初，以「經濟奇蹟」「亞洲四小龍」之一的驕傲形象炫耀於世界的同時，進入了「物以制人」的消費文化社會。人在一種肥滿和安逸中，用一種被調整過的反射作用，即所謂機械化的固定反應來對應由商品所構成的符號——形象、色澤、音響和商品化的手勢（人際關係中的手勢、姿態）。我們成爲一個既無法洞知其實際更無從控制的大系統中的一些運作。在這個我們無法圖解的大操作裏，什麼東西都是一種無法分辨的「正常」，成爲一種「合理化的癲狂、癲狂的合理化」。我們因爲無法分辨而無法經驗到「眞」的滿足，無法演出屬於我們自己原眞的作爲一種自然體的生命，無法體現我們作爲一種自然體在歷史中潛在的可能。社會學家對於這種現象曾有如下的結論：

> 我們的需要是按照工業系統的需要來配製管理，國家的政策同樣受到牽制，教育要遷就工業的需求，工業系統所需的管訓成爲社團的道德典範，其他人生的目的和取向都被視爲故作高調，不重要，甚至是反社會的。（注16）

布希亞(Jean Baudillard)在他的《消費社會》一書中進一步分析人們沉溺在大量物品自成的邏輯系統裏所受到的制約。

> 我們今天被消費與豐足感明顯地包圍。這個現象是由物品、服務事項和物質的增加所建立而造成了人類生態行爲一種基本的突變。嚴格來說，這些逸樂、肥滿的人們不是像過去一樣被其他的人所包圍，而是被物品。（注17）

在一個完全商品化的社會裏，人的隔離性變得更完全，消費者既無法認知他們自己眞正的需要（他們買許多商品，並不是眞正需要，而是因爲別人擁有，而擁有是代表了某種價值階層，他們買某商品，買的不是商品的實質。他們並不知道物品的眞相，他們買的是一個「擬象」而已），亦無法認知另一種生命的形式，因爲物品所自成的系統宰制了主體，剝奪了他們作爲人的潛在本質，人越來越像物品本身。布希亞作了如下的比喻：「正如在狼群中生長會變成狼兒，我們在物品中生長也逐漸變成物品。」（注18）

市場的哲學與修辭不斷地推出一種自由、幸福、進步的觀念，彷佛擁有大量的商品即是代表幸福、快樂、豐足、成功。「現代化」、「摩登」彷佛是一種魔術。「摩登」就是「進步」的同義字！而「進步」這個源自美國十九世紀大衆市場擴張哲學的名詞，是要告訴消費者「由壞環境到好環境，由散裝（按：其實即可以驗證品質的狀態）到包裝（按：其實即無法驗證品質的狀態）是一種進步」云云。從這種哲學到其實現，就是「品牌即質素確證」的政治鬥爭。這個鬥爭亦即是「物慾工業」極力要製造的對名牌的忠心。（注19）我們可以看見，這個市場政治化的成功是全球性的，雖然明明知道名牌並不一定代表最好的品質，人們仍然甘心受騙地追慕名牌。

由是，名牌，作爲一種符號，一種超國界的新語言，一種文化工業弱化人性自覺的新武器，那人性和民族意識殖民化的幫凶，便代替了舊有的社會價值而成爲新的價值階層。某些物品或品牌之受尊崇是由於其作爲符號所發出的惑力，不一定是品質上好，因爲在這個符號系統的運作裏，人的社會位置與聲譽往往由他所處的物品的位置來決定。廣告不斷的暗示，買同一類車子或同一類化妝品的是同一類的人，所以消費者便極力以所買的、用的物品來符合這些物品所暗示的價值階層及社會地位。在第三世界的廣告裏（有不少知識分子竟無感無覺地大力支持著的），是大量第一世界商品——「洋即好」的形象的氾濫。

物品作爲一種符號語言，打破了一般語言的界限，是有關消費者的身份、他們的品味、他們的生活風格的陳述。而消費者很少有人帶批判的眼光去思考這些物品所代表的文化和政治的含義，亦即是說，他們之間很少人認知到，他們作爲自主個體的自由意志活動其實已經受到生產秩序的牽制。「物慾工業」的說詞常常把他們捧得高高在上——顧客永遠是對的！阿諛奉承，使得他們落入「假需求」而不自知。結果呢？「所謂中庸之道的主流得到完全的勝利。所謂中庸，是把一切拉平，把一切異質攪拌爲一種均質，把梵谷那類藝術家一掃而光。它要求的是平均化的美學，平均化的詩，平均化的才具，平均化的勇氣，平均化的庸蠢。」(注20) 平均化便是庸俗化。「唯用是圖」，我們可以破壞自然環境，我們可以製造污染與公害，我們可以容忍沒有個性單調如囚牢的建築，我們可以容忍沒有靈性的「經濟動物」。我們可以任垃圾和化學廢料滲入我們的飲水中，我們可以任由維持生態平衡的樹林遭受到無情的砍殺，我們可以容忍男男女女都粗暴無禮……。這就是我們所追求的幸福嗎？這就是我們追求的現代文明嗎？還是一種「化」而不「文」的自絕行爲呢？

艾凡·哥夫曼(Erving Goffman)說：「那些要與假意識鬥爭的人，那些要喚醒沉睡者要他們認知眞質的人，他將面臨巨大的困難，因爲他們睡得太熟太熟了。」(注21)

注釋

①Albert Memmi, *The Colonizer and the Colonized*, trans. Howard Greenfeld (Boston: Beacon Press, 1967).

②「文化工業」一詞，最早見於艾當諾與霍克海默的《啓蒙主義的辯證》一書中一章，即"The Culture Industry: Enlightenment as Mass Deception," in Max Horkheimer and Theodor W. Adorno, *Dialectic of Enlightenment* (1944) trans. John Cummings (New York: Continuum, 1972)。我這裏一些論點大部份採自艾氏對此章的修正文字，即其在一九六三年廣播，一九六七年出版的《文化工業的再思》，(見其*Ohne Leitbild*, Frankfurt am Main, 1967)英文譯文見"Culture Industry Reconsidered," *New German Critique*, No.6 (Fall, 1975):12-19.) 該文對早期觀點有若干修正，尤其是避開了早期對大衆文化太武斷太籠統的批判。但兩文之間都指出，文化，在商品化、拜物化之下所扮演的角色，作爲一種宰制、朦騙大衆的形式，是每下愈況，有增無減。在往後的討論裏，我引伸爲廣義的文化工業，包括諸種文化生產資本化的後果，包括由市場經濟到消費社會以來對人的文化批判意識的弱化和人性的工具化。

③*Neocolonial Identity and Counter-Consciousness* (London: Merlin Press, 1978).

④前書p.165.

⑤見該文〈文化工業的再思〉。

⑥該文曾在一九八八年十二月香港中文大學與三聯書店合辦的〔香港文學研討會〕上宣讀。

⑦在七〇年代末和八〇年代初，由於香港歸還中國（另一種宰制的暴行與形式）這個夢可能變爲噩夢，憂心忡忡的香港知識分子突然感到一種生存的重大威脅而被逼走上了文化政治的思考。這個階段有了一些相當有力但猶甚模稜的文化自覺和反思。但在本文的主題下，我無法兼及這一個層面。這必需留待另文討論。

⑧中國學者王逢振在一九八七年曾到聖地雅谷加州大學訪問三好將夫。這是當時他特別強調的幾句話。

⑨見Robert V. Stone & Elizabeth A. Bowman, "Dialectical Ethics: A First Look at Sartre's Unpublished 1964 Rome Lecture Notes", *Social Text* B/14, p. 205.

⑩*Fabianism and the Empire* (1900)見Annette T. Rubinstein, *The Great Tradition in English Literature: From Shakespeare to Shaw*, vol. 2 (New York: Monthly Review Press, 1969) P. 908.

⑪見我的〈歷史的整體性與現代中國文學研究的再思〉一文，《歷史、傳釋與美學》（東大，一九八八）p.257.

⑫請參看我的〈從跨文化的網路看現代主義〉一文，《聯合文學》五卷八期。

⑬臺灣的殖民化的情況是非常複雜的。在中國從日本手裏接收臺灣開始便有兩種、或者說三種情結，日本文化內在化的情結，中國大陸夾雜著西方文化而來的既迎還拒的情結，近二、三十年來美國在冷戰氣氛下滲透入臺灣的意識形態所構成的情結，糾纏不清，不是本文可以抽絲剝繭解決的。這方面的資料陳映眞提供得最多。請參看他的《美國統治下的臺灣》一書，《陳映眞作品全集》第三卷（人間出版社，一九八八）。

⑭見保眞：〈以文會友在愛城〉記錄瘂弦先生的發言，一九八九年十一月廿五日《聯合報》副刊。

⑮Bernard Miége, *The Capitalization of Cultural Production* (International General, 1989), pp. 28-30.

⑯John Kenneth Galbraith, *Economics and Public Purpose* (North American Library, 1975), p.

405.

⑰*La Societé de consommation* (Paris: Gallimard, 1970), p.17.

⑱前書，p.18.

⑲見Susan Strusser, *Satisfaction Guaranteed: the Making of the American Mass Market* (New York: Pantheon, 1989）一書以上論點請看以下一章"The Politics of Packaged Products".

⑳Edgar Morin, *L'Esprit du temps*, (Paris: Grosset, 1975), p.64.

㉑Erving Goffman, *Frame Analysis: An Essay on the Organization of Experience* (Cambridge: Harvard University Press, 1974)p.14.

婚姻：另一種神話的索解

柏格曼的「婚姻生活斷面」——兼論影像的傳送

說明

本文不是一篇專論。我既非柏格曼的專家，亦非專攻電影的理論者。不久以前，我有一個機會，把柏格曼「婚姻生活斷面」電視連續劇的電影版（未經刪節的完整版），以五個多小時的時間一口氣看完，中間凝神屏氣，未敢稍怠。以下分爲幾個層次的敍述，只代表我作爲一個曾經看過一些柏氏電影的觀衆的看法。我因爲沒有機會參閱劇本的全部對白，也沒有把它和柏氏其他的作品交參印認，所以未能將之納入他整個體系來處理。文中用到的一些對白，是出自手頭上一些簡短的介紹和現場的記憶。如果文中漏了一些重要的句子，這是在五個小時的「語言攻擊」下所無法避免的。

電視的觀衆傳達策略的調整

在柏格曼早期的作品裏，有一部題爲「魔鬼的放肆」（The Devil's Wanton 1948-9）。這個片名很能代表他以前電影給我們的總印象。他的電影常常令人感到魔鬼的形影，在一連串詭奇、怪異、鬼靈式、謎語式、繁複的象徵後面，是夢魘的不安，靈魂的戰慄，恐怖的未知對人們的刑拷。主角彷彿經常在問：「我的臉呢？」「心靈是怎麼攪的？」「我的罪是什麼？」「我們在罪與魔鬼前面爲什麼如此無力？」「我們脚踏的世界便是地獄嗎？在那裏是不是仍然有一個上帝？」在他的電影裏，我們彷彿看見一個一切都已經失去的人，在世界末日遍地死亡的氣氛下，對自己，對上帝拷問和追尋存在的意義與答案：「我們爲什麼再不能崇信我們深心中的信念？」以上所說的印象和感受，在「魔鬼的放肆」、「處女之泉」(The Virgin Spring)、「第七封印」(The Seventh Seal)、「穿過黑暗的玻璃」(Through a Glass Darkly)三部曲（包括「冬之光」Winter Light,「沈默」Silence)，「魔術師」(The Magician) 和「野草莓」(Wild Strawberries) 等作品中湧溢瀰漫。

「婚姻生活斷面」(1972) 很顯著地脫離柏氏一貫謎奇的、扭曲的托寓活動，從脚踏實地的現代人間出發，平實地通過婚姻生活的幾個斷面來探尋存在的意義。柏氏放棄了少數的「知音」，走向一般羣衆，放棄它玄學式攪心的探尋，而轉向對現實司空見慣的生活情況思索，其中最重要的一個因素，無疑是受到電視所擁有的觀衆羣所影響。

一個作家（導演），要表達他的靈視（他心中的境象），在思構與選組上，一方面是依著他的靈視去進行——即在主題的結構上，在意象和語言的層次上，盡量承全作者個人的靈視；另一方面，他還會受到觀衆間接的牽制，亦即是說，某一個特定觀衆的確立會促使作者大大的調整他原有的思構。在實際的操作裏，不少藝術家傾向於前者的考慮，其聲音比較個人化；傾向於後者的，其聲音便較普遍化。

以柏氏上述那些作品爲例，在思構選組上，都是傾向於承全他個人的靈視。在情境的選擇上，如死亡的威嚇（「第七封印」）、樸眞的喪失（「野草莓」）、信仰的破滅（「冬之光」），在意象的選擇上（如武士與死神的下棋，如泉水在狂暴以後的湧現，如空洞教堂的外殼……），在選字選詞上（如：究竟多少要與教義有關，多少要借助古典文學典籍的考慮），在詭奧度和因襲形式的選擇上（如應否用中世紀寓意劇的形式出現，應否和別的解釋系統——如中世紀某些信念——交參襯出的考慮），都是盡量設法配合他心中原有的境象，雖然他亦曾努力打破這境象所範限的觀衆羣，而兼顧到歐洲當代大師如卡夫卡、史德林堡、沙特、卡繆、杜斯妥也夫斯基、喬艾斯、貝克特……等所擁有的讀者與觀衆。

但「婚姻生活斷面」，在思構選組上，個人的靈視有大幅度的調整。「婚」劇的策略大部受到了電視收視者心理組織的牽制，這在詭奧度的差異、情境的認同度、語言的雅俗度和象徵系統的熟識度，都與他其他的作品有顯著的不同。

「婚」劇在這方面的調整上，最明顯的是男女主角的造型。約翰和瑪麗安是二十世紀七十年代張眼可見的人物，是最典型的布爾喬亞。開的是歐洲常見的車Volvo，午餐則時出現於城中一般的餐廳，他們不是帶有聖經迴響的神異人物。其次，六個斷面的副題，也是近乎通俗：「天眞與惶恐」、「不見者爲淨的藝術」、「波拉」、「眼淚之谷」、「文盲者」、「在世界某處一所暗屋裏的子夜」。至於約翰與瑪麗安的人生觀，起碼在觀衆接觸他們之初，是完全屬於典型布爾喬亞式的平凡。約翰帶點冷嘲熱諷看人生：「世界已經走向自我毀滅，我有權自家打掃門前雪。」瑪麗安則講求兼愛：「如果我們從小便學會了愛護同胞，我深信世界必比現在好多了。」

「婚」劇的原始觀衆是瑞典七〇年代的社會。照講能把七〇年代的瑞典社會構成的成員作一個社會學上的探究與分析，我們將更能了解「婚」劇與觀衆之間眞正的對話，以及劇中的分析述說跟瑞典觀衆之間眞正的交參玩味。但這一個層面，恕我在這裏無法處理，我對瑞典當代社會沒有足夠的了解。

瑞典七〇年代的羣衆心理雖然無法在此深究，但「婚」劇裏倒是提供了幾個典型的故事。這幾個故事可以稱爲藏在電影中的「副作品」。從這些故事中可以約略窺見瑞典觀衆（也可能包括西歐和美國的觀衆）所司空見慣的情境。

第一個瑞典觀衆可能慣見的情況，見於第一場的開始。一個家庭雜誌社的記者來採訪約翰（一個心理工程學教授）和瑪麗安（一個律師）這兩個標準中產階級的人物。他們對「幸福」等話題的答案，雖然有些遲疑，但整個來說，屬於固定反應的老套。用瑪麗安的話來說：「唔……我該怎樣說呢……我結了婚，有兩個女兒。」約翰與瑪麗安，起碼在語言層面上，表示出某種「滿足與安全感」。（後來這個信念慢慢由一種內在的顯露而被蝕潰——「婚」劇的主要動力。）

第二個慣見的情況，是他們友人彼得與嘉達蓮娜夫婦之互相不能交通互相憎恨、老鬧著要離異而始終絲連。瑪麗安說：「他們二人說著不同的語言，需要第三者轉譯二人才可以了解對方說什麼。」把他們絲連在一起的只是他們共有的商業利益和錢財的興趣。

第三個慣見的情況：一個顧主賈克比夫人來到瑪麗安的事務所。她說她結婚已二十多年，和先生完全沒有愛情，本來早想離異，但爲了孩子們，她一直忍到他們長大以後，現在才決定離婚。她說她寧願一生孤獨寂寞也不要沒有愛情的結合。

第四個慣見的情況，是瑪麗安與約翰分居後，她有一次問起她母親的婚姻生活，她的答案與賈克比夫人的類似，只是她容忍著沒有愛情的婚姻，沒有離異，直到他父親死去。

這四個「副作品」和電影的主體——約翰與瑪麗安婚姻與情感的生變——有一定的辯證關係。它們與主體有著不斷交參印證、引發、正照、反照的作用。

電視劇　電影傳送方式的考慮

「婚姻生活斷面」一共有三個版本：㈠每周放一次的電視劇，全長五個小時；㈡爲適合美國放映，曾剪爲四個小時，但這個版本沒有被美國公司所接受；㈢最後被剪成兩個小時四十八分鐘，在美國電視、電影所看到的卽是第三個版本。我所看的，則是電視版本電影方式的連續傳送(卽有異於電視的分段傳送。) 以上四個版本和傳送方式所得的形象、意義及析解活動都完全不同。

這裏，我先談談由電視機畫面轉到電影畫面所引起的感受與撞擊。柏格曼一向喜用特寫鏡頭，而且是大特寫鏡頭，在「冬之光」、「哭泣與耳語」(Cries and Whispers)、「秋光奏鳴曲」(Autumn Sonata)裏，鏡頭經常集中在主角的臉上，是如此的接近，觀衆可以看到臉上情緒一切細微的變動。「婚」劇中的鏡頭移得比一般的特寫還要近，其中的原因之一，便是電視銀幕太小了，必需要大大特寫才可以造成要達到觀衆的效果。有趣的是，當電視中的特寫再放大爲電影時（譬如我所接受的傳送方式），那些特寫鏡頭給我們視覺的撞擊是很特別的。它不但要我們參與（進入主角的「親密環境」裏去觀、聽），而且逼使我們特別「凝注」主角情緒生變的整個律動，有時到我們要越過外象進入心靈的地步。這一個視覺效果是柏氏所一向注重的，而在我所接受的傳送方式裏，尤其顯著。

我在這裏不妨講一兩句題外話。第一、我以爲日本許多電影，由黑澤明開始，都是講求逼使觀衆進入「親密距離」和凝注影像情緒律動。所以，第二、眞正要了解這類電影，幾乎必須看電影的版本，而不可通過閉路電視的方式，譬如「細雪」這部電影，用閉路電視的傳送方式來看，其損失不可謂不大。第三、電影用的鏡頭角度，是進入電影「析解活動」的主要途徑；文字語言很多時候是次要的。我們的觀衆往往仍然滯留在看故事、讀故事的層面上；說一個片子的好壞，往往只說主題的好壞，用的是評定小說相同的標準，這是絕對偏差的。我們必須了解電影語言特異的活動，它的敍述形式可以完全不依賴文字。我最近有機會看到一部日片「裸之島」，全劇未發一語，完全依靠視覺意象每一步律動的轉、折、鬆、緊、輕、重來傳達生活掙扎的全面意義。

我在「婚」劇的討論中提出「影像情緒律動的凝注」，是有特別原因的。「婚」劇從頭到尾都用對話綴成，自然形成一條可遵循的敍事線；但就怕很多觀衆只追尋這條敍事線，而忽略了「影像情緒律動」在劇中所提供的更廣的「析解活動」。

現在讓我描述我所接受的版本及傳送方式所引起的「析解活動」之困擾。

在第一場完了接看第二場的開始時，先來一段「前文提要」作主要場面和故事的說明。每接下一場都經歷類似的一段「前文提要」。我們當然很了解它們的存在，在電視「欲知後事如何，且看下回分解」的每週傳送一次的安排下，「前文提要」確有此必要。一來這可以幫忙前一週或二週未看到「婚」劇的觀衆有了可遵從的脈絡追看下去，二來可以幫忙正在追看的觀衆「重溫」一下上週的印象。對電視劇的觀衆而言，這應該不會引起太大的軋刺。因爲他們上週所接受的具體的演出，其間「影像」和「思索意見」

多層面的互相交參玩味，經過一個星期的「時間、空間」的沈澱，有了某種「感受」「印象」的落定。所以「前文提要」出現時，並不會改變「太多」那已經沈澱的印象。在我接受的傳送方式之下，那「前文提要」簡直就是一段摘要的「評述」，是主體作品中的一種「副作品」。這裏有兩種效果。其一，便是令人覺得是一種「軋刺」，原是多面的、複旨的、象內象外、言內言外的「析解活動」，一下子被「減縮」爲幾句近乎老生常談的人生哲學。（在我接受的版本裏究竟有多少曾受到翻譯的影響，一時未可決定；但就用詞用字來說，我看有不少的歪曲。譬如第六場約翰與瑪麗安分離七年後的重聚，在「前文提要」裏出現了這樣的句子：「他們經過七年之癢後……」庸俗不堪，和劇情中所呈現的「生命不可解」那條線的情調是完全相軋的。）其二，這近乎老生常談的「前文提要」，也可能是有意的。對一般觀衆而言，這是他們進入複旨活動唯一可以掌握的門檻，讓他們在不可解中一時有了依傍；對其他的知識份子觀衆而言，這個粗糙得近乎專橫的「評述」正是一種「反作品」，自嘲嘲人並嘲弄「傳達行爲」本身的無力和自毀性——而「傳達本身之無力和自毀性」剛巧是主體作品的主題之一。

照講，大家可以把我剛剛提到的兩種「效果」撥開不談，而設法回到電視原來傳送的方式去接受；或者，傳送機構可以把所有的「前文提要」剪去（我深信在美國兩小時四十八分的版本即是如此。）我所提的問題便迎刃而解。但我是有理由相信柏氏在電視版的思構時考慮過我提出的問題。

我的理由有二：㈠我們最初的印象是，敍述者只出現於「前文提要」。如此，把「前文提要」剪去，應當是全然戲劇性的演出；但事實上，在第三場以後，在結尾時敍述者的聲音再出現，做了某程度的摘要講述與說明。在語調上，在敍述方式上，都與「前文提要」的「評述」相似。這樣看來，「前文提要」是有意栽植的，其作用已見前述。㈡柏氏在主體故事——約翰與瑪麗安婚姻與情感的生變裏藏了四個「副故事」並利用它們與主體不斷的交參印證、引發、正照、反照。其間的嘲弄意味，和「評述」與主體間的對戲有著相當的迴響。

我看到中途時，原是覺得「前文提要」應該剪去；但基於上述兩種理由，又覺得不可以剪去。電視每週一次傳送的方式可能最理想：每週的經驗沈澱後再與粗糙減縮的「評述」互玩，好像比經驗未經完全沈澱便馬上與「評述」相軋好些；但另一方面，電影影像的放大，在本片所發揮的「凝注」引力，則是電視傳送所無法企及的。無論如何，這兩種傳送的方式，都應該比剪成兩個小時四十八分的版本豐富。

婚姻　另一種神話的索解

我一開頭說，「婚姻生活斷面」脫離了柏氏一貫魔鬼式詭奇怪異的想像活動，而植根在現實世界司空見慣的生活情境；但他始終沒有放棄對生命不可知不可解的質問與尋索。「婚」劇雖然要觸及大衆，但不是一個浮面簡單易解的電影。像他其他的電影一樣，「婚」劇是一種「奧德賽」（意義尋索的航程），是對生命之謎的索解。六〇年代初期有一個觀衆在看完了柏氏的電影後曾經提出以下的一段話：

> 每一部電影都提供一個謎語，每一個謎語都好像進一步移近了中心。然後，我們突然會開始疑問：他不斷給我們的，是不是同一個謎語呢？到頭來，那個中心會不會只是另一個空的箱子呢？（注）

這段話仍然適用於「婚」劇。約翰和瑪麗安二人的尋索會不會（或是不是已經）帶我們到了「另一個空的中心」呢？這是看完了「婚」劇必會縈廻在我們腦中心中的一句話。

如果細心的想一想，幾乎每一部柏氏的電影都有一個共同的出發點，那便是對「神化」的教條和體制作層層的剝解。「婚」劇前的電影，索解者彷彿是聖經中的約伯。約伯一直虔誠的信奉上帝。但有一天，撒旦和上帝打賭說，如果上帝突然把約伯的親人財產全部消解破壞，約伯一定不會再虔信上帝。上帝果然冷酷無情地掠奪約伯的一切。約伯百思不解，不斷的向上蒼索問：那是爲什麼？我的罪在那裏？祢就是如此一個冷酷無情的存在嗎？

在聖經故事中的約伯，百問而不得其解，對永恆有無限的疑惑，精神焦躁不安，靈魂徬徨於生死的邊緣。終於約伯醒悟到上帝不是凡智可以了解的，不是凡智應該質疑的。約伯一停止了質疑，上帝立刻把他失去的一切歸還給他。但約伯的故事，是「神話時代」的故事。在現代人看來，尤其是在工業革命經過了實證主義推動下一切「物化」以後的現代人看來，柏氏覺得他們無法做到「停止質疑」，雖然百問不得其解，仍要一直「質疑」下去。把神看作一種不准「質疑」的權威，是現代人無法接受的條件。所以柏氏電影中的主角都是「停止質疑」前的約伯，永刼於沈淪，永困於「爲什麼？」的無助之中。「第七封印」中和死亡下棋的武士(近似約伯故事中上帝與撒旦的打賭)，「穿過黑暗的玻璃」中彷彿留落在孤島上的馬丁諸人，「冬之光」裏生活在空殼宗教中的教士，「沈默」裏無法與他們的周圍通話的四個角色，一直要索問：「你有沒有臉呢？」的魔術師，一直對樸眞的喪失反覆地分析的教授……可以說都是「質疑權威」、「破解神話」、「剝除面具」、「尋索原眞」的扭曲艱辛的奧德賽。

但「教條」與「神話」不只是存在於宗教的時代和環境裏，它們威嚇的存在就在我們的身邊。「婚姻」就是一種神化了的體制，是一種教條，一種神話。「婚」劇可以說是對根深在我們心中的另一種神話的索解與破解。假如我們說「野草莓」中的教授所經歷的是一種精神分析剖解的過程，「婚」劇則是通過馬拉松的論辯把婚姻這個體制的面具層層揭破，每進彷彿有所悟知而又立刻再度被破解，而使主角和觀衆永久在知解的邊緣上徘徊，到了最後，正如我們把洋葱剝到內裏，中心不見了，只留下了無言。在第六場約翰和瑪麗安離異後若干年在深夜裏與約翰幽會重聚，瑪麗安，經歷過無數次自我的拷問和對婚姻這個制度、對生命的拷問以後，終於還需再說一次，她不了解這種種生變的歸屬，而約翰只能抱緊瑪麗安說：「不在語言中」。在空的外殼下，沒有思構語言可以理出或範定出一種可依附的架構。事實上，很重要的一點，「婚」劇雖然充滿了五個小時的「語言攻擊」，意義却不斷地流浮出語言之外；那語言無法囿定的神秘生命湧溢交參本身似乎才是「婚」劇的主題，如果我們一定要「決定」一種指標的話。

很顯然的，我現在描述的方式，由於是一種論述的體裁的關係，無形中，已經違反了「婚」劇所依附的演出性。雖然我在本文中彷彿爲「婚」劇理出有跡可循的脈絡，但這「脈絡」只能視作一種進入該劇的開始，而非終結。所以，以下提供的「析解的線索」，也只是「線索」而已，無法代替充實這些線索的實際事件——這，當然也是「婚」劇明知無法傳達而仍然傳達出來的層面之一。

電影一開始，是一家家庭雜誌的女記者來採訪約翰與瑪麗安，他們雖然給人的印象是標準的中產階級的人物：穩定、進取、婚姻安全；但這只是一個表層的面具，是一個假象。首先，採訪那類事，說是欲求眞相，往往只得一個表面的形象：被訪問者很少能在那種場合，在短短兩個小時內，剖心以對；被訪問者知道他的一言一語必將供諸於世，通常要設法推出其最好的形象。所以當約翰說他「極其聰明，成功，年輕有勁，心理平衡，性感，對世界關心，博學，有教養，受人歡迎，隨和」等，我們應該知道這些話不可以全信。事實上，這一部分對話所欲肯定的「正面內容」是浮盪在「反面意義」的暗潮中。

鏡頭轉到約翰和瑪麗安在家中和彼得與嘉達蓮娜夫婦進餐中的談話，在過程中彼得夫婦因語言的隔閡而鬧著要離異。約翰和瑪麗安表現出一種正常和互相了解。但這段插曲，作爲主體情節的「副故事」，最後反過來對約翰與瑪麗安做了反諷與嘲弄：所謂「正常」只是某種意識形態主宰下的正常，所謂「互相了解」到頭來是一種無奈的不可解。約翰與瑪麗安後來在語言間並未眞正的超過瑪麗安對彼得夫婦的批判：「他們二人說著不同的語言。」

夜間，瑪麗安透露再有了身孕。對話中似乎同意保留這個孩子。但下一個鏡頭馬上切向醫院，瑪麗安墮胎後約翰以近乎物化的理性去安慰她。這個暗湧的波浪暗示了「自然與物化理性」、「情感與經濟體制」的衝突，隱約間也暗示了「互相了解」之未牢固。

在第二場開始之前，評述者的聲音首次出現，作用是「前文提要」。把這個「評述」在觀衆心中產生的效果，正如我在第三節所討論到的，是相當的複雜。我們一面排拒它粗糙專橫的「減縮」行爲，一面又覺得它是一種「反作品」，嘲弄「傳達行爲」本身的無力與自毀性。「評述」與事件本身各自呈示的「析解範圍」有顯著的差距。而差距所產生的效果，也是柏氏考慮到的。在「評述」出現之前，我們彷彿「身臨其境」，由鏡頭大特寫的「親密距離」所構成；但「評述」的出現，我們彷彿突然從其中抽身出來，從外面「保持距離地」客觀地評看。「評述」也是「副作品」，亦像其他的「副故事」一樣與主體情節互玩互照。這種情形在後來每場前的「前文提要」變得更加強烈而有效。

第二場開始，瑪麗安在她的事務所裏，聆聽顧主賈克比太太陳述沒有愛情的婚姻，二十年後決定離異，寧取終身孤獨寂寞。瑪麗安保持著「職業上」的冷靜，但其中一瞬間，鏡頭集中在瑪麗安臉上隱約的不安。這段插曲，像上面的「副故事」一樣，後來也是反過來對瑪麗安的婚姻生活做了反諷與嘲弄。

另一方面，約翰在實驗室中請助手伊娃試著捉摸投射在銀幕上的光點，而發現無法捉摸。這「無法捉摸」暗地裏成爲「婚」劇後來流露「婚姻意義無法索解」的象徵。約翰曾把詩作給伊娃看，至於伊娃和約翰的關係，輕描淡寫，著墨不多，但暗示了約翰在思想和感受上有外求的活動。

在家中，瑪麗安走向孩子的睡房時，約翰拿起了電話欲掛還休。

在一個餐室裏，約翰和瑪麗安的談話中，提到女子從一開始便演著「犧牲者」的角色。

在準備睡覺前，瑪麗安的說話中暗示對性已大不如以前那樣興奮。

這第二場的事件，可以說是「點到爲止」的做法。一股逆流慢慢在生長，正如它在我們日常生活裏不知不覺中發生，當事人和觀衆心泛漣漪，但未覺察有什麼重大的不妥。許多心事和故事流泛在語言和事件之外，等待著更深廣的顯露，或是等待我們（跟著主角）進入去尋索。

由第一場到第二場鏡頭雖然轉換不少次，發生的事都在室內，鏡頭大部分集中在對話時主角臉部情緒微妙的變化。但第三場一開始則是外面的一個遠景。夜間，一部車子由遠處開回來，彷彿是有什麼要從外面進入那「親密的房間」裏。

親密的房間裏是柔情的瑪麗安在等著。在準備休息的親密過程，親密氣氛和語言中，約翰透露了他和一個名叫「波拉」的女子的外遇。鏡頭此時以大大特寫的方式集中在瑪麗安的臉上。瑪麗安設法以最平和的、最冷靜的態度（一種「擬律師職業式」的冷靜！）去聆聽。在一種大家心裏明白、應該是禁止不住的激動與洶湧中保持著一種水面的平靜，其對觀衆的感染力，當然要比爆發性的表現更強烈。在這一場中，談話幾乎每一句到可以爆發爲一場激罵或激戰，但瑪麗安雖然臉部動容，然而語意間竟是保持著親密的距離。

約翰說：「事情的眞相妳已經知道了。」瑪麗安說：
「我什麼也不知道。去睡吧，已經很晚了……。」

我們甚至要驚異瑪麗安那幾乎是近於「同情」的語調。效果是：對觀衆而言，就是構成「冰凝的火焰」、「靜水下的洶湧」的強烈感受；對瑪麗安的故事而言，這也可能是她欲挽回婚姻的一種理智的手段。

上床後，談話繼續。約翰突然宣布他要和「波拉」一同離去數月。鏡頭再度集中在瑪麗安接受這一個宣布的撞激。但語言上，仍然保持平和。事實上，這一場從頭到尾還滲雜關於日常生活很多的瑣事。這些瑣事的提醒，其一，是淹蓋這件事的衝擊；其二，是反面暗示了婚姻本身的單調——婚姻破裂的可能原因之一。

在床上睡前的談話裏，對婚姻關係的索解開始，對婚姻體制這一個神話的破解也已開始，但像劇中所有的談話一樣，眞正的意義和我們的析解活動，都在談話的「隙縫」間，而不完全在語言內。

早上，約翰走了以後，瑪麗安打電話給友人，而發現她是最後一個知道此事的人而完全崩潰。

第四場開始是在瑪麗安家中的飯廳。約翰和瑪麗安已分居一段時間，現在重聚吃飯，氣氛融洽迷人。談話中相互流露著某種自信。約翰表示對「波拉」已厭倦。瑪麗安顯得冷靜，沈著，嫵媚，但仍堅持離婚；但另一方面她又承認對約翰未能忘懷。

飯後瑪麗安讀她的日記，首次流露了她覺察到：她的生活在不知不覺中如何受到體制所主宰：「我常常做著別人要我做的事」，在「安全感」的護符下，她做著許多女人在家庭中應該做的事，而不知道所謂「安全」這一個護符，事實上是利用性別分配來鞏固一種權力的餌誘。婚姻體制範定的種種行爲，都是「原我」的蒙蔽，她極欲回到「洗腦前」的自己。但約翰睡著了，沒有聽見。瑪麗安雖然讀出日記中的思想，却是帶著親密的語調要和約翰「共」享。她心中希望約翰留宿，而約翰也欲去還留，可是他睡到半夜醒來，還是堅持離去，並說他們應該認清孤獨寂寞是絕對的，他們經常幻想並相信二人融洽的相處，這都是幻象。

這一場是在決裂之後，是在二人都已經各自破解了婚姻這個體制的面具以後的相聚。但相聚的氣氛和語言反而接近「枕邊細語」，可見「婚姻」之結與離，聚與散，可能都是一種儀式，一種空殼。雖是儀式，雖是空殼，它另一方面却有一定的主宰力。維繫著二人的究竟是什麼呢？這是主角和我們仍需索解的。

第五場是在約翰的辦公室中，二人爲離婚的文件而爭論。對話中流露出的餘情發展而爲激情並進而再一次的性結合。但對話終於流露出更多情感的相軋，包括互相認識到對方的弱點、無助、無知。瑪麗安雖然堅持簽廢婚契，却禁不住一再的問：「不知錯在哪裏？」約翰說：

> 我們都是感情的文盲……不只是你和我。所有的人都是，這才令人沮喪。教育制度什麼都教我們，就是對靈魂一句話都沒有說。我們是沈淵的無知，對我們自己，對其他人。

這段話和柏氏過去電影中的索解有著相當的迴響。

約翰和瑪麗安終於大打出手。瑪麗安雖然最後說：「我們如果多年前便如此大打一場，也許現在會好些。」但這並不能逆轉去勢。

第六場基本上是兩個景。㈠瑪麗安探訪她的母親，而問起她的婚姻生活。她說，是過了無愛情的一生。這是賈克比夫人的話的迴響，但瑪麗安在此刻聽來，意義與感受則完全不同。第一次她聽到時，她還未被「啓蒙」。現在已經過了「數度」的啓蒙，她母親那句話現在要納入她愛情生變的整個脈絡裏，作爲一種內省的引媒之一。在她婚姻破裂後新的「啓蒙行程」裏，再增加了一個層次的印認。

㈡七年後，深夜裏，約翰和瑪麗安都已再結婚。二人在一間黑暗的小屋裏幽會。二人比以前還要親密，更能坦蕩交換意見。在一連串對男女關係和生命意義的索解中，瑪麗安最後很傷心的說：「我一直沒有愛過任何人，也沒有人愛過我。」她說她完全不明白這種種生變的意義。約翰說，這是語言無法解釋的。他們二人在痛苦與理解中相擁得更緊。

我們彷彿聽到自己的疑問：他們尋索到的可是「另一個空的中心？」

以上是「婚」劇展露的梗概。我們可以看出來，柏氏在個人的靈視與大衆的要求之間，透過多線的析解活動，進行了他對生命神秘性一貫的索解，企圖側面觸及無法言喩的原眞的人性。他一面利用一些慣見的生活層面和易明的「評述」方式去接觸大衆的想像，一面利用它們做爲一種「副作品」與主體故事交參印證、引發、省照，再加上大特寫的「親密距離」和影像情緒的律動，使我們游離在語言與影像之外，依著主角感情的生變來破解婚姻這一體制的面具。人與人的關係是不可解的，是語言這個體制所不能完作傳達的。婚姻的束縛原是某種意識形態爲鞏固權力所發明的外殼，眞正的結合也許應該要在表面儀式以外尋索。很多啓蒙故事在婚姻中結束，但對柏氏來說，啓蒙是在生命不斷的裂縫中開始，它未必有一定的終點；啓蒙是一種永恆不斷的求索與對固定形象的破解，如約翰和瑪麗安一樣，在痛苦與「理解」(卽理解生命之不可解）中更親密的相擁。感情本來就不是外殼與儀式可以維繫的。這也許就是「婚姻生活斷面」最主要的訊息。

注釋：Penelope Houston, "In the Sixties," *Sight and Sound*, XXIX, No.1 (Winter, 1959-60), p.5.

雲山與抽象的隨想

去年夏天，我和慈美有一個機會登臨瑞士的雪嶺少女峰。慈美春天時已經去過，但仍堅持我去跑一趟。我們從盧桑(Lucerne)出發，要迂迴曲折急轉的攀過高山才可以到登少女峰前的茵得萊根(Interlaken)。慈美易暈車，但她堅持要開，好讓我集中精神去追逐雲山的變化。她說她不明白爲什麼在臺北時有一個現代中國畫家對她說，瑞士引發不起畫興。她覺得那些雲山刻刻連續隱現的變化，其恍惚氣象，最接近某些現代抽象畫。果然，在無盡垂天的綠草波浪似的起伏之間，陣陣行雲，隱去一片山，突現一支峰，路迴樹轉，變化更多，有抓不住、攝不完的風景畫面。但最令人屏神凝注，驚歎不絕的，還是上少女峰的途中。我們坐登山火車而上，首先見巨岩間幾條從雲中直瀉的瀑布，也是一陣隱一陣現，這從天上飛瀉的氣勢，在仰俯之間，彷彿一念通天地。但在馳過一些黃色、紫色高山山花遍野的綠浪之後，雪傾似雲，雲瀉似雪，山痕雪網，在湧不絕的雲霧中，是一種茫，正覺著空卻隱隱看見山的突起，岩的斜落，峰的橫展，才一轉睛，復是一片茫白，一片冰河被凝住的流勢，被一線黑石托住。我們在驚呼之外，卻有所感，這些刻刻隱現的變化，太像趙無極、劉國松、莊喆等人的抽象畫。這三個人雖然在油畫、水墨、壓克力的味道和顯性各自有不同的表現，在某些感受上，竟和我們在少女峰附近所看到的雪網雲山有著相當的迴響。那些景象往往不是文字、攝影可以把握的，但慈美攝得五幀，或可給我們窺見一些當時活動的跡象。(見圖四五—四九)

看了雪網雲山的隱現等變化，看了這五幀照片所流露的氣象，我們彷彿更可以振振有詞的說：所謂抽象，何曾

《圖四五》
瑞士少女峯所見雲山（之一）
（廖慈美攝）

《圖四六》
瑞士少女峯所見雲山（之二）
（廖慈美攝）

《圖四七》

瑞士少女峯所見雲山（之三）

（廖慈美攝）

《圖四八》

瑞士少女峯所見雲山（之四）

（廖慈美攝）

《圖四九》
瑞士少女峯所見雲山（之五）
（廖慈美攝）

脫離現實！我們彷彿可以塞住批評抽象畫的人的嘴巴：抽象何曾憑空亂塗！

雪網雲山所見，或這五幀照片雖然看來接近抽象畫，但要說抽象畫，尤其是西方的抽象畫，取意自雲山，或從自然界這些層面得到啓發，則很有問題，因爲西方的抽象畫的產生，其中最重要的一個主旨卻是反自然的，反對把自然或任何外在可辨認的形狀再現。由康丁斯基、塞尙到岌柏卡(Kupka)、蒙德利安，都一再強調概念的建構勝於外形的重現。現代藝術是表現至上的藝術，是反模擬論的。

談西方抽象畫，不少人以非具象藝術(Non-Objective Art)作爲與傳統的具象作分野，論者在這個分野下，通常標出康丁斯基一九一〇年的水彩畫和他一九一一、一九一二的理論爲起點。這個所謂「起點」是頗受爭論的。因爲事實上有許多別的變化引發到康丁斯基的理論和實踐。下面我們有機會提到。但就抽象藝術反模擬論這一點來說，我們不妨先拈出他的觀點作爲一種對比。他說：「一張畫應該是『情緒』的圖表……不是實物具象的呈現」。他在「顏色的效果」（一九一一）和「形的問題」（一九一二）相

《圖五〇》
塞尚：羅威花園(1906)

繼地說明藝術要表現藝術家靈魂中的情感，說明要傳達這份內在的「精神的迴響」是通過線條、色彩、與圖形，不需要實物具象的外形。他這個理論是源自印象派、後期印象派的色彩自由論。

事實上，非具象藝術的產生，約略有兩條線路，都源自印象派。即就印象派本身來說，已經非現實實象的描模。他們要呈現的往往不是外物實際的外形，而是利用光影來投入藝術對象他們主觀的、強烈的、顫動放射的情感。兩條路線之一，即是梵谷和高更的色彩自由論（光是顏色及線條本身即可表達情感，如梵谷後期的向日葵便是，見梵谷一八八八年三月三十日給Vilhelmina的信及同年給Theo的兩封信），通過野獸派（馬諦斯及德蘭）的發揮，而引至康丁斯基（早期亦是野獸派）的形的解放。另一條線則是來自顧爾白(Courbet)、塞尚和秀拉(Seurat，點彩派主將）顏色空間化的處理發展到畢卡索的立體主義和設計化的建構主義，包括蒙德利安。從這兩條早期發展的線路看，一重感，一重知，但都交合在冷靜的數理思維，而二者都離開外形而設法再造藝術的空間。基本上說，西方

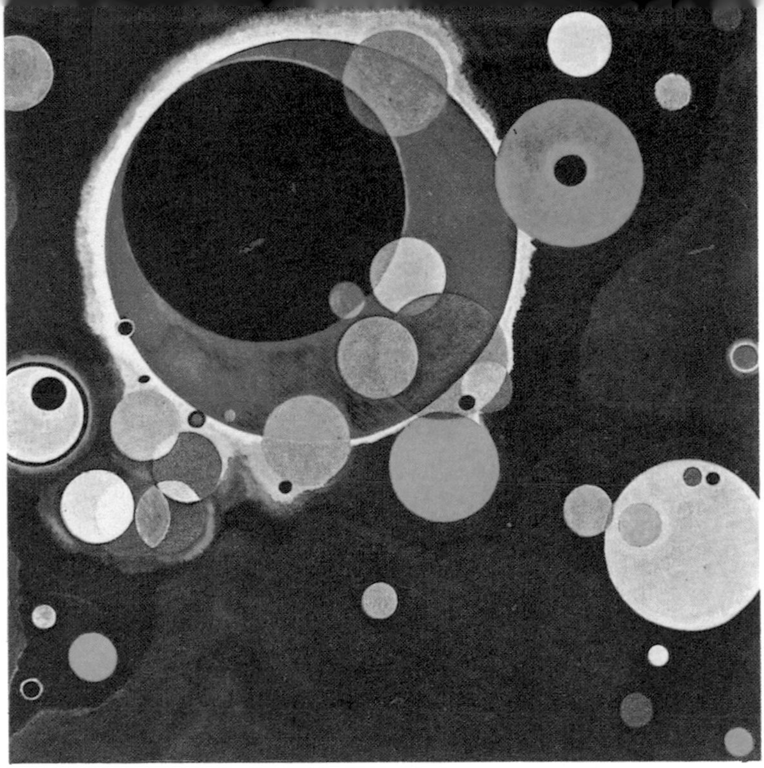

《圖五一》
康丁斯基：幾個圓圈No.323(1926)

大部份的抽象畫都是觀念或概念的產物。

我們現在重看一些有名的理論，可以更清楚地看出其中的含義，譬如康丁斯基說：「現在我們說一個藝術家可以用任何形狀……從內在的需要來說，不應該設立任何限制。一個藝術家可以用他表現上所要求的任何形狀；他內在的本能必需找出適切的外形。」

一九〇四年塞尚在給Emile Bernard的信中也提到如何通過邏輯思維和知力的追索去創造，不是通過再現，不是通過自然直接的描模，他必須找出自然內在的結構。

塞尚不同於一般的印象派或後期印象派的畫家。他一反印象派主觀的觀物方法，要把藝術對象作爲美學客體來處理，欲超脫每個個人不同的主觀感受而透入物象內在不變的實質，這就是他所謂物象的「實」「現」(Réaliser)。第一步，畫家應該認定物象作爲物象的結構狀態，然後用線與色塊的組織與安排使這結構具實的呈現，畫家細心的觀察外物，「通過圓柱、圓錐、圓形，或其他適當的透視，使到一件物象的每一面都能導向一個中心點。」這是非具象畫——包括非具象畫前的立體主義——和後來的建構主義的一個重要的起點。但光用結構或幾何思維還不足以完成一張畫，塞尙還提供「調昇」色澤(Moduler)，使所有的顏色，通過並列，調整提昇到某種高度與濃度，一面產生一種重實感，一面因爲色與色之間的遞次繼續調昇而由複雜趨於統一。這樣做，畫家可以使主觀的感受，透過純化的過程，而獲致客觀的呈現。(這個客觀與外物自現的客觀不同，塞尙的客觀仍然是西方理性主義的產物。) 由「調昇」「統一」到「實」「現」，塞尙已經觸及繪畫中音樂式的組織。這個音樂式的組織在康丁斯基、蒙德利安、克利等人的畫裡始終佔著很重要的位置。

從這個背景去看杜夫(Arthur Dove)在一九一〇年左右說的話，線路便很清楚，他說他要追求一種不依靠再現的表達方式。這種方式接近「眼睛的音樂」，大小、濃淺、精神。他說他要以風、水、沙做音樂中的母題去畫，把它們簡化，很多時候要簡化成顏色和有力線條，一如音樂處理音量、音質、音色一樣。

這些說法事實上和文學上的運動有著平行的迴響。塞尙的話，在美學的根源來說，和馬拉梅的話沒有很大的分別。

馬拉梅在對一般表意乏力的傳統語言感到沮喪的同時，他力圖把語字從常規中解放出來，讓它們，像孤立事物，像道具或演員，在一個預先空場的舞臺上演出「他們自己的」生命。他說，他這樣建造的美，「像一束我們在植物界在花圃上所看不見的新花，神妙地，音樂地從語字中昇起」。這樣建造的世界與原來的眞世界是沒有認同的。正如他那首寫冰湖上的天鵝的詩，他要在文字裡創造一個與外象不同的不知名的世界，一個完全屬於美學的世界。詩裡的天鵝不存在眞實世界裡；牠只存在於文字美學的世界裡，是詩人爲了體現一種近乎神秘的強烈的感受——晶光奪目令人目眩的燦麗，現實世界中所沒有的燦麗，通過色澤（詩中很多晶光與白的語字）的「調昇」和音樂的推動而營造出來。在藝術的取向上，和塞尙爲後來者所提供的可以說是異途同歸。都是把秩序的創造歸源於藝術家本身，都不依賴外象，都把素材（語字、顏色、線條）用抽精取純的方式使之演出、建造一個美學的世界。

我在一篇論蕭勤的文字裡（〈從凝與散到空無的冥

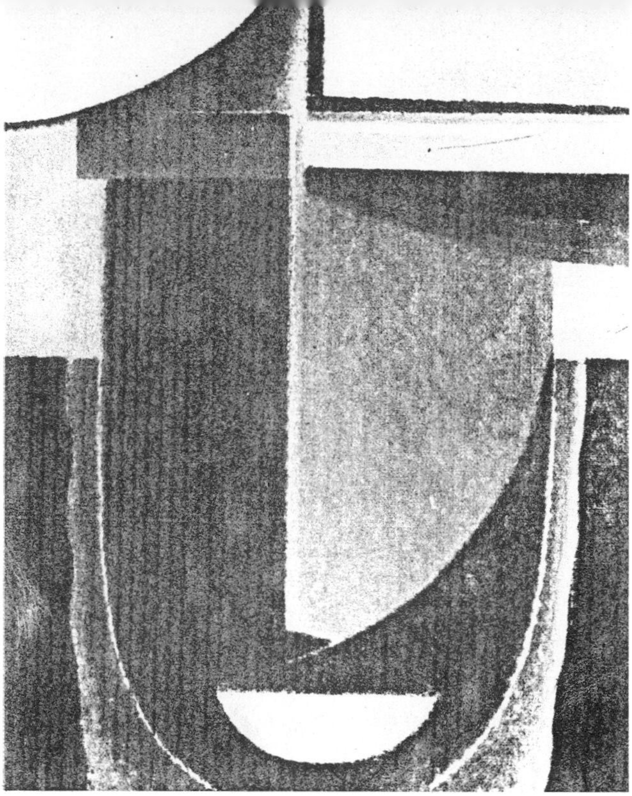

《圖五二》
卓蘭斯基後期作品：頭(1935)

思〉〉，曾特別提出下面這個問題來：摒除了實物具象的外形，畫家憑什麼可以宣說某畫的形構已經足夠已經完成呢？換言之，畫家怎樣去統一一張畫？怎樣決定這個色彩配那個色彩、這個圓配那個方、這條直線配那條曲線是適切的呢？對這個問題，我當時拈出兩種傾向：主觀抒情和數理結構。攤開西方現代主義來看，我們不難發現這兩種傾向。前者如以強烈主觀感受投射的後期印象派、野獸派、德國表現主義、象徵主義、超現實主義（超現實主義的反理性與以夢爲結構與一般的主觀抒情不盡同，但訴諸觀者的主觀感受則一），心理抽象主義，抽象表現主義；後者如立體主義、未來主義、新造形主義、建構主義等。前者重感，重直覺，後者重知，重分析。在實際的創作裡，往往是來往二者之間，如康丁斯基由早期的野獸派畫風轉到後期幾何形狀的表現，如卓蘭斯基(Jawlensky)早期野獸派的風景畫到後期建構主義影響下建築感的臉譜畫，都是。這兩種傾向的遞次變化在蒙德利安的畫中最爲顯著。（見圖五〇—五二）

蒙德利安在一九一二年之前的畫如「紅樹」（一九〇八）

是屬於野獸派梵谷式的表現，但到了一九一二年的「盛開的蘋果樹」，畫家把樹形開始簡化爲沒有主觀感受的孤線，而在色澤中保持強烈的情感。一九一二年以後，畫家再將線減化爲幾何直線分割成紅藍方塊，轉化爲純理性設計的形構。但由於它趨於過度理性化而落入定型與死硬，後期的蒙德利安，企圖把動律再帶入不動的色塊裡，如一九四二—三年的Broadway Boogie Woogie便是。我們這裡可以看到，承襲了這條直線的羅斯柯，也因此要把色塊放大，彷彿把一瞬的時間作了無限空間的延展，使觀者在空間化的一瞬中冥思遨遊而獲到了強烈的抒情意味。(見圖五三—五六)

蒙德利安確實可以作爲一個現代藝術的三棱鏡看。他重要的理論突破是在他對立體主義的批判。

立體主義原是承著塞尙的結構思維和秀拉的「顏色科學化」這兩條超越「感覺至上」的啓示進一步的發展。我們看見，立體主義對結構是完全經過分析的。對立體主義專家來說，事物外在的呈現不是藝術家主要關心的，他要重造的是概念的整體性：一件物象是用多重角度同時呈現

《圖五三》

蒙德利安：紅樹(1908)「在『紅樹』這張畫中，蒙德利安把梵谷式情感如刀攪的表現筆觸、野獸派不擬似的顏色和「新藝術」(Art Oouveau)善用的彎線形構融合在一起」—H. H. Arnason. History of Modern Art(New York 1978) P.242

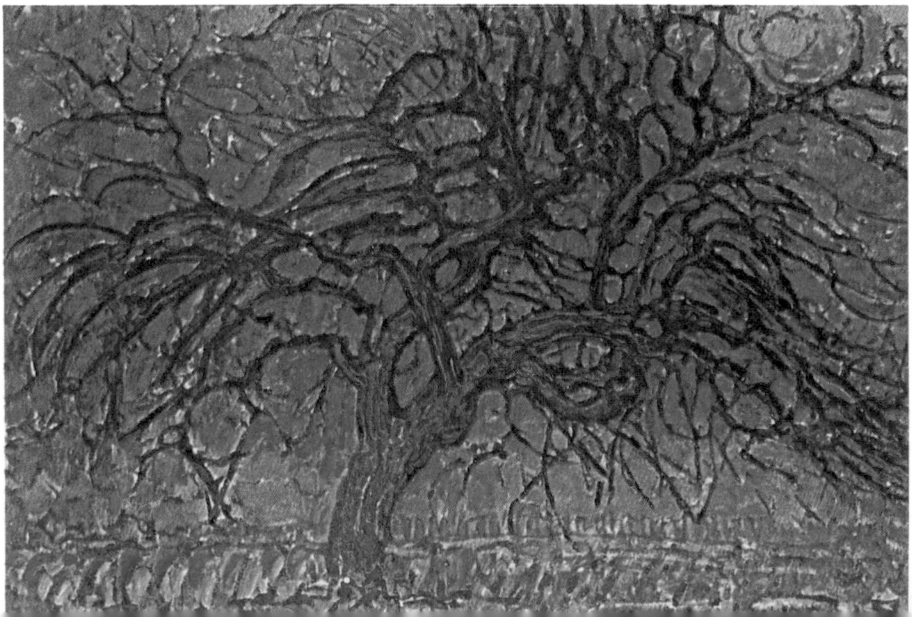

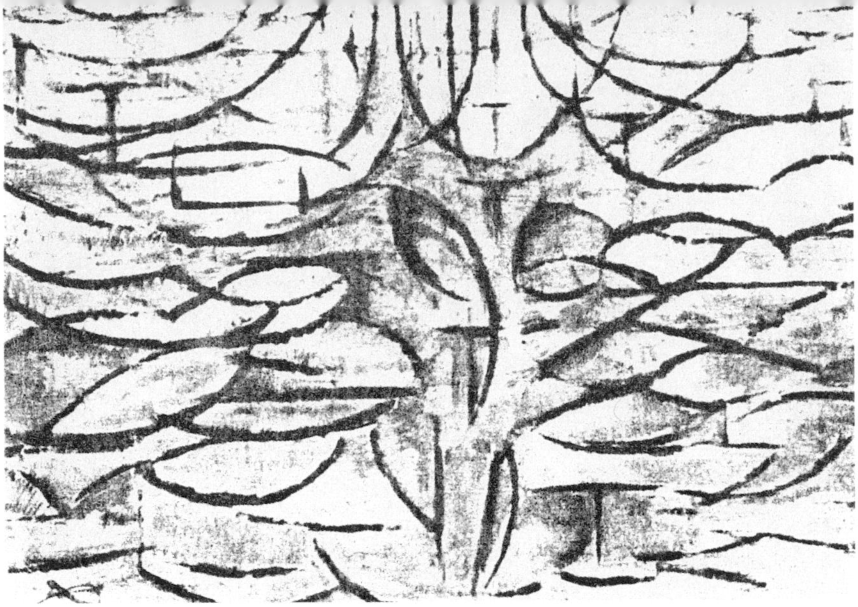

《圖五四》

蒙德利安：盛開的蘋果樹（1921）

的總合，這些形象，在一種空間互持互對的張力下，先是被打破，然後重組，用抽象的圖形，用多重作用與關係的方式進行。這樣一個概念組合下的畫象，不求（也無需）與自然印證。

這種強烈的分析行爲，即在另一個同時發展的運動——未來主義，一個以動感爲美感對象的運動，一個相當依賴「感覺」的藝術運動——竟然也佔著重要的位置。譬如未來主義者說：我們在畫布上重現的已經不是宇宙中的一個定點，而是動的感覺本身……動的事物不斷地覆疊……所以一匹跑的馬不只有四隻腳，而是二十隻。最後這兩句話完全流露了解剖式、分析性的心機。

蒙德利安認爲畫應該完全冷靜地建構，不動情感，不表意。「冷靜」就是承著立體主義的分析精神而來。就是在這個層面上，蒙德利安批評立體主義之不足：

> 慢慢我認識到立體主義並沒有接受它自己的發現所應有的結局；他們並沒有把抽象發展到最終的目的，那便是純粹現實的表現。我覺得這個現實只能通過造型

藝術來建立。純造型藝術主要是不要受制於任何主觀的情感或概念……自然形狀不斷變化，但現實保持永恆不變。要建立造型的純粹現實，我們必須把自然的形狀減縮爲永恆不變的形狀的要素，把自然的色澤減縮爲主要的原色。它的目的不在創造其他的形狀與顏色，而是設法「消滅」它們來獲致更大的統一。

我這篇〈隨想〉並無意把西方現代抽象藝術作一個全面的說明，但以上所引發出來的層面，無疑是非具象藝術以來的主要取向。綜合來說，他們所追求的現實，不是我們可觸可感眞實世界中的現實，而是背離眞實世界的概念世界，亦即柏拉圖所說的「理念本體」，蒙德利安稱他自己的理論爲新柏拉圖主義不是無因的。我們可以看見，不管是以主觀抒情爲軸的現代畫，或是以數理思維爲軸的抽象畫，都不主「再現自然」，都不信賴眞實世界本身那不需要人的力量原來便有的秩序，而把秩序的賦與，發明，完成交付藝術家的知力與想像。是Conceive（通過概念構成）而非Receive（直觀地接受或呈現）。是表現至上的藝術，

《圖五五》

蒙德利安：紅黃藍構圖(1912)

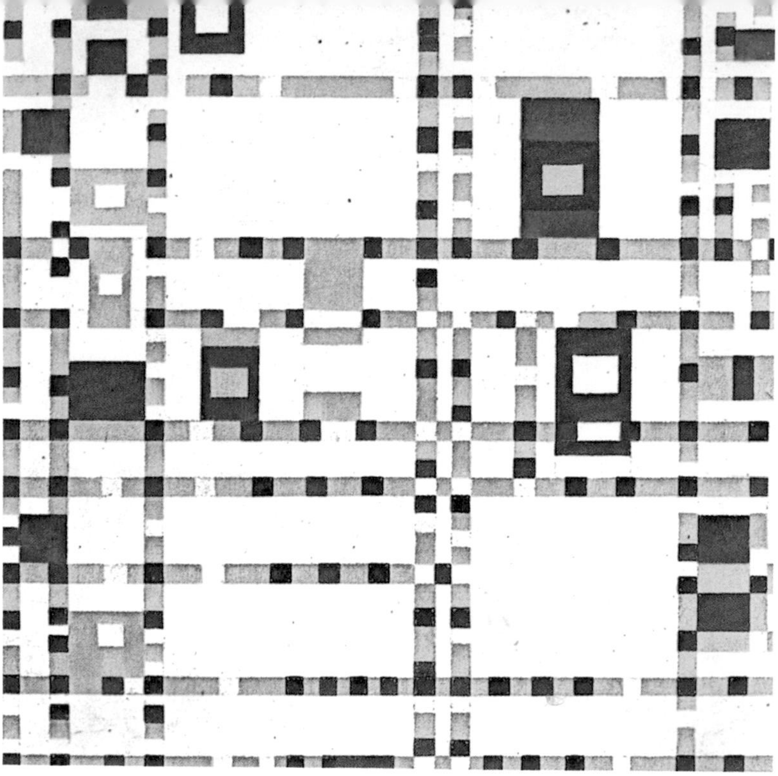

《圖五六》

蒙德利安：Broadway Boogie-Woogie（百老匯熱門音樂）

而非存眞的模寫。

現在回到本文開始的五幀照片。這裡我們可以提出一些新的問題來。

這些照片，用的方法當然是「自然的再現」，雖然它們有抽象畫的態勢。既然是「自然的再現」，它精神的起點應該是不同於以上所描述的西方非具象藝術的。但事實上，我們不能說，這幾張照片只是「再現」的模擬行爲，因爲鏡頭的攝景、母題（虛、實；幻、眞；遠、近）的取捨，明暗、色度的配合，已是構圖的行爲，是一種表現的活動。換言之，這五幀照片是通過藝術的處理而成的。既是模擬的，也是表現的。

這一點，我們不妨拿立體派畫和中國山水畫中的透視及時間觀來比較，我們不難發現二者共有「多重透視」或「迴旋透視」的特色，二者都是設法把不同時間的經驗面再作重新的組合，用同時並現的方式力求全面性，但二者竟是如此的不同！立體派的畫是碎片的組合，中國山水畫是一山一石（許多山在不同時間經驗的，既仰望、復俯瞰、又橫看……）一樹的組合，是迴環穿插既入且出的一個未

《圖五七》

劉國松：寒山平遠

被變形的、引發觀者遨遊的環境。立體派的碎片化，無疑與機械文明有關；中國山水畫不是碎片化，一山一石仍然是可以辨認的栩栩如生，無疑也和傳統的「氣韻生動」的美學有關；但更重要的是，中國的美學始終沒有背離自身具足、無言獨化、自律自成秩序的自然，既要「再現」，亦要「表現」。

在少女峰的五幀照片裡，第四、第五兩張細節的取捨上同時呈現了「表現」與「再現」兩種活動。左角上掛垂的玲瓏清脆具實的幾條小冰柱，把其餘大部份初看是一片虛幻不實的畫面「重寫」（或應說在觀者的心中作第二次的現出）爲完全具實的東西，這時在畫面中幾乎看不見的山石，在雲霧中也突然眞實起來，同時引向雲霧後空間的延展。這都是完全在沒有背離外在世界原狀的條件下所作的藝術組織。而這種攝景的程序事實上和攝影者下意識中的美感傾向有一定的關係；在此，即中國傳統畫的留白、距離變幻、馬一角（即馬遠式的構圖）、虛實推移等。

現代中國抽象畫（目前暫以趙無極、莊喆、劉國松爲例）在這種關鍵上作了怎樣的選擇了。在我和三人分別的

《圖五八》
莊喆抽象作品(1974)

《圖五九》
趙無極作品

對話中（注），他們的意見都流露了塞尚以來所重視的「藝術自有其自律成象」的主張，但比較有趣的是，他們的畫，雖說沒有以「再現自然」爲對象，卻迴響著西方抽象畫所無的自然形象，冥冥中我們覺著雲的活動、氣的凝散、水濺、雪傾、石突、山斜……。這，我想，也是和畫家長期接觸中國傳統畫境和他們下意識中承接了其中的表現策略有關：留白、距離變幻、虛實推移……等。（見圖五七—五九）我曾經用兩段話來探測他們的反應，而這兩段話都馬上得到他們的認可及首肯，這兩段話是㈠老子的「惚兮恍兮，其中有象，恍兮惚兮，其中有物」；㈡司空圖的〈雄渾〉篇：「大用外腓，眞體內充，返虛入渾，積健爲雄，具備萬物，橫絕太空……」而這兩段話，則更能在我和慈美所看到的雲山的生變中得到印證。慈美的鏡頭所攝取的，只是橫絕太空恍惚中的一、二成象而已。

注釋：請參看我的《與當代藝術家的對話》（東大，一九八七）一書。

散文詩

爲「單面人」而設的詩的引橋

> 在我們一生許多企望的瞬間中，誰不曾夢想過一種詩式散文的奇蹟呢？無韻無律的音樂性，既柔軟粗獷，易於適應種種表達：靈魂的抒放，心神的悸動，意識的針刺。

自從波特萊爾在其集子*Petites Poèmes en Prose*序中發出上述的申訴之後，散文詩Poème en Prose這一個文類，作爲一種刻意追求的表現形式，便不脛而走，被全世界的詩人應用着發揮着。試看邁克・班乃廸克(Michael Benedikt)編的《國際散文詩選》，雖然忽略了亞洲的文學傳統（除日本外），眞是洋洋大觀，七十餘作家，凡五、六百首。而在中國，在一九二〇年前後，屠格涅夫、波特萊爾、尼采、泰戈爾的散文詩都相繼被譯出，《文學旬刊》上復有西諦等人寫的介紹。不少人開始襲用這個文類，其中最成功者莫過魯迅的《野草》，我在最近的一篇論魯迅的文字中（〈兩間餘一卒、荷戟獨徬徨——論魯迅兼談《野草》的語言藝術〉），另有論述，在此不贅。

但散文詩這個文類，在理論批評文字中，至今沒有出現令人覺得可以依憑的美學據點的討論。其原因固與波氏未作明確的界定有關，但最大的困難，還是由於創作者提供出太多不同面貌的作品，而都一概冠之以「散文詩」之名。一時間無法找出可以貫通的一些脈絡。由詩意詩味純濃的象徵主義的作品到後現代時期「語＝言＝詩＝派」（L＝A＝N＝G＝U＝A＝G＝E Poets）的一些平淡直敘，看來與一般散文無甚差別的作品之間，打開了一個無限寬廣的表現世界，彷彿兼收並蓄，可以包羅萬象。也許是這種似乎是無盡的開放性，使到批評家不願將之「圈定」，不願意着墨太多。

但這也不是說，什麼散文都可以稱爲散文詩。有不少中國作家，尤其是大陸的作家，只把散文略加美化便冠之以散文詩之名，其實，它們往往只是一種美化的散文而已，沒有詩的「觸動」。我在這裏必須很小心，我不願、也不敢動輒以「詩的眞性」、「詩的本質」這些堂而皇之的用語來作衡量、甚至壓制一些新的寫作。事實上，我同樣不願意用「界定」來「圈死」猶在生長變化中的文類。我覺得此時此刻最好是把它放回它被提出時的歷史場合來觀察，試圖了解它被提出時背後的一種因應變化的內在邏輯及其所訴諸的一些美學取向，包括「散文」在「散文詩」這個混合文類中所扮演的角色及其對詩固化的一些策略所提出的挑戰。

在波特萊爾提出「散文詩」這個混合文類時，他雖然沒有做出很清楚的界說，但很顯然地，它必須具有「散文」和「詩」兩種特性。這裏有兩個問題：㈠爲什麼要用散文方式去寫詩？㈡要具有哪些特色和條件的散文才可以稱之爲散文詩呢？第一個問題我們將留在後面討論。我們先處理第二個問題。在這裏，相關、也許是更重要的一點是：在波氏的歷史場合裏，在他生活與運思的社會空間裏，他稱之爲詩的東西是什麼？每一個時代有每一個時代的偏愛，大致上說，波氏和其他的象徵詩人突顯了Lyric做他們「詩質」的依據，（我們在此不用既定翻譯「抒情詩」一詞，因爲Lyric抒的不一定是「情」。）爲什麼他們會獨鍾Lyric這一個文類呢？一條歷史的線索可以追到愛倫・坡的理論。坡認爲一首詩要能抓住讀者，要他全神貫注，必需要短。所有的敍事詩，尤其是史詩，實在只是一些詩的「瞬間」，用散文串連起來而已。換言之，史詩或敍事詩中的「敍述」和「說明」都是散文，只有其中令人凝神的「瞬間」才是眞詩。他的理論中還包括如何有計劃地用種種意象和音質造成氣氛達到預期的效果等等。從這一條線的歷史來看，我們有相當詳細的明證，說明波氏和馬拉梅在翻譯了坡的〈大鴉〉一詩之後，稱坡爲「師」，並宣稱他們在他那裏學到近似數字那樣精確的氣氛與效果的營造。象徵主義這些要求，復是龐德堅持「詩是一種靈召的數學……是情感的方程式」和艾略特「客觀的對應物」和「情感的對等」的源頭。(詳見我的*Ezra Pound's Cathay*一書第二章的討論)。

但這一條歷史線索並不能說明波氏社會空間中要突顯Lyric的內在需求、內在邏輯和後來又轉向散文作試探的吊詭性。關於這一點，我們可以從波氏的一首散文詩〈光環的失去〉談起。這首散文詩，寫一個詩人——「精髓的鑑賞家，神蜜的喝飲者」——出現在一間下等酒吧裏，人們驚異的問他怎會淪落在那裏。他先敍述他在街上遇到交通上的恐怖情況，然後說：「今天早些時，我正在快速過馬路，在混亂動盪中的泥污間彳亍滑行，死亡從四面八方衝來，我不小心一轉身，我的光環從我頭上彳亍滑溜下來，直落在碎石路的糞污中，我覺得太狼狽、太煩亂，沒有把它拾起來。我決定我寧可失去這個揚名天下的徽章，也不要跌到骨頭破碎。然後，我也告訴自己，任何壞事都有好的一面……現在我可以微服出遊，不帶任何階級的行爲意識，可以縱情作樂，像常人一樣。你看，正如你們一樣……。」

這首散文詩寫的是，詩，作爲一種人性的「精髓」「神蜜」的演現，亦即是班傑民(Walter Benjamin)和艾當諾(Theodor Adorno) 來往書信中所強調的「靈氣」(aura)，在科學至上主義工具化理性高昇所帶來的人的分化支離、物化、商品化、異化、減縮化的過程中已經蕩然無存。作爲自然體的我的存在和作爲「靈氣」的表達的語言都完全被工具化、平庸化到感受性的完全喪失。就是因爲這種哈伯瑪斯(Habermas)所說的「人性的殖民(征服)」(Colonization of humanity)，後期馬克思論者艾當諾和霍克海默(Max Horkheimer)等人對源自於波特萊爾和馬拉梅的現代主義有積極的看法，認爲它是對物化、異化、減縮化的社會力量的抗衡，要重新喚起被壓制下去、被遺忘了的人性。

艾氏認爲：眞正的藝術必然要具有解放的潛力，從上述那種社會宰制解放出來。眞正的藝術是在它純粹昇華而彷若超然於社會或無涉於社會的狀況下肯定其獨特的社會政治性。現代詩、現代藝術、現代音樂保持着它們的自發性而與現行宰制性的社會形成一種張力，同時在它們超越現行社會狀態時指向失落的人性；換言之，它們在所謂「社會性的缺乏中反而把社會壓制自然與人性的複雜眞實反映出來」。艾氏又說：「美感的昇華是把文化工業（指物化、商品化、目的規劃化的文化取向）所鼓吹的理想現實性之假面揭發出來；文化工業做的不是昇華，而是壓制」。艾氏就是在這個關鍵下說明了Lyric在波氏歷史場合和社會空間裏突顯的意義：

> 當編制性的社會愈超越個人，Lyric的藝術的情況愈游疑不定。波特萊爾是第一個註記這個現象的詩人，他拒絕止於個人的痛楚：他超越個人的痛楚而控訴整個現代世界反Lyric（反詩）的態度，通過一種近乎英雄式風格的語言，他從控訴中搥鑿出眞詩的火花……通過一種自身絕對客觀性的建立，這種詩無視現行社會狹窄的、受限歷史性的、意識形態片面的所謂客觀性的傳達方式……而設法保持一種活潑潑、未變形、未沾污的詩。

我們現在來看看Lyric的一些基本運作。Lyric的一個主要事實是：無論它早期作爲曲調中的詞或後期作爲主觀感情傳達的體式，都不強調序次的時間。在一首Lyric裏，詩人往往把感情、或由景物引起的經驗的激發點提升到某種高度與濃度。至於常見於敍事詩中有關行爲動機的縷述和故事性發展的輪廓，在Lyric裏常常是模糊不清的，或只有部分枝節的提示，而沒有前後事件因素的說明。則甚至在某些故事的抒懷詩裏(Story Lyric)，都往往只具一些暗示性的線索而已；在一些更純粹更核心的Lyric裏，如象徵派的詩，如里爾克的〈給奧菲爾斯的十四行〉，則完全潛藏在詩的背景裏。一首Lyric可以說是把一瞬間感受的激發點的內在肌理呈升到表面。一首Lyric往往是把包孕着豐富內容的一瞬時間抓住；利用這一濃縮的一瞬來含孕、暗示這一瞬間之前的許多線發展的事件，和這一瞬間可能發展出去的許多線事件。它是一「瞬」或一「點」時間，而不是一「段」時間。在一段時間裏，時間的序次才佔有重要的角色；在一「點」時間裏，沒有序次的發生。雖然我們了解到，語言是序次的東西，事物仍舊序次出現；但在我們的意識裏，這不是時間的序次，而是一瞬間經驗、感受內在空間的延展，我們彷彿是從經驗、感受的核心來來回回的伸向圓周，亦即是不斷地回到一點時間中的激發點。則在詞調的早期的模式裏，它的結構也是由一個簡單的情感、經驗的爆發，通過音樂漸次增長，重覆，迴環，變化來建立一種強烈的力量。

由於是經驗、感受被提昇到某種高度或濃度瞬間中的交感作用，其中便有一種「靈會」，與某種現實作深深的、興奮的甚至狂喜的接觸與印認，包括與原始世界物我一體的融渾，包括與自然冥契的對話，包括有時候進入神秘的類似宗教的經驗。這種冥契靈會，在意識上是異乎尋常的出神狀態或夢的狀態；在這種異常的狀態中，形象（包括意象，象徵）極其顯著，在一個與日常生活有別的空間中，戲劇化的演現，因爲不受制於序次的時間，序次的邏輯切斷或被隱藏起來，因而打開一個待讀者作多次移入、接觸、重新思索的空間；詩的演進則利用覆疊與遞增，或來來回回的迂迴推進。其旋律屬於自由聯想式、冥想式，常常突破定律常規、若斷若續、不可預測地，在意識門檻的邊緣徘徊，以聲音迴響或意象迴響代替字義的串連。在運作上往往用一個具有魔力（或強烈的感染力）的形象或事件先把讀者抓住，在被抓住的當兒，往往只有一種強烈的感覺，一時間會理不出其間的走勢、意義的層次，讀者要在其間進出游思，始可以感到其間的複旨複音複意。

假如我們現在轉到象徵派的一些散文詩，我們便會明白其間的運作，了解那個時期所推出的散文詩之意涵，及其在當時社會空間出現的作用。讓我們現在細心地——因爲不是工具化語言所要求的一蹴而得——依着其演進走入馬拉梅的〈白睡蓮〉的行程：

白睡蓮

馬拉梅　作
葉維廉　譯

我已划了好一段時間了。撥掃的、律動的濶槳，眼睛內向於動的遺忘，那時笑聲自四邊漣展。如此多的凝止協助著我排遣這時刻，而突然被擊舟的一個沈響驚醒，我只知道我此時被揚起的槳上幾個字母持續不斷的閃爍所打住，而也只在此時我才記起現實世界中我所處的位置。

是什麼事情呢?我在想。我人究竟在哪裏?

爲了重溯我探尋的路程，我得在記憶中往回走，走到一清早離開的時刻，在炎焰的七月，沿著兩岸入睡似的植物間晶晶閃爍的空隙，彎狹而心不在焉地散流的溪上，去追尋水之花；但也有意去看一處鄉間別墅，我一位女友的女友的莊園，和用最得體的方式去向她致意。沒有任何草的緞帶特別要把我繫於某一景色——所有的景色都被相同的槳式推後——我被擱淺在蘆葦草叢間，是我所有的行程中最奇特的終站，在一條河水的中央。一個極其含糊不清的地方，突然擴大爲眾水之林，流溪有水池未被吹皺的自在，猶如地下潛泉斷斷續續若出未出淡淡的漣動。

待我仔細觀察，我才發現，在流水中間的這一叢綠，那種圍繞著草地常見的樹籬，遮蔽著延跨兩岸的獨拱橋。此時我覺識到：這是屬於那位……我行將拜會的「女士」的莊園。

這是個獨特季節中最動人的環境。無疑地，會選擇這種深秘而又水色泛然的隱居者，其個性將必符合我個人的品味。顯然地，她把這琉璃的水面變作一種內在的鏡子，來擋住下午曖昧的強光。她已出場，柳樹的銀霧很快便變成她視矚的透亮，依著每塊葉子的輪廓而逐漸清明。

我召喚全然燦亮的她。

以一種我好奇的運動員的姿式彎前——彷若被異客出現前巨大的寧靜所誘陷似的——我微笑，微笑於我將與這女性出現可能引發的盟契，一如盪槳人的鞋子得心應手地抓住船底那樣貼切合拍。

「她或者任何人……」我正要做一個總結…

一個幾乎無法感知的聲音使我開始懷疑：岸上人是不是此時侵困了我的閒逸？或者，相對於我所期望的，也許這只是池水的聲音。

步履停止。爲什麼？

噢，步履來來往往微妙的秘密引領著我的想像前進，向著潛藏於白麻與花邊裙間的迷人的陰影，向著裙子踝前踝後地以游離界線的流動趨前，以一種典雅的步履，把所有的摺痕都抛在火車後那樣，爲自己打開一條路，雙箭地向前猛飛。

不然，散步者有她站在那裏的理由？是因爲我，把頭提得太高，高過蘆葦的草端，把蒙蔽著清明心神的欲眠狀態散佈開來，去追問這份神秘？——

「女士啊，不管妳的特色是什麼，我眞確地感到這些輪廓的準確性是一種威脅，要把簌簌的到臨所形成的無法界義的某種事物打斷，一種屬於本能的、探尋者無法否決的、潛藏在下面的迷符，甚至像妳那編結乾淨俐落的腰帶上的鑽石帶扣也無法否決的迷符。像我現在所擁有的朦朧不清的意象是很足夠的：它並不違反『共性』所欽定的喜悅。我說的是那命令並允許把衆異的臉排除的『共性』——被排除到一種情況：當任何的一張臉顯現（啊！請不要把妳那界定清明到沒有一絲疑問、無法容忍我心懷中瞬息即變的現象的臉轉向我啊！）都會把我在完全獨立自主的情況下生發的興奮逐走。」

我也可以把我冒充水的刼掠者的出現解釋爲純然是機遇的產物。

我們一面隔離但一面又統合：我沈浸入這種混合的親蜜，在這種水樣的懸疑裏，我的夢再進一步把步履懸疑的女子推延，而把「她」更堅實地——比一連串拜訪的疊象還要堅實地收結在這裏。相對於我持而未發的對話，我們需要多少沒有結果的交談——低低在桃花心木板之間，傾耳向一展無垠已然轉寂的沙灘——始可以捕捉到如我們現在直感而得的和諧？

這一個頓止將由我疑決的長短來量度。

夢啊，給我一些指示吧，我該如何去做？

我將用最後的一瞥把滿盛此孤獨的「原無」集起，一如爲了紀念一個特別的地方，我們採擷神秘的、猶未開放並由未斷的夢苞孕著空與白的一朶睡蓮，一如我爲了怕她的出現而把呼吸凝住而凝成未斷的夢，我將悄悄離開此地。靜靜地離開，緩緩地作反方向的盪槳，輕輕地一下一下地前行，不讓任何一槳打破這個幻象。我離去，不讓泡沫偶然在我刼持的「理想之花」淡淡透明的足影前破滅。

一旦，啊，或感著一種異乎尋常的活動，一旦她「已然」出現——冥思的「女士」，傲慢的「女士」，頑皮的「女士」或殘酷的「女士」——更不敢想像那張我永不欲知道的恍恍惚惚的臉！總之，我依著規則正確地完成了划者的運作：因爲我已經推離、轉向，而且已經沿著岸彎行進，帶走了，如高貴的天鵝卵：在我戰利品的杯中，盛滿了「精緻自我的消失」，那夏天時分多少女子樂於要沿著花園的水道追尋的「自我的消失」，她們行行止止的留連，在待渡的泉邊，在不知名的水岸前。沒有飛翔，自這樣一個想像的杯中。

這首〈白睡蓮〉扮演著兩種角色，它既是Lyric（對象徵詩人來說就是「詩」）演現的過程（其間的運作完全符合我前述有關Lyric的特色：打破序次時間包孕多線發展迂迴覆疊推進在意識門檻前若有若無若即若離產生的某種通過「無」而顯現豐富盟契的一瞬），也是一首具有社會批判性的「詩藝詩」（Ars Poetica，以詩論詩，這裏是以散文詩體論詩）。當他說：「像我現在所擁有的朦朧不清的意象是足夠的：它並不違反『共性』所欽定的喜悅。我說的是那命令並允許把衆異的臉排除的『共性』……排除到……把我在完全獨立自主的情況下生發的興奮逐走」的時候，也正是詩人在文化工業以理路清明爲藉口所形式的「知感工具化、隔離化、單線化……」的宰制下發出的抗議。馬拉梅要讀者通過他的詩的演現（包括我描述的迂迴過程）再一次觸及人已經廢棄了的想像活動，在詩的邊緣或缺席間顫動。以寫「單面人」（One-dimensional man）見著的後期馬克思理論家馬庫色（Herbert Marcuse）完全投入馬拉梅的詩和理論來建構他的「負面的辯證」，不是沒有原因的。這却不是反對現代主義的庸俗馬克思主義者始料所及。

要具有哪些特色和條件的散文才可以稱之爲散文詩呢？我們或者可以暫時做這樣一個結論：以法國象徵派詩人心目中的詩質來說，散文必需要具有前述有關Lyric的運作脈絡，才算接近這個特定歷史下產生的「散文詩」。我們在這裏必需說明的是，不是所有的象徵派的詩人都如馬拉梅那樣詩意泛然的濃縮。有些會比較注重音樂的複疊變化的層層引進，有些會著意於異常狀態與奇幻思境，有些要通過事件類似儀式劇的律動性的進行來引至一種驚悟，有些會利用攻人之未防來作邏輯的飛躍，而在法國超現實主義以後的發展中，更有夢與現實不分的一種異常世界出現等。我只能留待以後一一譯介說明。

現在我們來探討第一個問題：爲什麼要訴諸散文的形式呢？耐人尋味的是，波特萊爾往往在寫完一首詩之後，又將之寫爲散文詩，這又意味著什麼呢？我們還注意到，在「散文詩」作爲一個新文類被提出的同時，也有人提出了「自由詩」，另外，在詩的理論上，又有不少人主張「詩要寫得像散文一樣的好」，這，幾乎有點像本末倒置。我們要怎樣去理解這些現象呢？以上三點都是互爲關係的。我們先從「自由詩」說起。

「自由詩」之提出，不管你以後用什麼理論去說明它（如艾略特「詩中沒有自由」的說法），其主要意義無疑以「自由」二字爲基礎。在其提出之「際」，是有政治意義的，亦即是反對形式的僵化和形式（不管是什麼形式）宰制、框死想像空間的霸權。其目的就是要創作由關閉的形式走向開放的空間。要給想像活動和表現行爲更大的空間，這自然和因抗拒社會宰制所興起的民主自由思想有關。而潛藏在反文化工業的理論後面的，事實上也是要尋求一種解放。散文化的訴求當然也應作如是觀。事實上，他們呼籲通過說話的方式回到自然語。

但正如我在〈從跨文化網路看現代主義〉一文中提到的，現代主義中語言問題出現了一種弔詭的現象：「一方面，爲了抗拒實證主義工具性影響下語言的單面化，詩人呼籲另一種準確性，所謂含蓄式的準確性（多線發展，意義不決定性），用打破語法，打破時序來求取一組放射意義的符號。另一方面，爲反對十九世紀作假不眞的修辭，他們又呼籲回到自然語，甚至回到散文，作爲詩的媒介。在現代詩發展最高峯時，這兩個方向始終沒有由和解導致綜合。」我在文章中另外指出，在這個層次上，中國古典詩——既能含蓄多義又透明易識——曾經在二十世紀上葉發生過作用。

但在象徵主義詩人發展的時段裏，他們所追求的濃縮與多義或歧義性，相對於工具化了的實用語言，便成了一種「獨特」的語言。因爲大衆在語言的認識上已經單線單面化,面對這「獨特」的語言便有「隔」和「難懂」之議。我們把波氏的詩〈髮〉及其重寫成的散文詩一比,便會發現散文詩用的語言,起碼在主要的推展上,是散文的,亦即是接近自然語的推展,接近一般傳達的語態,包括平平的說明與敍述,不會馬上用邏輯的飛躍,而慢慢地把讀者引進一個由濃縮放射性的意義或複旨複音構成的詩的中心。事實上,在馬拉梅的〈白睡蓮〉中,散文傳達的方式也發揮了同樣的作用。譬如:「我已划了好一段時間了……」「爲了重溯我探尋的路程……」「待我仔細觀察,我才發現……」都是一再地回到讀者用語同一的平面上,把「高蹈的」威脅解除武裝,帶領著讀者安心進入去探尋。

這裏我想通過解讀魯迅《野草》集中的〈復仇〉來看看散文與詩之間的互玩。〈復仇〉一開頭,用的竟是醫學實驗報告那種冷靜、顯微鏡式的敍述,一種實用世界的「散文」語言,熟識,不費解,有線可循:

> 人的皮膚之厚,大概不到半分,鮮紅的熱血,就循著那後面,在比密密層層地爬在牆壁上的槐蠶更其密的血管裏奔流,散出溫熱。於是各以這溫熱互相蠱惑、煽動、牽引、拚命地希求偎倚、接吻、擁抱,以得生命的沈酣的大歡喜。
>
> 但倘若用一柄尖銳的利刃,只一畫,穿透這桃紅色的,菲薄的皮膚,將見那鮮紅的熱血激箭似的以所有溫熱直接灌溉殺戮者;其次,則給以冰冷的呼吸,示以淡白的嘴唇,使之人性茫然,得以生命的飛揚的極致的大歡喜;而其自身,則永遠沈浸於生命的飛揚的極致的大歡喜中。

第一段雖然是近乎日常生活的語態,但因爲給與細密的凝注而產生一種特別的切近感,而由這切近感,通過「溫熱」的奔流擴散而聯想到生命運作中的互相蠱惑、煽動、牽引、偎倚、接吻、擁抱,以得生命沈酣的大歡喜。由中心一點向外擴展到生命大環之運作,由日常普通的觀察提昇到大我宇宙之連繫。至此,用的仍是屬於常境中一般邏輯的語態。因爲轉到第二段時還用「但倘若……」這種屬於「說明性、討論性」的語態，要讀者依循他建立的邏輯去了解。因為一柄利刃，那「生之溫熱」便完全改觀，由「鮮紅」變為「淡白」到「人性茫然」。第一段寫「生的運作」，第二段當然是寫「死之發生」了，但魯迅沒有提到「死」這個字，讀者自然知道，但有一種異乎尋常、謎樣費解的感覺，因為那「死」竟是「生命的飛揚的極致的大歡喜」。當第一段音樂的母題「生命的沈酣的大歡喜」在第二段作變奏的重覆而變為「生命的飛揚的極致的大歡喜」時，在閱讀的初觸時，因為音樂母題的重覆，讀者在感覺的第一個層次不是「死亡」的感覺，因為音樂的迴響使他暫時不去想到「死的恐怖」或與死的其他的意義，而去追索這迴響可能有的意義，加上作者用的又是「生命的飛揚的極致的大歡喜」。但這追索自然馬上還會回歸到濺血後的冰冷、淡白的死這個現實來。這時讀者面對一個費解的謎：這「生命的飛揚的極致的大歡喜」可是佛家的涅槃——圓寂的感覺？我們馬上會否定這個結論，雖然語義上有足夠的暗示：因為涅槃雖是大歡喜，恐怕不能通過殺戮（不管是自殺他殺）來完成。那麼，這裏的「大歡喜」又是什麼意思呢？魯迅就是這樣引人入勝，引起我們的期望。魯迅繼續推展：

> 這樣，所以，有他們倆裸著全身，捏著利刃，對立於廣漠的曠野之上。
>
> 他們倆將要擁抱，將要殺戮……

一個劇場展開了。但「他們」是誰？有一種神秘感，我們期待著。馬上有行動了，是要擁抱？是要殺戮？作者沒有馬上答覆，鏡頭一轉，把「行動」（答案）推延，這種推延，是要在讀者的心理空間中製造興趣，即俗語所謂吊胃口。鏡頭一轉：

> 路人們從四面奔來，密密層層地，如槐蠶爬上牆壁，如螞蟻要扛鯗頭。衣服都漂亮，手倒空的。然而從四面奔來，而且拚命伸長脖子，要賞鑒這擁抱或殺戮。他們已經預覺著事後的自己的舌上的汗或血的鮮味。

「密密層層地，如槐蠶爬上牆壁」原是用來描述血管在皮膚下的奔流的，現在用來描述「路人」，這個迴響，是說他們血肉上是一樣的嗎？新加的形容詞「如螞蟻要扛鯗頭」，則是一種令人厭惡的景象。衣服的漂亮和手的空，代表了他們是徒具虛殼的空洞的人嗎？預覺在「舌」上的汗和血的「鮮」味，是暗示他們把「擁抱」與「殺戮」視作一種色食的享受嗎？如果是，讀者（尤指該篇登出來時的讀者）和路人同時等待賞鑑的這一場變化，可是相同的人？魯迅就是如此細微技巧地在讀者心中建立這些來來回回的對話，讓他們因感而思而疑而（也許可以）內省。是「擁抱」還是「殺戮」呢？大家期待著：

> 然而他們倆對立著，在廣漠的曠野之上，裸著全身，捏著利刃，然而也不擁抱，也不殺戮，而且也不見有擁抱或殺戮之意。
>
> 他們倆這樣地至於永久，圓活的身體，已將乾枯，然而毫不見有擁抱或殺戮之意。

不擁抱也不殺戮，這個凝滯凍結的形象，無疑與魯迅其他散文詩中呈現的不得以出不得以進卡在中間的門檻情狀有關。但魯迅用了象徵主義、寓言式的徵象和表現主義的筆觸，使這個形象充滿了放射性的潛能。首先，象徵主義慣常把經驗放在一種奇境、異境，作爲一個在日常世界不會發生的形象或境狀，讓它發出多重意義，兩個這樣的裸體在廣漠的曠野之上相持至永久，正如馬拉梅晚期的一首詩中在冰河上凍結的天鵝放出的熠熠的光華那樣，是眞實世界所沒有的；它們被放在一個氣氛獨特的舞臺上，放射出多層的含義。所謂寓言式的徵象，是莊子中的寓言或卡夫卡的作品那樣，不但含有多種可能的解釋，甚且可以把兩個或三個互相排斥的意義同時含凝在同一個寓言裏。所謂表現主義的筆觸，是透過一種強烈的顏色、線條、姿勢來喚起一種滲滿了複雜感受感情的境界。魯迅由平凡進入異常後的抒情策略，幾乎統合了現代主義中這三種特色。現在讓我們看結局：

> 路人們於是乎無聊；覺得有無聊鑽進他們的毛孔，覺得有無聊從他們自己的心中由毛孔鑽出，爬滿曠野，又轉進別人的毛孔中。他們於是覺得喉舌乾燥，脖子也乏了；終致於面面相覷，慢慢走開；甚而至於居然覺得乾枯到失了生趣。
>
> 於是只賸下廣漠的曠野，而他們倆在其間裸著全身，捏著利刄，乾枯地立著；以死人似的眼光，賞鑒這路人們的乾枯，無血的大戮，而永遠沈浸於生命的飛揚的極致的大歡喜中。

路人只作壁上觀，當然是屬於魯迅在〈吶喊〉序中所講到的中國人的文化冷感症：「獨有叫喊於生人中而生人並無反應，既非贊同，也無反對，如置身毫無邊際的荒原，無可措手了。這是怎樣的悲哀啊。」這當然也是，魯迅在仙台讀醫時的故事：在一次幻燈放映聚會裏，看到一些中國人被日本人凌遲時，旁邊的中國人竟是不覺羞恥、沒有憤怒甚至帶有惡笑的無感無覺。「冷感」「無聊」却是一種傳染的病毒，是文化引向乾枯滅絕的一種武器。怎樣都沒有想到，故事不知不覺間一轉，被做爲壁上觀的目標反過來「賞鑒」路人的乾枯。原先，在劇場上的兩個人，我們希望他們擁抱，擁抱了，也許會得到一種和諧的結合；不然，殺戮也好，殺死了，也許可以轉機新生，都可以衝破當前的「死水」的文化情境。但中國文化就彷彿「卡死」在其間，路人（所有的中國人）如果肯「介入」，也許可以改變現代中國的命運；但他們以爲與他們無關的「困境」，却是「無血的大戮」，一一把他們致死。當「大歡喜」這個變奏第三次響起的時候，是在絕境中解脫後的一種歡喜嗎？還是在最深的沈痛裏發出來的一種自嘲嘲人呢？讓我們，還沒有完全被冷感、無聊擊敗的人去冥想吧。

假如我們說，波特萊爾和馬拉梅等人的散文詩，通過他們所處的社會空間的批判，最後呈現的是「美」與「理想」，偏向於「純詩」的追求；則魯迅在關懷上無法與波、馬認同，他寫的是中國在外來文化與本土文化爭戰下的一種廢然絕望，最後雖然希望較理想的中國文化再現，但絕對沒有想到「純詩」和「美即宗教」。然而在語言的策略上，他却完全掌握了象徵主義特有的散文詩典範中散文活動與詩活動互爲推展的演現方式。在超然與介入之間，法國象徵主義的詩人和魯迅，在散文詩這個文類裏找到了最適切、最有效的傳達。

閒話散文的藝術

前言

散文的藝術怎可以用「閒話」來寫呢　你說　但我是出於下策　談散文的藝術　我算老幾　人家浸在散文藝術裡少說也有二、三十年了　識見心得都是第一流的　當然可以堂堂正正的來個「細論散文的藝術」　我呢　能遠遠看到莊園的外牆也就不錯了　評頭品足我根本就不配　幸好「閒話」是大家都可以用的題目　就借來支撐支撐吧　閒話就是閒話　散些亂些大家還可以原諒　我就放心了些

是爲前言

每次　當有人提起詩這個名字的時候　我們就肅然起敬　彷彿說　詩　非高人雅士不可得　彷彿說　詩　身分特殊　是雅正　是貴族　上自君下至民　無不認爲　詩乃一國之經緯　一民族精神之承存　說什麼詩者持也　動不動想起大仁大德　想起詩教　嚴肅明正凜凜焉　於是批評家要建立聲威　多半由詩開始　要原道往往就是原詩之道　詩　好像是文學的元配夫人　位正威嚴　大家都不敢藐視　大家都帶幾分敬畏　君不見五年一爭寵　十年一革命　大家都振振有詞　彷彿正義當前　詩　是何等完美的事業　豈可隨意糟蹋　豈可隨意改容變體　彷彿大家都熟知或應知詩爲何物　而事情的眞相卻是——

讀詩的人並不多　知詩的人則更少　讀得最多的不是嚴正凜凜焉的元配　而是被人看成偏房的散文　在臺灣

至少有二十份報紙十餘本雜誌刊登大量散文　據季季的統計　每年約共三千至四千篇　詩三百可以成經　四千篇散文中披沙揀金　果眞無法成爲一大文類？　還是這位在側位的美女太柔順了　從來沒有被牽入文學論戰　好像也沒有引起什麼互相猜忌互相仇視的事　人家「文人相輕」散文裡呈現的態度似乎「文人相重」的還要多些　是什麼緣故　散文甚少引起軒然大波的事件？　是什麼緣故　批評家甚少在散文裡建造大的美學理論？　備受暗戀而不得正位　在學院裡　散文被拿來襯托詩的高致　至於作爲獨立體制的討論　至少未見

是因爲　有人告訴我們　散文　像未反正翻身前的「小說」那樣　是鬆散雜亂無章的含義　小說的「小」就是不重要無關緊要的意思　小說　在翻身之前　不屬正統的經史子集　是small talk trivial talk　是邊緣文類

是絮言瑣語　今日的散文的前身之一是「小品」「小品」的前身是「小文」　以前都列入「小說」裡　反正是「小」的就是了　也許可以說　是散文家自己不好　不好好建立門牌與商標　文就是文　爲什麼叫做散文　散文就是不緊湊的意思嘛　好像這還不夠　又自作賤自稱爲「雜文」「絮語」「瑣言」「詹言」「漫談」「隨筆」好像鬧著玩似的　君不見詩人們　動不動用宏麗壯大的題目以明詩　轉倒散文

便是詩之餘之餘　彷彿是可有可無的東西　或說　歷來散文的園地是公開的　誰有話都可以說　你愛怎樣說便怎樣說　都是文章　統稱散文　界限寬闊　最爲自由　這話雖然合乎歷史事實　但對散文被看成偏房這一個事實　不知有什麼好處　譬如　管管說得很活潑　他說　「借條是散文　書信是散文　回憶錄是散文　叫魂帖子是散文　日記是散文　警告逃妻是散文　失物招領是散文　廁所文學是散文　廣告是散文　祭文是散文　祝壽文是散文　墓誌銘是散文　當然結婚離婚證書也是散文」　借條裡有沒有我們稱之爲文學的散文？　我的答案是：有——但極少　書信很多是散文　但很多也不是　回憶錄多半可以成爲散文　但也有不是的　叫魂帖子當然也可以寫到文學氣質很濃厚的　其中不是散文的質素我們能不能辨別出來……我要爲散文申訴的方向之一在此　你們說　管管這話不錯

我也沒有說錯 那一個討論散文歷史不提到： 古文、論策文、諸子、辯士之詞、碑銘、奏議、誄辭、傳記……或明代的小品：遊記、序跋、尺牘、日記、雜記、論說這裡所說的與管管的話無異 散文確是可以包羅萬象——由大事象到瑣碎事情——的類別 散文 管管繼續說「不那麼專業 只要你想寫 就放膽寫吧 沒有幫規也沒有禁忌 愛怎樣寫 就怎樣寫」「不專業」 對 這可能還是散文的長處 「沒有幫規」 也可能對 這可能也是散文的長處 「愛怎樣寫 就怎樣寫」 問題在「怎樣」是怎樣形成的？ 果眞出口成章嗎？ 這是我要申訴的第二點。

描寫散文的類別不難 楊牧七類 很有氣勢 他說近代散文可以歸納爲七類 「一曰小品 周作人奠定其基礎二曰記述 以夏丏尊爲前驅 三曰寓言 許地山最稱淋漓盡致 四曰抒情 徐志摩爲之宣洩無遺 五曰議論 趣味多得之林語堂 六曰說理 胡適文體影響至深 七曰雜文 魯迅總其體例及神情」 可謂得其近代散文發展之大要。

描寫散文一般的格調和效果也不難 張秀亞的描述極盡其善 她說 「我們近代的散文 不只如知堂老人所說的帶有『澀味』與『簡單味』 更富於哲思、理趣 有的且含有深刻智慧凝成的機智與幽默…… 此外有些作家常常用巧妙的冲化古典詩中的句子入文 更利用色彩、意象、同極富感性的字詞入文…… 達到最高境界時是一種詩與哲學的散文」 散文確也有這種格調與效果。

描寫社會歷史的變動和風格遞變的關係 管管所言也頗近似 關於由大陸來臺灣的散文家 他們承接了五四他們多「取材於實際人生 爲情感生活與經驗的反芻 從平凡的生活中反映出個人與時代的風貌 寫鄉愁與追懷而發有病的呻吟」…… 至於在臺灣成長 受完整教育而又受西洋文學洗禮的一些散文家 則「側重個人的想像與抒情 講求內心的獨白 有些呈現個人與社會、精神與物質因衝突而產生的矛盾苦悶的心態 有些則爲情緒的發洩蒼茫而空泛 但語言和表達技巧上 確富於創造性」

但以上除了楊牧的分類自有其歷史的必然結論外 張秀亞和管管所描述的 移用到詩或其他文類都似無不可

如此　則不能說是散文所專有

散文之作爲散文　它藝術的特色　它表達的性能　它展張衍化的力量　它感染讀者的方式與策略應該如何去尋出來？　如何去建立爲一個討論散文的起點？　這是最重要的課題　但張眼一看　一年中有幾篇討論散文藝術的文章？　詩獎有　小說獎有　散文獎亦有　至於評論獎　非詩則小說　還沒有見過「散文藝術評論獎」的　無他　還是把散文看成在野、偏房的心理作祟　詩人需別才　小說需組織力　散文　散文誰不會寫　正如日記、書信誰不會寫　但事實上　你不說我不說　大家還是有些準則的　如果大家把歷年的散文選集　包括正中版的《六十年散文選》　巨人版的《中國現代文學大系》的散文卷　書評書目版《中國現代文學選集》的半卷　《聯副二十五年散文選》《中國當代十大散文家選集》（源成版）　天視版《當代中國新文學大系》散文二卷　楊牧編《中國近代散文選》　《聯副三十年文學大系散文卷》七大冊　再加上許多年度散文選　比對之下　借條與警告逃妻、失物招領等幾乎都沒有被選上　而這些集中入選的作品　恐怕還是抒情與說理的居多　細分之下　大多逃不出楊牧的分類　而如果我們熟識晚明的小品　熟識《古文觀止》古文評註中的一些文章　則現代選集中的偏愛更不是無根的

所以　要把散文作爲一種藝術文體來討論　我們有幾個層次要觸及　決不是「要怎樣寫便怎樣寫」　第一　是品味形成的問題　第二　在文類被作者擁抱被讀者接受的長久歷史過程中所衍化的結構問題　第三　作者與讀者之間一來一往無聲交談中所引起的語言策略的問題　但更重要的　第四　散文中語言的活動是如何異於詩中語言的活動　是什麼藝術的律動使到散文可以與詩分庭抗禮　這是我們先要確立的

讓我在這裡先提出十九世紀末至二十世紀詩的發展過程中的一個現象　不少詩人說：詩的骨幹是好的散文　或說詩要寫得像散文　而事實上　詩走向自由詩　同時又有散文詩出現　又說在散文裡寫詩　這個現象說明了一個傾向　便是要借助於散文的表達性能　這種性能是一般詩所缺少的　這話怎樣說呢　我現在來一個開叉筆

假設你現在拿個錄音機到菜場、到酒吧、到咖啡館

把一些人的話錄下來　然後你設法一字不漏的抄下來　你有什麼發現呢　先是　你覺得怎麼這個人說話這麼嚕嗦　前面話已說過　怎麼後面又重複了　只是這次多加了幾個字　然後你又發現說話不怎麼樣按理出牌　很多開叉筆　很多即興式的話　隨著話頭隨時轉變　天南地北一陣又回到話題來　再有一點更加難記下來的　是聲調的高低和速度的快慢　有些變化是乘著當時的聽衆的反應而起的　所以話頭中很多偶發性　語調裡反映出來「當時」的事件性（你聽錄音時彷彿人被牽入事件裡）　直接被語言的流動性所拖引、推動　出進於人生瑣碎萬狀　聽來錯亂無章　但正好把住經驗的眞質　你錄下來的是眞語言　是一種發生　是語言的實際行爲　是交談的實體　但這不是我們寫下來的語言　在你我寫下來的時候　你會刪去重複的話　有些即興的爲了在兩人分享一種傳達經驗下所臨時演繹的話　你覺得與主題無關　在記下的過程中　你可能把它簡化或濃縮了　原是多樣的聲音　在你記下的過程中統一爲一個單一的聲音　原是枝節很多的　在你記下的過程中　你把住一個條理而把所謂枝節剪去　這樣做法　原來的聲音便被淡化爲一個沒有個性的聲音　但原來的聲音　那眞的語言　不是「放在那邊」「與你保持距離」的物體　任你分屍解體去「按理出牌」的拼合　而是來自體內　完全屬於人的　而且還要通過人因事物的激盪而發之以音的東西　是生命與經驗因之而統合推展的依憑

我們寫下的語言　尤其是文學的語言　是經過解體以後一些語規的編合　還待有經驗、有技巧的人　用適切的聲音重造重演才有生命　才可以復活到近似口頭說話之爲生命繼起的一部分

散文之名爲「散」　隨筆之爲「隨」　漫談之曰「漫」　瑣言之言「瑣」　正好說明了散文特有的力量　那便是較接近眞語言的進展和活動的律動　十九世紀末至二十世紀的詩　這裡包括了中外的詩　要借助於散文的　便是如何利用語調、話頭轉折的變化（包括了即興成分和偶發性）來給人一種「正在說話」的幻覺

但散文終究仍是書寫的文字而非口頭運作時的眞語言　眞語言雖眞　依樣葫蘆寫下來的幾乎沒有　但眞語言是有相當魅力的　話本中的三言　就有不少眞語言的痕跡

利用假想當時觀衆當場發問的語態：「諸君有所不知」便是一例　小說中利用內在獨白（而且是意識流的獨白）也是訴諸眞語言魅力之一例　但我說　作爲一種藝術體的書寫文字　依樣畫葫蘆的有不少嘗試　而往往太散太亂　散之能爲文而有文理　這種文體似乎向我們如此說　必須在散與不散之間　詩太嚴謹、太講究規律、講究精心結構而失去了生命中的散步之樂　因此它欲借助於散文而瀟洒些

散文因無定向又太鬆散無章而易於沖淡到枯燥單調無味平凡　因此它在藝術生長的個性上必然要向詩裡充實　即向韻律與壓縮意象移行　散文的藝術必須在這二者之間微妙的若卽若離的關係上尋　卽　似有結構而又似無　似無而又隱約可見　試舉聲律爲例　散文中的聲音當然可以平鋪直敍的進行　由此到彼　一條直線　易懂易明　但豐富的聲音　應該在進行了一些時間以後經常的一再回到某一個聲音的位置　直至該聲音的位置控制了閱讀者的方向與情緒　變成一種近乎監視的意志活動　用一種近乎絕對的氣氛包裹著敍事的文字　是這樣　散文逐漸進入詩的律動而掌握了藝術的活動

散文一般的示義活動　說明性很重　明白清楚是散文一般的傳達性能　明白清楚的缺點當然是不易逗人作想像的飛躍　詩的示義活動　秘響旁通　含蓄多義　重重指涉令人駐足暇思、探索、回味　用的方法是意義與意象的壓縮　中間留了許多活動的空隙　任讀者進入遨遊　一般的散文會把東西揷入這些空隙裡使意義連成一線　但是一旦散文抽離了這些事物　而把凝固了的空隙打開　它便進入了詩示義的活動裡　以上兩種情況在中國現代的散文裡都不乏例子　我來讀一篇意象跳躍、充滿了空隙的散文

> 絕對踩不爛的太陽，每一天都萌芽一次。
> 正午的盛開，伸出千萬隻手，緊緊地扭住了我們的領口。
> 跟著走，小巷或長街。然後給一杯晚霞的瑪瑙酒。

這是所謂散文的全部　沒有說明性　沒有直線發展的導向　只有意象的放射　和壓縮的氣氛　讀者來往在空隙之間

臺灣的散文 來往於詩與散文間的活動的 極為普遍 有時甚至失去平衡 如前例 不過 似詩可 徒有詩貌 如用很多漂亮的意象和舊詩未經轉化的詞藻 就是說 徒有詩貌而無詩質者不可

散文既是眞語言和藝術語言之間的橋樑 所以好的散文必然是 一面要把握住「如見其人如聞其聲」的事件與聲音的演進 另一面設法達致一種導向的律動與激發想像的意義、意象的佈置

大多寫散文的人都有意無意地依附事件與聲音演進 但光是這樣做 並不一定是成功的保障 這裡我們試看幾種寫作的方式

其一 我們常常看到題爲「旅美歸來」或「歐行記事」的散文 不少名散文家都寫過這類散文 裡面確是有什麼說什麼 詳盡極了 沒有一個吃飯的場面會漏去 事實上不停的報告吃飯 不停的報告玩樂 連座車的色澤車牌號碼都鉅細無遺 進程由下飛機按秒按時按日的記下來 你說算不算依事件演進 但這種機械式的流水帳你說是不是散文 我們不敢說不是 但絕對不是好的散文 藝術性嗎？ 談不上 同樣 日記最得心聲的自由轉折 但日記裡流水帳式的記事 則沒有什麼藝術可言 但在這兩種記事裡有沒有「可觀」的散文的種子呢？ 有 在這流水帳裡 總有一兩個事件或瞬間 作者作了一刻的凝注 或內省而有所感 或因景物的嫵媚而出神、作了「耽思傍訊」的沉入 這是第二種寫法

這第二種寫法 就是把冥想、凝視、哲思完全灌入一件事、一件物或一個景裡 這樣寫法的散文最多 成功率也很高 但這裡還可以分出層次來 第一類 可以用「種花記」、「養鳥記」這種題材來概括 記的是觀察花種由發芽、蟲侵、雨襲、再發芽、再奮起到開花的掙扎過程而以某種哲理作結（說它百折不撓！） 這種寫法 也是犯了機械性的毛病 思路是很清 太清了 讀者一看便見底 他們得不到什麼驚奇驚喜 說啓悟 又不是讓讀者從「情瞳朧」到「物昭晰」 即不是由讀者從隱約中依著事件進展摸索而突有發現 整個過程是 你說教我恭聽 所以雖然是敍事抒志 其過程和效果都似說理的散文 起承轉合冷靜 合乎邏輯 說理文出發點不同 一開始便以「積

數十年經驗」的姿態出現　有很深的人生哲理要和讀者分享　說話帶權威性　讀者在接受上有另外一種心理的準備　那就是　誠摯的「聆聽雅教」　覺得作者思想確乎深邃　想「聽君一席話　勝讀十年書」　事實上　說理文能引人入勝　正是因爲作者能字字珠璣句句發人深省　正是因爲作者確能神通古今、語出四海、左拈右摘皆精言妙諦　或是　尤有進者　愈是深入人生的內層　愈能營運一語二用　機智的快語　老辣的揶揄　刺醒人之未覺　逗樂你我的會心　說理文可短如格言　如「人生雋語」　紀念册式　讀者尋求一兩句金言作座右銘　說理文可長如江河一瀉千里無礙　但都要有深厚的學養和智慧　亦即是文學人格塞乎天地的風骨　如梁實秋、吳魯芹是

但如果要用「因物起興」的方式　最好把演進放在「興」字上　而不要「因物說理」　把冥思凝灌在一件事物上　可以如琦君的〈髻〉　如莊因的〈母親的手〉　先是通過此物而深情泛溢　但「髻」與「手」對作者感受的全面幅度　讀者只得到一點點的暗示而已　作者從現在意識開始從包孕著許多過去的複雜的事件、人事、感受的現在意識開始　不斷的進出過去與現在之間　讓同一件事物（髻或手）　在橫亙在太空中的幾個重大的階段裡出現　而流露了作者懷念中的人（母親）一生巨大變遷的幾個橫切面　就是這樣　作者把多層面的生命壓縮在一件事物一刻的顯露裡　而讀者　是跟隨著作者往事追憶跳躍式的意識流動　他逐步逐步受到感染而最後發出感歎　記著　不是作者說：「人生變遷多無常啊」　而是由事件明徹演出過程中讀者重新印驗作者的經歷而自發的感歎

要讀者經歷　也就是引領讀者進入事件轉折的過程　在這過程中　不是結果全知道後回頭的分析　而是一步一步的慢慢發現　一步一步的增長衍化　要模擬這個流動生長的過程　起碼有兩點要注意的　第一　作者要呈現的經驗是獨特新鮮的　往往是作者本人也不完全清楚了解的　作者便應保持其莫名的個性　在呈現上　透過似相關而又似無關的一瞬間感受　（如果我們冷靜的回頭想好像並不順理成章的物理或心理的變化）　而突然落入那奇妙無名的心境裡　作者此時最好不要設法全然解釋　像林文月的〈遙遠〉便是如此

> ……只覺得無比的鬆懈；於鬆懈之中，又似乎有些茫茫然之感。
>
> 這個時候的心境，連自己也莫以名之。好像在想一些什麼，卻又說不出是在想什麼，但心中分明不是空洞的；我知道有些情緒自心底深處冉冉升起，但又瞬即飄忽逸去；似乎在懷念著什麼，然而更像是在忘懷著什麼。這種心境該如何稱說呢？一時找不著適當的字眼來形容。也許可以說是遙遠，就稱「遙遠」吧。

那若即若無的感覺　是發自一個奇特瞬間的深層裡　但由於作者只求探索而不求解釋　我們忽然進入了她細微到連那瞬間的極靜都可以聽到的聲音　這個聲音之能躍然於紙而迴響在我們的心間　是作者不刻意去控制和分解她所經驗到該瞬間的生長過程之故

第二　在模擬一個瞬間流動生長的過程　應該重視該瞬間的偶發事件　亦即是看來與主要進程無關的一些事件　我以前有一個比喻　說　由甲地到乙地　有人只求達到目的地　彎身直目向前　心無旁念　附近的景物　所發生的事一概沒有看到　也有人　悠悠的走　東看看　西看看　每樣事物都給與很大興趣的注意力　有點流盪的樣子　我們跟著他轉　一時也不知道此物和彼物有什麼特殊關係　但倒是都有新鮮或親切的認識　走著走著　我們會發現是對著一個不甚明確但極有吸引力的方向漫行　通過作者的聲調　隱約知道前頭有什麼奇異的事物會出現　而慢慢的果然到了一個地方　一間平凡的房子而卻有不平凡的氣氛　原來是因爲先前那些好像沒有什麼關係的事物所烘托出來　這樣的散文是「散中不散」「漫而定向」　這種寫法最有代表性的是也斯　他很多散文是行程中好像任意剪出來的一段　何處來　何處去　有時不甚清楚　但裡面每一分鐘的細緻感受的變化都刻劃甚微　而每一個刻劃的瞬間與另一個瞬間之間的關係　很像我們生活中所碰到的　也是似相關又似無關的樣子　如此　作者還給了讀者自己去慢慢發現的本能

模擬聲音　首要的當然是模擬催發這聲音的情緒　最易做的　是想哭便哭　大聲的呼喊：「愛情　妳怎麼那樣

忍心?」 或:「中國 我為了妳而血淚縱橫!」 但我想大家都會同意 哭哭啼啼實在不是成熟的哀傷 事實上

聽不見的哭聲可能更沉痛 所以說 捉摸聲音的跳動除了那種爆放性的情緒 還有低迴起伏的脈搏 如情人之間纏綿悱惻的低迴 在詩方面 利用一個人物的化身 傾出心底反覆吟哦的情感 在散文方面 利用獨白來捉摸起伏的情緒 獨白是表達聲音——情緒的節奏——最豐富的方式 顧名思義 獨白原是在沒有聽衆的情況下單獨自言自語的意思 因是自言自語 所以語多浮動迴旋重複重疊而向語言本身內轉 因為是「白」 「白」就是說話的意思 是直接的語態 和眞語言可以完全一樣 但因為是「獨白」 它可以是完全私人的語言 與眞語言可以大異其趣 但一般來說 語調仍以眞語言為骨幹為依歸 在很多情形下 靠近眞語言的居多 因為這樣才具戲劇性 所謂「獨白」、「沒有聽衆」云云 是一種說法 事實上 每一種道白都有一個假想的聽衆 因為話只說來自己聽是不存在的 則神經失常了的奧菲利亞 也有一個假想的聽衆

那個聽衆有時就是她自己 在所謂純粹抒情詩裡 所謂「獨白」也往往是詩人和投射在一個空舞臺上的另一個自己對話、爭辯 一種「內在的爭辯」 如哈姆萊特的To be or not to be……便是一例 獨白的策略很多很豐富 它可以是作者很長的一段自白 它可以是作者沉思過程(內在說話)的外在化 它可以是一種自怨自艾 它可以是一種禱告 它可以是一種書信 (書信可以說是口頭訊息的書寫化 今日電話的普及卻把書寫化再回到口頭化) 獨白可以用「聽到」的方式出現 可以用「沒有聽見」(事實上是作者假想沒有人聽見而他在一個偶然的機緣下偷聽到的)方式發音 作者也可以假設一個人物的化身而發音說的話是要合乎那個假設的人物的身分 這所謂「戲劇獨白」 這個篡奪另一個角色的聲音的另一個特點 便是掌握和操縱讀者 迫使讀者暫時改為該角色話頭所對的聽者

調整他的心理狀態去聆聽 譬如你讀一首情詩時 譬如張錯的〈錯誤十四行〉 我們雖然不完全知道背後的情感事件與架構的眞情 我們必須要設身處地 始可以聽到他的聲音中情意的轉折

散文既是聲音的轉折、情緒的起伏最佳的媒介 很自

然就會利用上述的種種情況　把讀者從「陌路人」的關係拉入房間裡做「枕邊」的聽衆、親切、接近、在情緒的中央　在這個層次上　有時詩都趕不上　散文　實在不可以看做文學的偏旁！

言歸正傳　你們隨便翻開散文看看　你很容易找到這樣的語態　在描寫一段景色之後　作者會突然來這樣一句：「像這樣一個早晨　我該如何告訴你？」　這段景色原來是描述給一個親密的人聽的　或者是給一個在文學興趣上在美學品味上很親近的人聽的　葉珊的散文最能掌握這種氣質　在他心屬濟慈那段日子　他之所以能把鏗鏘美的字句化入聲音中　全是因爲他把和濟慈假想的交談　透過一些直接的對話的語態　而使讀者以換了位的心態去聆聽他的發現

在這個層次上　曉風　像葉珊一樣　設法把文學中的藝術語　卽平常說話中不會說的　所謂文縐縐的話　化入自然語中　她利用的　正是書信式的獨白　譬如她以「德」爲接信人（亦卽聽衆）的一連串散文裡　這些書信有一個特色　那便是　裡面的內容大部份都落腳在一些曾經共享或可能共享的事件上　所以　它的語態一面直接如眞語言一面卻充滿了詩詞類的語言　其可以如此　因爲信中之「德」　她讓我們相信　確曾和她在二人的眞實生活裡共同用詩詞交談過　因爲這是他們二人情感交印的主軸　你們也許要問我　我怎麼知道　我是不是他們的好友　不　事實上　我雖然在一次編輯會上見過曉風一面　但從未交談　可以說　她的人　她的事　我完全不認識　而且我們也知道　詩文裡所呈現的與實際生活之間不一定配得起來的　我這樣說　是提示散文中的一個特有的個性　小說可以而且常常是虛構的　但散文　起碼在中國的傳統裡　完全要眞人眞事　不可虛構　起碼在表達的姿態上必然要堅守　彷彿說　如果是虛構的　就沒有啥意思了似的　事實上　散文也有虛構的　應用人物化身的方式便是虛構的一種　但像虛構的小說在講故事時那樣　他必須要給讀者一個印象　他講的故事是千眞萬確的　他的文字必須要有這樣的魔力才可以成爲藝術

你說　有些散文一開始便說是瞎說的　如吳魯芹的《瞎三話四集》　那怎麼辦　那些所謂「胡說八道」的話

我們不是讀得津津有味嗎？　這裡牽涉到一些文類演變的歷史問題　吳魯芹的學養何等深邃　文字何等勁健風流　那裡是「瞎三話四」　知道他的讀者固然知道他不在「瞎說」　不知道他的讀者先是好奇繼而懷疑　懷疑他做個姿勢而已　正是　他正是用低姿態來發射出深層的至理　說「瞎說」是一種外交詞令　我先說是「瞎說」　說不好我可以不負責　是你要聽的　你甘願聽的　先來了個自我保護　有了這層保護　話就可以說得放些　甚至放肆些　甚至辛辣些　瞎說的人自有瞎說的權利　但吳氏字字皆針而又能句句皆文、溫文的文、文雅的文、文質彬彬的文　所以能深廣而不呆板如老夫子　所以能施教而活活潑潑　這種低姿態來發射出深層至理的方法　令人想起嵇康的〈與山巨源絕交書〉　嵇康與山濤原是逸放的名士　兩人同在竹林出名　山濤後來竟出山當官去　他自己「變節」便了

怎地竟修書邀請他老哥出山　這位老哥原可以直罵他「王八蛋」的　但偏偏嵇康是個耐得住性子而到了爐火純青的高人　竟慢條斯理的回他一封信　也不火爆　說自己「不涉經營　性復疏懶」　又說「頭面常一月十五日不洗」　又說「人倫有禮　朝廷有法」　對他來說有「七不堪」「二不可」　他是喜歡睡懶覺的　有人趕他上班他受不了　他是喜歡「抱琴行吟弋釣草野」的　吏卒在左右他受不了　他「危坐一時　痺不得搖　性復多蝨　把搔不已　而當裹以章服　揖拜上官」　他受不了　他「素不便書　又不喜作書　而人間多事　堆案盈几」　他受不了　他「不喜弔喪」　但不參加又被人攻擊　他受不了　他「不喜俗人」　但仍要共事　他受不了　他「心不耐煩　而官事……纏心」　他受不了　另外要他不「非湯武、薄周孔」　不可　要他那剛腸直言的人見惡不發　不可　嵇康如此這般說了一大堆低貶自己的話　但聽者自然知道這是挖苦山濤　嵇康在文字上老練緊湊　讀者一看便知是逸放的高人　山濤則俗不可耐

這種用低姿態的表現方式　在現代中國散文裡是累見不鮮　以前的王了一的《龍蟲並雕齋瑣語》便是一例　題目是「瑣語」　是可有可無的東西　序裡又強調是「雕蟲」是「瞎胡調」　但事實上是刺時弊　類似用「閒話××」「絮語」、「悶話」　或張愛玲的《流言》　柏楊的《高

山滾鼓集》　都是這種姿態　再如顏元叔的《陋巷雜談》在字義上好像與《雅舍小品》相對似的　實則兩人都是學貫中西　都是名教授　但說《陋巷雜談》是低姿態　那《雅舍小品》是不是高姿態呢　這裡不是是不是的問題　兩者　其他大部份這類的題目　如《杏莊小品》　或《什麼居閒話》等　都與晚明小品裡的一些姿態互應互對互玩

這裡我們必須進入文類影響創作策略與結構的考慮

過去林語堂雖說現代的小品文與前人擺設式的茶經酒譜的小品文不同　現在的小品文　範圍廣而且時參與評刺社會　但正如陳少棠論晚明小品文所指出　當時的作家自命爲山人、名士　所持態度是不受各教拘縛　思想通脫一面排斥其他的人爲俗子　另一方面則竭力表現出自己的幽情韻志　同時反對經史子集的正統　把所謂邊緣文體的小品文用「情」「趣」「韻」將之昇華爲正格　沈守正的口號是「與其大而僞也毋寧小而眞」　現代的散文也有這個姿態　「與其華而不實毋寧散而得眞」　山人、名士的姿態　現代散文家亦暗暗地襲用了　「雅舍」　「杏莊」「××園」　「××齋」　「××庵」　「××居」是要與一般市儈俗子不同　則顏元叔的「陋巷」　指的不一定是實際的陋巷　而有些山人、野老之意　也是有點與一般市儈俗子對立的姿態　或者保持著某種距離　冷眼旁觀　所以　吳魯芹的「雞尾酒會」　看來是溶入人群裡實在是游刃其間　冷眼大千　都與晚明山人、名士的氣質有相當的呼應　但又與晚明不同　晚明文士　要雅就離群索居　試茶　鼓琴　候月　聽雨　觀花　高臥　釣魚　對畫　漱泉　山居　品茗　禪悅　與世無涉無爭　說得不好聽　是逃入了象牙塔　現代的散文家　名之「雅舍」　但對時弊、人事有相當的關心　換言之　顏元叔的「陋巷」固然有山人野老的「韻意」　但也直指「陋巷」來談這是文類發展上的正反兼容。

由於這種正反兼容的蛻變　我們的散文裡承接了相當多前人的「母題」、「意象呈現的方法」、和文白相推的語言上列的「母題」如聽雨、觀花、遊山、賞月　現在還是有不少人經常的寫　在此我們且看一段梁實秋的文字

看山頭吐月　紅盤乍湧　一霎間　清光四射　天空皎

潔　四野無聲　微聞犬吠　坐客無不悄然！

梁錫華說這段極具音樂美　景物呈示如電影鏡頭　可信但這段和晚明張岱的〈湖心亭看雪〉和宋蘇東坡的〈前赤壁賦〉一齊看　始見其氣韻與視野的一脈相傳

天與雲　與山　與水　上下一白　湖上影子　惟長堤一痕　湖心亭一點　與余舟一芥　舟中人兩三粒而已

——張岱

再推前看東坡

清風徐來　水波不興……　少焉　月出於東山之上　徘徊於斗牛之間　白露橫江　水光接天　縱一葦之所如　凌萬頃之茫然　浩浩乎如馮虛御風　而不知其所止　飄飄乎　如遺世獨立　羽化而登仙　於是飲酒樂甚　扣舷而歌之……客有吹洞簫者　倚歌而和之　其聲嗚嗚然　如怨如慕　如泣如訴　餘音嫋嫋　不絕如縷　舞幽壑之潛蛟　泣孤舟之嫠婦　蘇子愀然！

在我這「閒話」開始的時候，提及散文的四個層次　我由第四個講起　先講散文語言的活動特色　再講作者與讀者交談所引起的語言策略　然後轉向文類歷史遞變下正反兼容的結構　現在剩下的是品味形成的問題　這是需要一篇大的文章才可以解決的　但從上面一脈相傳的三段來看　可以略見端倪　張秀亞說有很多散文家「常常用巧妙的冲化的古典詩中的句子入文　更利用色彩、意象、同極富感性的字詞入文」　事實上　像上列段落所呈現的詩的境界、用詞、視覺活動和音樂律動是我們的散文裡出現得最多的　或利用山水自然景物　利用遊記　重現「視通萬里」、「神與物遊」的屬於詩的境界　我們的散文選集裡這類文字份量很重　詩人余光中、楊牧、洛夫等人的散文固如是　但絕對不是詩人的特權　專寫散文的也有大幅度這種境界的呈現　這也許是中國散文所獨有的特色吧　是我們讀者長久薰陶下品味的傾向吧

一九八四年六月